案卷三

王不見王
虎符令 3

樊落 / 著
Leila / 繪

CONTENTS

目錄頁

楔　子　005

第一章　奇怪的委託　009

第二章　不是冤家不聚頭　041

第三章　再次遇到命案　067

第四章　消失的彈殼　095

第五章　青花老闆　125

第六章	神祕的潛入者	155
第七章	虎符令	179
第八章	再次被狙擊	215
第九章	凶手近在眼前	247
第十章	真相後的祕密	281
作者後記	歡迎進入承先啟後的關鍵劇情，一起冒險探案	316

楔子

「虎符在哪裡？」一位穿馬褂、戴禮帽的老者問道。

「我聽不懂你在說什麼，我想你們誤會了，我們是回鄉探親的。」

男的還算鎮定，冷靜地做了回答，但他身旁的女人就驚慌多了，全身發抖，把身上戴的珠寶都摘了下來，戰戰兢兢地說：「這些都給你們，錢你們也拿去，我們什麼都不要了。」

「別裝了，如果對你們的底細一點都不知道，我們會來嗎？」

臨近年關了，北上的列車比以往更加擁擠。

不過，車裡的擁擠影響不到高級包廂。

尤其是最盡頭的那間包廂。

包廂裡坐著一對男女，兩人衣著光鮮，窗前掛的皮包也很高檔，地上放了個大皮箱，皮箱被打開了，裡面的東西翻得一團亂，幾疊錢被隨意丟在一旁，卻沒人理會。

假如腦袋被幾把槍同時指著，相信眼前就算有再多的錢，也沒人會去在意的。

「虎符在哪裡？」

站在他們對面，穿馬褂、戴禮帽的老者問道。

「我聽不懂你在說什麼，我想你們誤會了，我們是回鄉探親的。」

男的還算鎮定，冷靜地做了回答，但他身旁的女人就驚慌多了，全身發抖，把身上戴的珠寶都摘了下來，戰戰兢兢地說：「這些都給你們，錢你們也拿去，我們什麼都不要了。」

「別裝了，如果對你們的底細一點都不知道，我們會來嗎？」

老者打了個手勢，他的手下拿起一張泛黃的紙，在男人面前晃了晃。

那張紙是手下剛才從男人身上搜出來的，上面畫了彎彎曲曲的線路，像是地圖。

看到紙，男人的眼神有些閃爍，勉強鎮定地說：「這大概是擠車時，有人塞過來的。」

他解釋著，卻趁那幾個人不注意，從座椅後偷偷拿出事前藏好的手槍，突然拔出來，衝老者扣下扳機。

槍聲響了，不過倒下的不是老者，而是男人。

子彈從他背後射入，他捂著胸口轉頭看去，就見女人一反剛才驚慌失措的模樣，手裡握著一把小型手槍，平靜地注視他。

男人張張嘴想說什麼，卻最終什麼都沒說出來，他隨著列車的晃動跌倒在地，血從他身下溢出，染紅了地板。

車廂裡的幾個人都被女人的舉動弄愣了，但馬上就反應過來，一齊舉槍指向她。

女人將手槍丟到一旁，雙手舉起做投降狀。

「我雖然不知道虎符在哪裡，但我知道地宮的入口，我們合作怎麼樣？」

老者的眼眸瞇了起來。

女人又柔聲說：「既然你已經知道了我的身分，當然也知道我手下有兵，可以協助你們做很多事，和我合作，你不吃虧的，到時只要給我一點小小的報酬就行了。」

「聽起來很划算。」

「非常划算。」

「可是抱歉，妳的提議我不接受，因為我不想跟背後開冷槍的人合作。」

老者說完，向左右打了個手勢，轉身離開車廂。

女人的臉色變了，衝過去想繼續交涉，但被其中一人揪住往後一推，她踩在血液上，腳下打滑，摔倒在男人身旁。

車廂的門關上了，老者背著雙手，順著列車通道往前走去。

沒多久，他身後傳來幾聲沉悶的響聲，但很快就被轟隆的車輪聲掩蓋過去。

【第一章】

奇怪的委託

為了不讓李慧蘭尷尬，蘇唯及時問：「所以李小姐妳是準備跟家裡人攤牌男朋友的事，想讓我們提供建議？」

「我是準備攤牌，不過我今天來，跟攤牌沒太大的關係。」

李慧蘭的聲音很小，「事情是這樣的，我們交往後，我就找藉口搬去我家的別墅，可是最近……」她頓了頓，接著彷彿下定決心似地說：「最近那裡鬧鬼，實在無法住下去了，我想請你們去驅鬼……」

蘇唯拿起茶杯，正準備喝，聽了這句話，他差點嗆到，急忙把茶杯放下，「驅……鬼？」

「晚風輕輕吹，吹過夜來香的芳香，不夜城的歌聲，在風中迴蕩……」

萬能偵探社事務所的會客室裡，迴旋著纏綿的樂曲，歌聲從老留聲機裡傳來，帶著這個年代固有的復古韻味，悠揚、華麗，同時又充滿了頹廢氣息的靡靡之音，正如這個時代的投影。

與這個時代格格不入的是牆角那棵裝飾華麗的聖誕樹，聖誕樹上掛了很多小禮物盒子跟松果，還好小松鼠花生進入了半冬眠狀態，否則看到這一樹的食物，牠一定會開心得瘋掉的。

蘇唯平躺在一塊長木板上，曲起一條腿，閉著眼睛跟隨著歌曲輕哼，手還在腿上打著拍子，自得其樂。

其實蘇唯閉不閉眼，關係都不大，因為他整張臉上都貼著水果切片，包括眼皮，其中一半是蘋果、一半是黃瓜，眼睛周圍還貼了自製的眼膜。

眼膜裡的中藥成分是洛正提供的，蘇唯研究了幾個月才製作成功，他除了自己用以外，還贈送給周圍的人，但除了謝文芳捧場外，沒人對他的美容用品感興趣。

如果說打太極拳是沈玉書的每日一課的話，那蘇唯的每日一課就是做美容了，不過他做美容時不忘練功，現在他身下的木板就是練功道具之一。

木板是蘇唯從地下室的雜物裡找到的，只有六公分的寬度，搭在辦公桌跟椅背之間，形成懸空吊床。

它的厚度也有限，普通成年男人別說躺上去，就是按壓也能把它輕易壓斷，但蘇唯卻可以輕鬆地躺在上面一夜，用他的話來說就是——睡木板算什麼，他當年可是睡繩子長大的。

當年師父帶他入門時，還曾感歎過，說他個子太高，不適合偷兒這一行，他也曾為自己的身高煩惱過，就像現在這樣，只不過當年他是煩惱長得太高，而現在他則煩惱自己長太矮。

因為沈玉書比他整整高了五公分！

——不知道每天做引體向上什麼的，個頭會不會再往上竄一竄？

房間的火爐燒得正旺，溫暖的室溫讓蘇唯昏昏欲睡，無聊地想著。

歌聲聽膩了，他抬手做了個按遙控器的動作，很快就想到這個時代沒有遙控器這種東西，他失望地把手放下，嘟囔道：「沒有電視機、錄放影機，沒有大螢幕電腦、沒有網路、沒有wifi，我會死的……」

然而現實是他不僅沒死，還活得如魚得水。

有案子查案，沒案子就幫洛正看鋪子，過得還挺不錯的，一開始他還為沒辦法上網而暴躁過，但沒多久就習慣了，讓他不由得感歎習慣真是一件可怕的事。

算起來，現在的蘇唯也算是中產階級了。

在軍閥被殺案中，他們賺了一大筆，除了拿出一部分錢投資在偵探社的管理跟宣傳上外，剩下的他幾乎沒動。因為這裡實在沒什麼值得花錢的地方，用現代流行語來說就是——哈，省錢了。

——也許過不久，他就會習慣這樣的人生，安心在這裡住下來吧。

開門聲打斷了蘇唯的胡思亂想，有人走進來，帶進一股冷風。

蘇唯情不自禁地打了個寒顫，沒等他抱怨，沈玉書先開了口：「門窗關得這麼嚴實，你是想一氧化碳中毒嗎？」

「你居然懂一氧化碳中毒？」

「我是學醫的，而且是成績最好的學生。」

沈玉書走過來，抬腿踹在木板上，木板歪掉，蘇唯從上面掉了下來。

還好他反應快，落下的瞬間，凌空一個旋身，穩穩地站在地上，再用腳勾起即將落地的木板，將它抄在手中，靠著辦公桌看向沈玉書。

不愧是國際神偷，蘇唯的動作快捷而漂亮，換了別人，一定會為他的身手拍案叫絕，可惜沈玉書看都沒看他，拍打落在大衣上的雪花，又取下禮帽跟圍巾，走去窗前。

唯一的觀眾沒捧場，蘇唯感到無趣，他懶洋洋地收了木板，放去角落裡。

沈玉書在他身後提醒道：「黃瓜片掉了。」

蘇唯伸手接住了紛紛掉下的蘋果片跟黃瓜片，笑道：「我就知道你喜歡偷看我。」

「每日一課，我都記住了。」

沈玉書脫下大衣，把禮帽和圍巾一起掛到衣架上。

蘇唯探頭往窗外看看，外面還在下雪，雪不大，但天空灰濛濛的，清晨看起來就像是傍晚，路上一個人都沒有。他搖搖頭，關掉留聲機，跑去隔壁洗臉。

「我真無法理解，有人在大雪裡打太極的心態。」

聽到隔壁的說話聲，沈玉書回道：「我也無法理解一個大男人怕冷怕到企圖自殺的程度。」

他用鐵鏟撥了撥火爐裡的木炭，又把窗戶稍微打開一條縫，讓室內空氣可以對流，否則繼續這樣燒下去的話，真的會中毒的。

蘇唯擦著臉回來，坐到沈玉書對面的椅子上。

「怕冷不是我的錯，因為這裡沒空調……空調就是我們家鄉的一種調節室溫的工具……不要試圖問我家鄉在哪裡，問了我也不會說的。」

沈玉書看了他一眼，去茶水間倒了香片，拿著茶杯跟今天的早報，在辦公桌前坐下，開始看報。

看著他的一系列動作，蘇唯聳聳肩。雖然沈玉書問了他也不會說，但這不等於他不希望被問到，至少你問我答也是一種感情交流方式嘛。

不過眼前這位合作夥伴顯然不懂要如何跟搭檔交流，所以之後的幾分鐘裡，事務所裡一片寂靜。

蘇唯很無聊，他靠著辦公桌，目光在房間裡轉了一圈，最後落在書桌一側半開的抽屜上。

他拉開抽屜，抽屜裡面墊了一些棉花跟紗布，上面堆著很多乾果，小松鼠花生正蜷在乾果當中，懶洋洋地打呼嚕。

聽到聲音，牠半睜開眼，警惕地抬起頭，發現是蘇唯後，甩了下尾巴，蓋住眼睛繼續睡。

進入冬季，花生不像以往那樣活潑，大部分時間都在昏昏欲睡。

洛家經營藥鋪，每天人來人往，再加上長生最近去私塾聽課，不方便照顧牠，就把牠託付給蘇唯跟沈玉書。

反正只要有人提供食物，住在哪裡對花生來說沒有太大區別。

「我應該跟花生醬一樣冬眠的。」

看著小松鼠可愛的睡相，蘇唯不由長歎道。

沈玉書保持看報紙的姿勢，喝了口茶，把茶杯放下，問：「你就這麼無聊嗎？」

「沒有案子，當然無聊了。」蘇唯嘟囔：「某人又不讓我從事第二職業，第二職業就是……」

「我懂你的意思，請不要把時間浪費在無謂的解釋上，不過要說案子，我記得前天我們還接了一樁捉姦案。」

「對，但那個案子兩個小時就搞定了，最近我們一直都在捉狗、捉貓、捉姦，捉得我都疲軟了。」

「又沒少給你錢。」

「這不是錢的問題，是精神回報的問題。」

距離偵探社接到的第一個案件到現在，已經三個月過去。在成功地闖出名號後，這三個月裡，他們接手的案子絕對不能說少，但都是很輕鬆的小案子，有時候蘇唯一人出馬就搞定了，跟上次的勾魂玉事件簡直沒法比。

看著外面逐漸變大的雪花，蘇唯想起明天就是耶誕節了，時間過得可真快，不知道這裡的耶誕節熱不熱鬧。

既然沒有案子，不如就專心搞聖誕慶祝吧，他準備做蛋糕跟火雞，再順便去哪裡弄棵小松樹，放在事務所門口裝飾一下氣氛。

冷風吹來，蘇唯發現窗戶開了條縫，他不滿地看看沈玉書，可惜沈玉書沒有感應到他的怨念，坐在那裡翻報紙，脊背挺得筆直。

蘇唯過去把窗戶關上，回來時看到沈玉書的茶杯，他突然起了壞心，拿起沈玉書的杯子，坐回座位上品茶。

沈玉書依舊沒反應。

蘇唯有些無聊，提醒道：「我用你的杯子喝茶了。」

「這又不是第一次，我習慣了。」

「這次我是用你喝過的地方喝茶的，間接kiss。」

「我不在意，」沈玉書從報紙裡探出頭，「必要的話，我都不介意跟死屍親吻。」

「……」

這一回合，蘇唯完敗。

在之後的幾分鐘裡，事務所裡又恢復了最初的寂靜，蘇唯撥動了一會兒木炭，又轉頭觀察沈玉書，沈玉書把報紙翻到其他版面，看來短時間內不會做別的事。

既然沒事做，不如去購買晚上的食材。

雖然這樣想，可是看看外面鵝毛般的雪花，蘇唯又一秒不想動彈了，隨手拿過桌上一枝毛筆，一手支頭，靠在桌上轉起筆來。

如果是在現代社會，就算不出門，也有好多娛樂來打發時間，可是在這裡，他就連滑手機都做不到。

蘇唯抬頭看看室內的燈泡。

這裡有電源，可是沒有適合的插座，無法給手機充電，除非他可以自製插座，雖然手頭上的設備有限，但可以試一試，反正下雨天打孩子，閒著也是閒著。

突然傳來的說話聲打斷了蘇唯的胡思亂想，沈玉書終於被他神奇的轉筆技術吸引住，放下報紙，看過來。

毛筆在蘇唯手中以各種方式旋轉著，華麗得炫人眼目，沈玉書忍不住問：「這也是小偷必學的課程嗎？」

「不是，這是上大學時必修的課程。」

不會玩轉筆，你都不敢說自己上過大學，當年學校還評選過轉筆狀元，要不是為了保持低調，蘇唯一定可以拿下第一名。

聽了他的話，沈玉書更驚訝。

「你上過大學？」

「你一定要把吃驚的心情表現得這麼明顯嗎？我跟你說，我上的學府在國際上都鼎鼎有名的。」

「是花錢買的學位？」

「你這樣說，實在是太侮辱我的智商了。」

沈玉書翻報紙的動作停了下來，盯住一處不做聲了。

蘇唯站起來，準備收拾一下出門，沈玉書突然從後面叫住他。

「蘇唯！」

「幹麼？」

沈玉書又不做聲了，蘇唯回過頭，笑嘻嘻地說：「是不是被我的學歷震撼到了，決定對我刮目相看？」

「不，我只是看到了一則很糟糕的新聞。」

沈玉書將報紙推給他。

沈玉書的表情很嚴肅，蘇唯收起了嘻皮笑臉，轉回去看報紙。

報紙右下角有一則很短的事件新聞，大致是說在一輛往河北的火車上發生了命案，一名叫許富的軍官與家眷在包廂裡被槍殺，隨身帶的金銀細軟也被洗劫一空，警方懷疑是謀財害命，現正在加強搜索，爭取儘快破案。

時逢亂世，這類搶劫事件層出不窮，所以報社也沒有做特別詳細的報導，新聞排在很不起眼的地方，看上去像是為了填補空白，才臨時排版上去的。

如果報導裡沒有提到被害人的姓名，大概沈玉書也會忽略過去。

「是許富跟吳媚。」

蘇唯看完報紙，對沈玉書說：「沒想到當初你一語成讖了，我們跟吳媚真的是後會無期。」

吳媚就是勾魂玉案件中的委託人，許富是她的情夫，跟她勾結作案，蘇唯和沈玉書幫她找回金條後，才發現她真正想要的是藏在皮箱夾層裡的定東陵墓的機關圖。

吳媚跟許富會出現在去河北的火車上，一定是與陵墓有關，卻不知出於什麼原因，遭人暗殺。

「不知道他們後來有沒有發現那張機關圖是假的？」

「應該沒有，一是他們沒想到我們會猜到祕密，二是那張偽造的地圖可以以假亂真……看來想要財寶的人很多，有人不希望他們捷足先登。」

「也可能是有人也知道了這個祕密，想從他們那裡搜到機關圖，事後又殺人滅口。」說到這裡，蘇唯有點擔心。

真正的機關圖在他們手裡，那就難保不會有人找到這裡來，他跟沈玉書倒不用擔心，就怕洛叔一家人跟長生會受連累。

「說到這個，那張紙你放去哪裡了？」他問道。

沈玉書的目光掃過牆上掛的營業執照，蘇唯立刻領悟了——因為這種藏東西的方式很常見。

執照鑲在裱框裡。很多人都喜歡將隱私物品夾在裱框後面，他們以為這種方式很保險，但以蘇唯的經驗來看，這樣做非常危險。

沈玉書說：「我是故意的。那不是屬於我們的東西，但又不能損壞，我放在那裡，假如有人盜走了，也就隨他吧。」

沈玉書一定不知道那一小張圖紙有多麼貴重，不過這樣的做法是最好的，因為蘇唯自己也不知道該怎麼處理機關圖。

「真是個雞肋啊。」蘇唯坐在辦公桌上，雙手交抱在胸前，說：「我突然有點希望端木盜走它，這樣就不關我們的事了。」

「那個藏寶的地方一定很大，所以才會有這麼多人為之瘋狂。」

蘇唯看了沈玉書一眼，很想說——如果你知道是定東陵的話，就會明白大家如此瘋狂一點都不奇怪了。

「你說，那些人會不會順藤摸瓜，找到我們這裡來？」

「應該不會，知道這件事的只有我們兩個人，只要我們不說……」

沈玉書半路把話停住了，因為他想到了第三個人——端木衡。

「端木應該也不會，如果他想要財寶，當然希望知道的人越少越好。」

蘇唯這樣說是安慰沈玉書，同時也是安慰他自己。

沈玉書說：「我會留意他的，既然吳媚跟許富出事了，就代表這件事還沒完結，我們也要小心。」

「嗯。」

寧靜的氣氛被打破了，吳媚遇害彷彿水面上泛起漣漪，流淌出不穩定的氣息，讓蘇唯跟沈玉書無法再回到以往平和的生活。

最後還是蘇唯打破了寂靜，交代道：「你這個烏鴉嘴，今後記得不要亂說話。」

「迷信是不對的，不信我天天說你中彩券，看你會不會中。」

「這叫好的不靈壞的靈，當然，你要天天說我中彩券，我也不介意，最好讓我中個大彩，讓我可以回去。」

「回哪兒去？」

還有哪兒？當然是屬於他的世界。

不過這話不能說，蘇唯咳嗽了兩聲，把目光閃開了。

這是他們之間一個心照不宣的暗示。

通常蘇唯做出這個動作，沈玉書就不會再問下去了，但今天他一反常態，說：「當初發現機關圖，你曾斷言吳媚跟許富不可能找到財寶，就好像你可以未卜先知，算出他們會出事。」

沈玉書的話語中帶了壓迫性的氣場，不是那種凌厲的感覺，卻令人難以抵抗。

蘇唯很不自在，呵呵笑道：「哪有，如果可以未卜先知，我早就去買彩券了，我就是隨便說說而已。」

「當時你的表情我記得很清楚，你絕對不是隨便說說。」

沈玉書說得很認真，目光深邃。

被他盯著，蘇唯幾乎有種祕密被看透的錯覺，再被這樣追問下去的話，他說不定會攤牌的，要知道他撒謊的功力可比不過他的偷竊技術。

蘇唯按住書桌，想跳到地上，沈玉書卻搶先一步，雙手按住了他的肩膀，注視著他，表情從未有過的嚴肅，然後向他慢慢靠近。

蘇唯心中警鐘大敲，屬於對危險的感知天線不斷發出警報，如果不是場合不對，沈玉書的動作一定會讓他以為沈玉書是要吻他。

但可惜不是。

他寧可沈玉書吻他，也不希望沈玉書再追問下去。

眼看著沈玉書的臉龐越來越近，蘇唯連呼吸都情不自禁地屏住了，他現在心中不是警鐘在敲，而是心房在敲，而且敲得很大聲，在提醒他時間不多了，要趕緊做出決定。

下一秒蘇唯閉上了眼睛。

為了不天下大亂，有關蟲洞的祕密他是一定不能說的，所以現在他只有一個選擇。

沈玉書長得還不錯，符合他的審美觀，那麼被吻也不是什麼難以忍受的事，反正他死豬不怕開水燙，只希望接吻後，沈玉書就放棄追問他了。

閉上眼，四周一片寂靜，蘇唯不知道沈玉書在做什麼，他沒有馬上靠近，但憑感覺知道沈玉書在注視自己。

他看得很仔細，近乎咫尺，讓蘇唯不時感受到呼吸而來的熱氣。

起先是臉頰，而後慢慢向下移去，他的心在咚咚咚地跳，忽然有點好奇接下來沈玉書會怎樣做？他一定是最近都沒談戀愛，所以才會饑不擇食。

熱氣越來越濃，讓蘇唯有種錯覺——他們已經開始親密接觸了。

剛好就在這時，門口傳來敲門聲，打斷了尷尬的局面。

蘇唯一秒清醒了過來，發現自己可以利用其他方式擺脫沈玉書後，他立刻雙手按住桌沿，翻身跳去了桌子另一邊。

沈玉書被他的動作弄得目瞪口呆，喃喃說：「我從來不知道你的彈跳力這麼強。」

「我也是初次得知，呵呵。」

蘇唯一邊說著，一邊抹了把額上的冷汗。

要知道被同性非禮，他也不願意啊，至少也要由他來主導嘛！掌握主導權，不管在哪個領域裡都是非常重要的。

蘇唯偷著打量沈玉書的臉色，沈玉書的表情有些困惑，伸手摸摸嘴唇，不知在琢磨什麼。

這傢伙，他不會真的在想入非非吧？

蘇唯不爽了，正要質問他，敲門聲又傳了過來。

一直不見屋裡的人回應，訪客按捺不住，推開門，把頭探了進來。

「玉書，你在嗎？」

聲音清亮動聽，正是那位曾跟沈玉書有過婚約的大小姐陳雅雲。

在圓月觀音一案中，沈玉書曾幫陳雅雲洗清冤屈，陳雅雲因此對他抱有了好感，之後就經常過來找他。

一開始沈玉書還禮貌性地接待，後來在發現這個女生有多難纏後，他就改為迂迴戰術，她一來，沈玉書就躲，躲不開就無視，無視不了就找替死鬼，就像現在。

看到她，沈玉書一個箭步，竄到蘇唯身後，用胳膊肘拐他，示意他出馬。

最初的時候，蘇唯還擔心過沈玉書跟陳雅雲結婚生子，將來就會出現曾孫沈傲，把自己從現代逼到民初。

所以他曾想過各種阻擾他們在一起的辦法，可是沒多久他就發現自己的擔心是多餘的，因為沈玉書比他更討厭跟陳雅雲接觸。

笑吟吟地看著沈玉書吃鱉，蘇唯往他的方向稍微歪頭，故意低聲說：「你的彈跳力也很強大。」

「主要是對手很強大。」

「難道女人比死屍還恐怖嗎？」

「對的，死屍不會吵，她太吵。別廢話了，趕緊找個藉口支走她。」

如果陳雅雲知道沈玉書心裡是這樣想自己的，她一定悲痛欲絕，但她現在正忙著拍掉身上的雪花，沒聽到他們說什麼。

她穿了一件灰色呢子大衣，頭上戴著毛線編織的小帽，她放下手裡的點心盒，脫下外衣，又把帽子摘下來，露出裡面的捲髮。

這樣一位漂亮的女孩子，走到哪裡，都會備受關注的，偏偏偵探社的這兩個人對她完全沒感覺。

「你們在說什麼？」

「沒什麼。」

發現衣服有點亂，蘇唯急忙整理了一下衣著，堆起笑臉連連搖頭，同時向沈玉書伸出了一個巴掌，意思是——要我幫忙沒問題，辛苦費五個大洋。

「我們好像是搭檔。」

不滿的聲音從耳邊傳來，耳垂有點癢癢的，讓蘇唯又想起剛才那糟糕的一幕，他發出輕哼。

「你知不知道我們家鄉有句話叫殺熟[1]，就是說……」

「OK，我懂了，你馬上解決問題，我回頭付錢。」

交易完畢，蘇唯收回手，迎著陳雅雲走過去，笑道：「陳小姐妳可真有雅興啊，這麼大的雪也出門，找我們有事嗎？」

「有……」

「喔，沒事啊，那就請回吧，我們有案子要忙，恐怕沒時間招待妳。」

「不用特意招待我的。」

陳雅雲踮腳，越過蘇唯，看向他身後的沈玉書。

「我帶了玉書喜歡的千層糕，還有蘇唯你的份。」

注釋——

1—殺熟：指為牟取錢財，用欺騙手段專向親朋好友等熟人下手的卑鄙行為。

沈玉書不是喜歡千層糕，而是任何客人送來的禮物，他都會禮貌性地說喜歡。

蘇唯沒把實話說出來，看看桌上的點心盒，他笑咪咪地說：「謝謝陳小姐，那我們有時間再吃，您先回去吧，慢走不送。」

「可是我有事找玉書的。」

玉書、玉書，拜託不要叫得這麼親熱啊陳小姐，你們又不熟。

雖然現在蘇唯不擔心沈玉書會跟陳雅雲結婚，但看她叫得這麼親熱，還是有那麼一點點不爽。因為他們是搭檔，而搭檔最重要的就是信任跟默契，所以中途有人插進來的話，很容易影響到他們的關係。

蘇唯做出請陳雅雲離開的手勢，不等她說話，又主動幫她打開門，示意她可以走了。但是門打開後，他愣住了，原來走廊上還站著一位女子。

女子圍著紅色圍巾，低著頭，導致大半張臉都被圍巾蓋住了，她看起來有些害怕的樣子，看到蘇唯，驚慌地向後退開兩步，頭垂得更低了。

蘇唯疑惑地看向陳雅雲。

陳雅雲走過去，把女子拉進房間裡，說：「其實有事的不是我，是我學妹，她遇到了麻煩，聽說你們很厲害，所以託我帶她來求助。」

「喔……謝謝惠顧。」

蘇唯一邊說著，一邊看向沈玉書，用眼詢問——這什麼情況？

聽說與案子有關，沈玉書的眼睛亮了，主動走過去，向少女伸過手，說：「妳好，我叫沈玉書。」

少女抬頭看看他，似乎還有些猶豫不定，轉去看陳雅雲。

陳雅雲說：「玉書很厲害的，當初我被誣陷殺人，都是他幫我洗脫罪名的，別擔心，妳的事，他肯定很輕鬆就解決了。」

「喔……我叫、叫李慧蘭，你、你們好……」

聽了陳雅雲的話，李慧蘭逐漸鎮定下來，跟沈玉書握了手，又向蘇唯問好。

她比陳雅雲稍微矮一些，留著整齊劉海的學生頭，身上沒有戴飾品，但是從她的圍巾跟外衣的質地來看，她出身富庶之家。

蘇唯伸出雙指，在額頭前做了個行禮的姿勢，自我介紹說：「我叫蘇唯，是偵探社的另一位老闆，請多指教。」

他的舉動把李慧蘭逗笑了，不像最初那麼拘謹，問：「我跟你們說的事，你們是不是會保密啊？」

「這一點請放心，保護每位客人的隱私，是偵探社最基本的守則之一。」

蘇唯給沈玉書使了個眼色，讓他招呼客人，自己去隔壁茶水間倒茶。

茶水間的櫃子裡儲藏了十幾種茶葉，每種茶葉都放在相同的小罐子裡，上面沒有寫任何文字跟編號，所以蘇唯永遠不會去記哪個罐子放了哪種茶葉，因為沈玉書經常調換茶罐的位置。

他曾經問過沈玉書為什麼要這樣做，對方的回答是——每天都有意外驚喜。

所以今天也是這樣，蘇唯隨便取了其中一罐，把茶葉放進茶壺，又往裡注滿熱水，嘟囔道：「不知今天的茶是什麼驚喜，希望她們不會倒楣地中招。」

蘇唯的希望落空了。

在喝了他沖的茶後，兩位女孩子同時露出不可思議的表情，眉頭緊緊皺起，看向蘇唯。

蘇唯聳聳肩，坐到沈玉書那裡。

真的不關他的事，他只是端茶小弟，完全沒有惡整客人的想法。

沈玉書喝了口茶，然後一臉平靜地放下茶杯，對李慧蘭說：「現在可以講述妳的事情了。」

蘇唯發現看到他品茶的樣子後，兩個女孩子的表情更古怪了，又看看自己的茶杯，像是奇怪他怎麼可以無動於衷地喝下去。

這是正常的，因為正常人不喜歡的東西沈玉書都喜歡。

蘇唯取出筆記本，翻開，做出準備記錄的樣子。

李慧蘭把大衣脫掉了，她裡面穿的是中式上衣跟黑色百褶裙，更顯得清亮可人。她看起來歲數不大，沒有太多的社會交際經驗，皮膚白皙，修長的手指在百褶裙上摩挲著，又不時看向陳雅雲，像是不知該從哪裡說起。

最後還是陳雅雲忍不住，先開了口：「我先說一下慧蘭的家庭情況好了。慧蘭的父親是春暉紡織工廠的老闆，春暉你們都有聽說過吧？它很大的，在蘇杭等地都有分廠，慧蘭就讀女校，明年就畢業了，她父親已經幫她安排好婚事，等她畢業後就可以完婚了。」

蘇唯跟沈玉書對望一眼，他們同時想到了相同的問題——李慧蘭不會也是名花有主，想跟人私奔吧？

私奔沒關係，拜託不要跟陳雅雲那樣弄出個圓月觀音事件來。

「未婚夫是慧蘭的父親一手提拔起來的，對她父親很忠心，所以她父親準備招贅他進門，可是慧蘭已經有心上人了，所以她不想聽從父母之命，隨便嫁人生子。」

蘇唯看看手裡一個字都沒寫的筆記本，他把筆放下了，反正這種言情小說體也沒什麼好記錄的。

他斟酌著措辭，問：「李小姐，那個……妳跟妳男朋友交往多久了？」

李慧蘭的臉紅了，她羞於啟齒，轉頭看陳雅雲。

陳雅雲代答：「你們放心吧，她跟我那次不一樣的，他們交往三年了，而且都同居了，男方在公董局做事，人品絕對沒問題。」

同居了？

蘇唯看向李慧蘭，覺得這個時代的女性都好開放。

李慧蘭的臉更紅了，伸手去推陳雅雲，示意她不要再說。

陳雅雲笑了，向她解釋道：「沒事的，他們都是信得過的人。」

為了不讓李慧蘭尷尬，蘇唯及時問：「所以李小姐妳是準備跟家裡人攤牌，想讓我們提供建議？」

「我是準備攤牌，不過我今天來，跟攤牌沒太大的關係。」

李慧蘭的聲音很小，看看坐在對面的他們，又迅速把目光移開，「事情是這樣的，我們交往後，我就找藉口搬去我家的別墅裡，別墅離我家比較遠，所以不用擔心被人看到，可是最近……」她頓了頓，接著彷彿下定決心似地說：「最近那裡鬧鬼，實在無法住下去了，我想請你們去驅鬼……」

蘇唯拿起茶杯，正準備喝，聽了這句話，他差點嗆到，急忙把茶杯放下，「驅……鬼？」

「對的，驅鬼……」李慧蘭說完，看到兩人的表情，急忙又說：「錢不是問題，這是委託金，事成後，我會再支付餘下的酬金。」

她匆匆打開隨身帶的布包，取出一個大信封，放到茶几上，看信封的厚度，裡面的金額一定很豐厚。

「你們抓住鬼也好，或是趕走它也好，只要不讓它再騷擾我們就行，學校的宿舍管理很嚴，我住回去的話，很難跟他見面……」

蘇唯轉著手裡的筆，看向沈玉書。

沈玉書問李慧蘭：「妳的意思簡單來說就是——別墅裡有奇怪的事發生，希望我們幫妳找出原因，讓妳跟妳的情人可以平安住在那裡，是嗎？」

「是的是的。」

「那可以具體講一下有什麼奇怪的事發生嗎？」

「具體的……具體的……」

說到具體方面，李慧蘭有點晃神，抬手捋了捋鬢髮，說：「比如三更半夜家裡的鐘突然一起響起來；或是有女人的哭聲跟腳步聲；燈泡閃個不停；還有我常看到影子飄來飄去，我男朋友晚上常去應酬，不在家，我有好幾次都快嚇暈倒了。」

「這種現象是從什麼時候開始的？」

「大概……一個多星期前。」

一個星期裡發生了這麼多怪異的現象，那鬼可真夠忙的。

蘇唯問：「妳男朋友怎麼說？」

「他不信鬼，認為我是學業太緊張，出現了幻覺，讓我好好休息，這幾天他出差去了外地，我就想趁著這個機會請你們幫忙。」

「妳現在還住在別墅裡嗎？」

「沒有，我一個人不敢住，現在借住在同學家，這是別墅的鑰匙。」

李慧蘭從布包裡取出一柄鑰匙，走到兩人面前，遞給他們。

那是一柄很帶有年代感的長柄鑰匙，在這個時代屬於做工精細的那類，蘇唯沒馬上接，他看向沈玉書，沈玉書伸手接過，問：「地址？」

「白賽仲路……啊，白賽仲路一五六號……」李慧蘭說完，晃了下神，表情有些不對勁。

沈玉書問：「妳說的奇怪現象是只有晚上才出現嗎？」

她回過神，連連點頭。

「對的，白天一切都正常，所以希望你們可以在那裡過夜，食物跟床被都是現成的。」

「有火爐嗎？」

對視李慧蘭投來的奇怪目光，蘇唯咧嘴一笑，「我怕冷。」

李慧蘭也笑了，「有的，我也很怕冷。」

「有一點我不明白，既然妳男朋友在公董局工作，有一份好職業，妳盡可以大大方方地把他介紹給妳的家人，為什麼要隱瞞？」

被問到，李慧蘭有些尷尬，陳雅雲幫她說了：「因為她的男朋友是法國人，她父親是老思想，不喜歡洋人。」

沈玉書點點頭，表示自己瞭解了，李慧蘭又不放心地問：「會不會有問題？」

「沒有，不過我們查清真相後，怎麼聯絡妳？」

「我會來找你們的，我現在住的地方離這裡很近，你們千萬不要去學校找我，我怕萬一校方知道的話，傳到我父親耳朵裡，就麻煩了。」

她表現得很緊張，陳雅雲上前握住她的手，安慰道：「我也會常過來的，如果有好消息，我馬上通知妳。」

「謝謝。」

聽著她們的對話，蘇唯跟沈玉書對望一眼，兩人心裡都同時想著——陳小姐，妳可以不常過來嗎？

沈玉書站起來，對她們說：「放心吧，我們會保護客戶隱私的，最後一個問題，不知道李小姐方不方便告知妳男朋友的名字？」

李慧蘭皺起眉，半晌才猶猶豫豫地問：「這個跟案子有關嗎？」

「暫時還沒有太大關係，不過為了儘快解決問題，情報當然是知道得越詳細越好。」

「那可以先不說嗎？如果有必要的話，我再跟你們講。」

「是啊是啊，你們是去慧蘭家捉鬼，又不是去捉她男朋友，再說她男朋友出差不在，就算你知道他的名字，也沒用啊。」

沈玉書沒有回應，看向蘇唯，蘇唯也站了起來，笑嘻嘻地說：「不說也無妨，我們先去房子裡看看情況，有問題再跟妳們說。」

聽了他的話，李慧蘭明顯鬆了口氣，她又再三道謝，這才告辭離開。

陳雅雲本來還想留下，被蘇唯以他們要去調查線索為理由拒絕了，她走時還依依不捨地跟沈玉書道別，可惜沈玉書低頭看蘇唯做的記錄，直接無視過去了。

把兩位小姐送走，蘇唯關上門，走回來。

沈玉書坐在沙發上看記錄本，表情若有所思，蘇唯拿起桌上的信封，往外一倒，一大疊紙鈔倒了出來。

「看來我們可以在耶誕節賺一大票了。」

「錢越多，就代表委託的事越麻煩，這不是好事。」

「你怕麻煩嗎？」

「不怕，但我不喜歡被人騙。」

沈玉書放下筆記本，嚴肅地說：「李慧蘭在講述時吞吞吐吐，眼神不定，雙手一直在揪裙子，這證明她說的話十之八九都是謊言。」

「拜託，每個人都有不想被外人知道的隱私。」

「包括你？」

「Yes，包括我，也包括你，你自己也有很多祕密沒說出來不是嗎？」

被反問，沈玉書不說話了，拿起茶杯默默品茶。

蘇唯在他身旁坐下。

「所以至少委託人的話還有十之一二是真的，錢也是真的，我們就去她家看看好了，總不可能再出現第二樁圓月觀音案。」

沈玉書笑了。

難得看到他笑，蘇唯很意外，突然發現這人笑起來還挺有味道的，這大概就是所謂的反差萌吧。

他也笑著拿起茶杯，喝了一口，然後……

「咳！」蘇唯的笑臉一秒變成了哭臉，捂著嘴大聲咳嗽起來。

「這什麼茶？好苦！」

「苦茶當然是苦的。」

「喔買尬，你讓我想起了我剛到這裡時，被迫喝藥的痛苦經驗，咳咳！」

蘇唯終於明白為什麼剛才兩位小姐在喝了茶後，表情會那麼奇怪了，他咳嗽著，順便在心裡發誓——今後倒茶時，一定要先試嘗一下。

門口傳來敲門聲，兩人看過去，就見房門打開，李慧蘭去而復返，站在門口，一臉緊張的樣子。

「出了什麼事嗎？」沈玉書問。

李慧蘭慌忙搖手，「沒事沒事，我就是突然想到了一個問題，很好奇，所以回來問問。你們偵探是不是都會撬鎖？」

「李小姐，妳好像搞錯了，偵探不是小偷。」

「嗯哼！」蘇唯用咳嗽聲打斷了沈玉書的話，解釋道：「不過這兩種職業有異曲同工之處，那就是根據特殊情況，有時候會做出稍微遊走法律邊緣的行為，簡而概之呢，必要的場合下，也會撬鎖的。」

「喔，原來是這樣啊，謝謝你們的解釋。」

李慧蘭說完，道了告辭，不等兩人多問，就匆匆忙忙地離開了。

沈玉書走到窗前，透過玻璃，看到陳雅雲站在不遠處的街道上，李慧蘭出了門，加快腳步跑過去，兩人一起離開了。

「有點意思。」

蘇唯跟沈玉書一起看著外面的雪景，笑道：「沒人會無緣無故地問問題，看來這位李小姐的祕密很多啊。」

「要拒絕這個案子嗎？」

「當然不，要知道越神祕的案子，辦起來就越有趣，這三個月我都快悶得發霉了，現在正是我一顯身手的時候。」

「蘇十六，我們是去查案，不是去偷東西。」

「但是在捉貓、捉狗、捉姦之後，升級到捉鬼，想想也很有趣啊！」

蘇唯說完，半天不見沈玉書回應，他轉過頭，就看到沈玉書突然放大的臉龐——沈玉書竟然又湊到了他面前，做出要進行親密交流的舉動。

不是吧？又來？

蘇唯猶豫了一下，就在他是要接受色誘好還是直接給沈玉書一拳好之間徘徊的時候，旁邊抽屜傳來沙沙響聲，小松鼠花生睡夠了，從抽屜裡鑽出來，竄到了桌上。

沈玉書向後退開，看著蘇唯，冷靜地做出判斷，「看來你不擅長說謊。」

蘇唯很後悔剛才沒揮拳揍他。

「一個人在有壓迫感的時候，瞳孔會放大，情緒極度緊張，這種情況下，很難撒謊，除非他是騙中高手，以前我曾懷疑你是拆白黨，現在我收回我的錯誤判斷。」

這傢伙湊得這麼近，不會是為了做試驗觀察他吧？

沈玉書豎起食指。

「另外，作為搭檔，我要提醒你，肢體靠近有危險性，除非是非常親密的人，否則不要允許對方進入你的十公分範圍內，動物學研究曾表明，除了為了繁殖交配外，野獸們絕對不允許同類的靠近。」

——嗯，如果將來有一天他自殺的話，會先幹掉沈玉書的。

沒想到自己無意中又體驗了一次小白鼠的生活，蘇唯簡直不知道該說什麼才好。

「說得頭頭是道，你剛才怎麼不拿這招對付李慧蘭？」

「不行，她一定會把我當成是色狼，我們就沒法辦案了。」

謝天謝地，沈先生還沒有完全脫離正常人的軌道。

「那你也不要無聊得拿我來做試驗啊！」

「因為你沒說實話。」

「我有保留隱私的權利好吧。」

「我也有做試驗的權利。」

簡直雞同鴨講。蘇唯沒話說了，他把花生重新放進抽屜裡，向門口走去。

沈玉書在他身後說：「如果你要生氣的話，那這個案子我一個人去辦。」

「沈先生你想多了，我怎麼會因為這點小事生氣呢？」

就算生氣也要等案子辦完後，他這輩子沒見過鬼，當然希望看到鬼長得什麼樣子。

就算不是鬼，是離奇事件也是好的。

蘇唯去樓上取衣服，沈玉書把錢鎖進保險櫃，也跟著他一起上了樓，站在門口，說：

「我發現你的皮膚很好，真的很好。」

「喔？這也是你的試驗結果？」

蘇唯圍著圍巾，隨口問。

「是的，看來你那些奇怪的東西有效果。」

「那不叫奇怪的東西，叫面膜。」

「好，我記住了。」

看著蘇唯往身上套大衣，沈玉書又接著問：「還有一件事，我說了，不知道你會不會生氣？」

「你先說，我再決定生不生氣。」

「動物界裡，在其他生物靠近時，毫無防備地閉眼等同自殺行為，人類屬於高級動物，按理說你不該做出那麼低智商的行為。」

蘇唯扣衣扣的動作一停，沈玉書立刻說：「我不是想詆毀你的智商，我只是在提醒自己的搭檔。」

「謝謝你的好意，不過我也要提醒你一句，人類是有思維的，所以閉眼不一定是自殺，也可能是接吻，也就是說剛才我以為你靠近我是想吻我，不是我低智商。」

「原來如此。」

「正是如此。」

聽了蘇唯的解釋，沈玉書伸手摸著下巴，一副好懊惱的樣子。

蘇唯心裡一動。

「你剛才不會是真想吻我吧？跟你講，我是直的，直的意思就是……」

「我是很希望做這樣的試驗，但又覺得拿搭檔做研究，有點過分。」

「打住，我不介意被拿來做研究，但如果你吻過死屍的話，那拜託你不要吻我。」

「有關係嗎？我們還用茶杯間接kiss了。」

突然想起沈玉書昨天去過廣慈醫院，說是做什麼研究，蘇唯心裡咯噔了一下，「你該不會是真的吻過屍體了吧？」

沈玉書點頭。

下一秒，蘇唯用手捂住嘴巴，靠在牆上乾嘔起來。

看到他的反應，沈玉書噗嗤笑了。

因為不適，蘇唯的眼圈都紅了，緊張地問：「你是在逗我嗎？」

「那倒沒有。」

就在蘇唯又有了想吐的感覺時，沈玉書一本正經地說：「我只是隨便說說的。」

隨便說說的，啊哈……

靠在牆上，看著沈玉書下樓，蘇唯點點頭。

他記住了，今後有機會，他會報仇的。

對，隨便報報仇。

【第二章】

不是冤家不聚頭

蘇唯跑去沈玉書的房間，悶頭衝了進去，大叫：「沈玉書，不用怕，我來救你！」

雖然他也不知道該怎麼救，對付員警跟小偷他很有經驗，但對付鬼，他也是頭一遭啊！

蘇唯藉著從窗簾縫隙透進來的微光，他猛然看到臥室當中的空中懸掛著一個長長的人體，儼然吊死鬼的樣子。

蘇唯背心發涼，雙手抱住沈玉書的腿，用力往上抬，「沈玉書你醒醒，你是在辦案，看到的都是幻覺，這裡沒鬼，不，這世上都沒鬼！」

兩人在外面吃了午飯後，開車去白賽仲路。

用蘇唯的話來說就是——踩點。

小偷在有了目標後，會先去周圍踩點，以便得手後順利逃脫，雖然沈玉書不贊同蘇唯的說法，但也不得不承認，他們現在的行為是踩點。

畢竟李慧蘭的話有很多不盡不實的地方，所以事前瞭解一下住所周圍的環境，對他們來說沒壞處。

由沈玉書開車，蘇唯看著車外的風景，嘖聲連連，「這裡都是有錢人住的地方。」

白賽仲路沿路都是花園小洋房，清一色的西洋建築，道路兩旁種植著法國梧桐，雪已經停了，樹上堆著一團團的積雪，別有一番意境。

午後，行人跟車輛都不多，沈玉書慢慢開著車，讓蘇唯可以欣賞雪景。

蘇唯把自己包得很嚴實，整張臉幾乎都被帽子跟圍巾蓋住了，他趴在車窗上左右張望著，帶了不符合這個年齡的孩子氣。

這讓沈玉書更對他的身世充滿了好奇。

蘇唯是個見過大世面的人，在相處的這幾個月裡，不管是多高級的服裝鞋類，多名貴的首飾珠寶，甚至多美味的美餐珍饈，蘇唯都不會表現出太大興趣。

既然他是名聞國際的神偷，那他對這些不屑一顧也是可以理解的，沈玉書在心裡這樣解釋，但蘇唯偏偏對一些大家都習以為常的東西充滿了好奇，就像現在。

下雪有什麼好看的？不管去哪裡，雪景都是一樣的啊。

思緒被歎氣聲打斷了，蘇唯看完街道風景，坐回座位上，說：「這裡沒有過聖誕節的氣氛。」

「如果喜歡聖誕節的氣氛，可以去教堂或百貨商店，尤其是霞飛路那邊的百貨商店，促銷廣告做得很厲害，還有五折起價的。」

「五折這麼便宜？那一定要去看看。」

蘇唯興奮地說完，突然感覺不對勁，他看著沈玉書，疑惑地問：「你們這裡也用促銷這個詞嗎？」

「不常見，我是上次聽你提到，就記住了，我覺得形容得很恰當。」

原來又是他的錯。

這都怪沈玉書的學習能力太好了，許多時候他只是隨口說句話，沈玉書就記住了，還常常跟他用現代用語對話，讓他總有種錯覺——沈玉書也是穿越過來的。

「蘇唯！」沈玉書的聲音忽然變得嚴肅，用下巴指指街道對面，示意他看過去。

路邊站了幾個人，其中一個是留著小鬍子的洋人，他正揮舞著手杖，向一個中年男人大罵，旁邊還有一輛斜放著的黃包車。

看中年男人的打扮，應該是車夫，他不斷給洋人點頭哈腰，做道歉狀，洋人卻不依不饒，叫罵個不停。

他罵的是法語，指指車夫，又指指自己的褲管，旁邊有不少看熱鬧的人，但沒人敢上前勸阻。

沈玉書把車停在對面的道邊，蘇唯聽了一會兒，說：「是車夫不小心，把車輪上的泥巴濺到洋人身上了，他就在那裡罵個不停，真可惡，要去幫忙嗎？」

「我知道，我是說又是這傢伙。」

「欸？」

經沈玉書提醒，蘇唯仔細看去，不由得一拍巴掌。

他想起來了——這傢伙是個熟人，當初要不是這個洋人，他跟沈玉書還不會不打不相識呢。

這個盛氣凌人的傢伙曾跟他們搭過同一艘客輪，他叫雅克，幾個月不見，雅克蓄起了小鬍子，還戴禮帽拿手杖，所以突然之間蘇唯沒認出他。

「既然是老朋友，那就更應該去打個招呼了。」

蘇唯來回按動手指關節，做出下車打架的準備——他的功夫雖然說不上頂級，但是對付個洋鬼子，那還是綽綽有餘的。

沈玉書伸手把他攔住了，示意他稍安勿躁。

「別急，會叫的狗不咬人。」

果然，雅克罵了幾句後，揮了揮手杖，氣沖沖地轉身離開，黃包車夫還想掏錢給他，他看都沒看一眼。

「你怎麼知道他不會打人？」

沈玉書解釋道：「他如果會打，一開始就動手了，不會在那裡罵半天，這種要面子的人有一個共通點，你如果冒犯他，或許他會動手，但面對卑躬屈膝的人，他反而會讓自己表現得很紳士。」

聽了沈玉書的解釋，蘇唯笑了，打手勢讓他開車。

「我不認為在路上破口大罵是一位紳士該做的事。」

「叫罵會讓他有高高在上的錯覺，這是一種間接表現自己階級地位的行為，但動手是野蠻人的行為，是他不屑於做的。」

「聽起來你好像對心理學很有研究。」

「管中窺豹而已。」

「不過沒想到會在這裡見到雅克，你說他是不是住在附近？」

「他是法國人，住在這裡不稀奇，就是不知道他是來遊玩的，還是抱著淘金的想法。」

「不管是哪種，我都不想再見到他，否則也許我會忍不住做出不文明的行為。」

兩人聊著天，很快就來到了李慧蘭說的地方。

那是棟兩層小洋樓，典型的西洋建築風格，樓房門窗緊閉，還拉著窗簾，看不到裡面的狀況。

沈玉書開著車順著小洋樓轉了一圈。

跟洋樓相鄰的都是相似的建築，沒什麼特別的地方，不過在轉回別墅前方時，他們看到有個女子站在洋樓隔壁的房屋門前，跟裡面的人說話。

「那不是李慧蘭嗎？不知道她是不是在跟鄰居說鬧鬼的事？」蘇唯笑道：「要去跟她打個招呼嗎？」

「算了，看起來她並不想跟人聊天。」

不知道是不是因為寒冷，李慧蘭把自己的臉捂得很嚴實，還不時朝洋樓那邊張望，顯得很不安。

沈玉書開車經過後，蘇唯轉頭看去，就見李慧蘭跟鄰居結束了對話，她沒有進洋樓，而是低著頭，匆匆離開了。

真是個奇怪的女孩子，快新年了，希望這次的案子不要太麻煩。

下午，兩人去買了一些熬夜需要的物品，蘇唯順路去書局買了兩本時下流行的愛情小說，預備晚上用來打發時間，還置辦了給大家的聖誕禮物，送去洛家。

長生已經放學回來了，最近他吹口琴的技術提高了不少，坐在家裡的門檻上給大家吹聖誕歌，音符居然一個不差，洛逍遙在旁邊打拍子，一家人其樂融融。

看到蘇唯跟沈玉書，長生立刻跑了過來，跟他們打聽小松鼠，他還想把花生帶回家，直到沈玉書解釋說這個季節，松鼠接近冬眠的狀態，不適合帶牠跑來跑去，他才放棄了。

蘇唯把聖誕禮物給了大家，謝文芳開開心心地收了，聽說他們今晚有案子，急忙催促他們吃飯，好打起精神來做事。

洛逍遙想給他們敬酒，被謝文芳一巴掌拍去了一邊，說：「小赤佬你自己沒事做，不要去煩你哥他們。」

洛逍遙不敢頂嘴，老老實實跑去了父親那邊。

蘇唯問了他才知道，原來快過洋人的新年了，巡捕房裡很輕鬆，最多是些小偷小摸的案子，所以大家精神渙散，都盼著過新年放大假，好回家休息。

洛逍遙說完，又好奇地問：「你們這次接的是什麼案子啊？為什麼要半夜出門？」

「業務機密，恕難奉告。」

「我懂，我就是提醒你們一句，快過年了，你們不要搞出什麼事來，如果害我的假期泡湯，我跟你們沒完。」

「你這烏鴉嘴，本來沒事，也被你說得有事了，你那邊工作還好吧，端木最近沒去騷擾你？」

被蘇唯問道，洛逍遙的身體本能地一僵。

自從他知道了端木衡的真實身分後，端木衡就三不五時地出現在他周圍，調遣他做這個、做那個。為了要回護身符，再加上忌諱端木衡的身分，洛逍遙大多數時候都忍了，偶爾忍不住，對端木衡痛斥責罵，端木衡也不在意，消失一兩天後又會再出現。

如此周而復始，正印證了蘇唯平時常說的一句話——就像打不死的小強。

不過總算端木衡沒有真的做出危害他家人的事，所以洛逍遙最多是頭痛跟他打交道，到不了深惡痛絕的程度。他含糊其辭地說：「還好，大尾巴狼是挺討厭的，不過不理他，他也不能把我怎樣，你問這個幹什麼？」

「沒什麼，就是最近沒見到他，隨便問問。」

蘇唯找藉口把話岔開了，飯後，他跟沈玉書從洛家出來，沿路返回偵探社事務所。

冬季日短，兩人回到事務所時，天已經完全黑了，夜幕下有個影子在門前晃悠，並不時地踮腳跳高，窺探事務所裡面，又觀察門鎖，一副小偷撬鎖的架式。

「哈哈，我們家先鬧鬼了。」

蘇唯笑道，等沈玉書停好車，他跳下車跑了過去，站到了「鬼」的身後。

「喂，你蹦躂夠了沒有？」

黑暗中突然傳來話聲，「鬼」沒防備，落地時一個趔趄，要不是蘇唯及時伸手扶住他，他一定順著臺階滾下去。

「你還好吧？沒事做來我們家打劫嗎？」蘇唯雙手交抱，好笑地問道。

鬼……當然不是真鬼，而是雲飛揚，他摘下鴨舌帽，不好意思地抓抓頭髮。

「蘇唯，你走路不要總是這樣無聲無息的，都快被你嚇出心臟病了。」

「難道不是你在做壞事，沒聽到嗎？」

蘇唯用大拇指比劃一下房門，「黑燈瞎火的跑到我們家來撬鎖，你是不是很閒？」

「是很閒，所以我過來看看你們有沒有什麼新案子，不過我沒想要撬鎖，我就是好奇你們平時是怎麼撬鎖的，想琢磨一下。」

沈玉書停好車，過來開了門，雲飛揚跟在他們身後走進去，連聲追問：「你們這麼晚回來，是不是去辦案了？有沒有什麼素材提供啊？」

「沒有，就算有，也不會跟你講。」

上次勾魂玉的案子，蘇唯提供了不少消息給雲飛揚，他很期待報導登出，結果等了很久，還每天翻報紙，看有沒有關於他們偵探社的報導，最後卻都以失望而告終。

從那以後，他就對雲飛揚的新聞取材不抱任何期待了。

「大家好兄弟，別這樣嘛。」

雲飛揚亦步亦趨地跟著他們來到會客室，說：「有些新聞不是報社不給報導，而是被勒令禁言了，你們也知道這世道，不是你想怎樣就怎樣的，所以我空有一身才學，卻無用武之地啊！」

他說完，半仰起頭，做出迎風流淚的悲愴樣子。

「既然如此，那我不得不遺憾地告訴你，這次我們接的案子同樣跟你沒什麼關係，因為我們這次是捉鬼。」

一聽捉鬼，雲飛揚立刻兩眼亮晶晶，衝到蘇唯面前，道：「這麼刺激，那可以帶上我嗎？」

「當然……」

蘇唯牽住雲飛揚的手，把他拉去走廊上，這才說了後面的話，「不可以。」

等雲飛揚聽完最後一個字，砰的一聲，會客室的門已經在他眼前關上了。

他急忙衝上去敲門，可惜蘇唯在裡面上了插銷，說：「我們還有事要做，沒時間跟你折騰，你也別在這費工夫了，回家洗洗睡吧。」

「上海是不夜城，我通常很晚才睡的，你們要去哪裡，我可以幫你們開車的，我是上海通。」

雲飛揚在門外叫道，還順便敲門，蘇唯直接無視了，跟沈玉書收拾必要的物品，做好去洋房留宿的準備。

等他們收拾完，門外的噪音也消失了，蘇唯開門出去，沒有看到雲飛揚，大概他發現搜集不到爆料，放棄離開了。

為了不引起注意，兩人選擇坐車去李家別墅。

白賽仲路一帶的住宅很多都是別墅，所以到了晚上，周圍很寂靜，再加上又剛下了一場大雪，路上幾乎看不到行人，只有路燈在夜中散發著微光。

這個時代，哪怕只是隨便一道風景也是幅漂亮的山水畫。

蘇唯下了車，在心裡讚歎著，跟沈玉書一起來到別墅門前。

這一帶光線更暗，附近的幾棟房子都沒亮燈，蘇唯負責望風，沈玉書負責開門。

沈玉書把鑰匙插進去，半路鑰匙卡住了，他左右轉了一下，鑰匙卻紋絲不動。

「這鎖好像很澀。」

沈玉書拔出鑰匙，準備再插進去試試，被蘇唯攔住了，說：「讓我來。」

他看看鑰匙的齒狀設計，又拿出袖珍手電筒，照在鎖眼上檢查了一下，最後說：「不是鎖澀，是鑰匙有問題，你就是把它擰斷了，也打不開的。」

他說完，從口袋裡掏出萬能的鐵絲，擰了幾下，插進鎖眼，輕易就將鎖打開了。

裡面一片黑暗。

蘇唯打亮手電筒，率先走進去，沈玉書接過他遞來的鑰匙，問：「你的意思是李慧蘭給錯鑰匙了？」

「可能是她緊張之下搞錯了吧，這些鑰匙長得都差不多……喂，你怎麼開燈？」

沈玉書進去後，把門關上，打開了客廳的燈。

面對蘇唯的質問，他反問：「為什麼不能開燈？我們又不是在做賊。」

「說得也是。」

經提醒，蘇唯想起了他們今晚的任務，都是他的職業病在作祟，晚上出任務，他本能地就想到了偷盜。

沈玉書看向他的目光中充滿了鄙視，基於和氣生財的原則，蘇唯選擇了無視，昂首挺胸，堂堂正正地走進客廳。

跟房屋的外觀一樣，房間裡的設計裝潢也都展現出了濃郁的西洋氛圍，不管是圓拱形的門窗，還是牆上的布穀鳥掛鐘，抑或歐洲中世紀的古董擺設，都無一不融匯出華麗奢靡的感覺。

蘇唯站在一幅西洋油畫前，習慣性地準備估價，被沈玉書拉住，拽著他去了隔壁。

「漫漫長夜，不用這麼急吧，據我的觀察，那幅畫價值不菲。」

「這裡的東西每一樣都價值不菲，但都與你無關。」

隔壁是書房跟廚房，蘇唯除了確定裡面擺設的傢俱器皿都很貴外，沒有其他特別的發現，他隨手拿起一個邁森茶杯來觀賞，但馬上就被沈玉書奪了過去，平靜地放回原處。

蘇唯聳聳肩。

「我只是想檢查它是否有怪異，不知道你有沒有聽過一種說法，所謂的鬼怪，其實只是一組電波，當這組電波跟人的腦電波的頻率相吻合時，就會出現見鬼現象。」

「聽說過，但跟茶杯有什麼關係？」

「你沒有發現嗎？這裡任何一件東西都有上百年的歷史，越是古老的東西，它的磁場收集到的電波也就越多，各種電波彙集在一起，不發生靈異事件才怪。」

聽完蘇唯的解釋，沈玉書點點頭。

「有道理。」

「嗯哼。」

「去二樓看看。」

沈玉書轉身走向樓梯，蘇唯伸手去拿那個邁森茶杯，就聽沈玉書在前面說：「不要亂動這裡的東西。」

蘇唯只好縮回了手，聳聳肩，緊跟上去。

「我覺得有人背後長眼睛，這才是最可怕的靈異事件。」

樓上有三個臥室，還有一間書房，室內都是類似的布置，兩人轉了一圈，蘇唯伸手指指相對的兩個房間。

「我覺得我們應該分開睡。」

「我並沒有想跟你同床共枕。」

「我的意思是我們分開的話，氣場會相對變弱，跟鬼的磁場頻率吻合的可能性也就越高。」蘇唯轉頭看身後的房間，「我就這間吧。」

沈玉書去了另外一間臥室，蘇唯在門口問：「你要洗澡嗎？」

沈玉書打開衣櫃，查看著裡面，說：「我們是來工作的，不是度假的。」

「工作，兼度假……那我去洗澡了，有事叫我。」

蘇唯沒有進房間，而是拿著背包直接去了樓下的浴室，一邊燒水，一邊整理帶來的換洗衣服——有一晚上的時間，不找點事做的話，那實在是太無聊了。

水燒開了，蘇唯跳進浴缸裡開始泡澡，裡面沒有留聲機，他便靠在浴缸邊上，閉眼哼歌，自娛自樂。

冬天泡熱水澡實在是很享受的事，蘇唯覺得沈玉書一點都不會享受人生，他感歎完，又想到如果在現代社會就好了，按個針孔攝像頭，就什麼問題都解決了，也不用徹夜守在這裡。

相比之下，在現代社會當偵探真是容易多了。

正泡得舒服的時候，浴室裡的燈泡突然閃了閃。

蘇唯睜開眼，還沒看清是怎麼回事，就見燈泡一亮一滅，然後啪的一聲，完全滅掉了。

蘇唯全身發冷，在黑暗中呆了三秒，腦海中不斷迴旋著一件事——不會是真的鬧鬼吧？在這種西洋公館鬧鬼，也太寫實了！

五秒鐘後，蘇唯的反應神經終於恢復了正常，他大叫一聲，從浴缸裡跳了出來，頂著毛巾，扯過衣服隨便往身上一搭，拿著他的小背包就衝出了浴室。

浴室外也是一片漆黑，四下裡靜悄悄的，蘇唯靠感覺摸到樓梯，大步流星地跑上二樓，叫道：「沈玉書！沈玉書！」

沒人理他，樓上同樣也很靜，蘇唯忍不住想沈玉書是不是已經跟鬼狹路相逢了，如果真是那樣，那就糟糕透了。

他跑去沈玉書的房間，悶頭衝了進去，大叫：「沈玉書，不用怕，我來救你！」

雖然蘇唯也不知道該怎麼救，對付員警跟小偷他很有經驗，但對付鬼，他也是頭一遭啊！

蘇唯衝進房間，藉著從窗簾縫隙透進來的微光，他猛然看到正對面，也就是臥室當中的空中懸掛著一個長長的人體，人體還來回晃蕩著，儼然吊死鬼的樣子。

糟了，難道沈玉書被鬼迷住了神志，上吊自殺了？

蘇唯背心發涼，把背包一丟，衝了過去，他雙手抱住沈玉書的腿，用力往上抬，叫道：

「沈玉書你醒醒，你是在辦案，看到的都是幻覺，這裡沒鬼，不，這世上都沒鬼！」

「放開我！」

「不放，我不能讓你死，你死了我怎麼辦？我還想回去的，你是唯一的稻草啊……」

「不要妨礙我做事。」

「你不是在自殺嗎？」

「好好的我為什麼要想不開？快鬆手！」

沈玉書話聲清亮沉穩，聽起來不像是要尋死的人，蘇唯疑惑著鬆開了手，站到一旁，沒多久眼前光芒忽閃了一下，整個房間重新亮堂起來。

不過那不是燈泡的光芒，而是蘇唯的袖珍手電筒。

蘇唯仰頭看去，發現沈玉書不是要上吊，而是踩在椅子上修理燈泡，他手裡除了手電筒外，還拿了電工常用的工具。

「呵，理工男啊，理工男就是指……」

沈玉書向他做了個打住的手勢，跳下椅子。

「我懂，不過我不懂你現在的造型，你不冷嗎？」

蘇唯回過神，低頭一看，剛才他急著跑上來，衣服只是隨便圍在身上，腳上也沒穿鞋。

被提醒，他這才感覺到冷，急忙找了雙拖鞋穿上，又以最快的速度穿好衣服，用毛巾擦著還在滴水的頭髮，不斷地打噴嚏。

沈玉書同情地看著他。

「希望你不要再感冒，否則你又要吃中藥了。」

「閉上你的烏鴉嘴，哥不會感冒的！」

「你剛才為什麼說我死了，你就回不去了，這兩者之間有關聯嗎？」

「呃……你聽錯了，我什麼都沒說……」

蘇唯敷衍著，穿好衣服，為了防止感冒，他又從背包裡找出一條乾毛巾，包住頭髮。

一切整理完畢後，他總算有餘裕查看情況了，仰頭看著燈泡說：「剛才怎麼回事？不會真的鬧鬼吧？」

「可能是保險絲燒了。」

沈玉書掀開窗簾，往外看了看，周圍一片漆黑，他又走出臥室，去開其他房間的開關，也毫無反應。

「這一片是同一條線路，哪戶人家的保險絲燒了，就害得大家一起斷電。」

蘇唯住的地方也常常斷電，所以臨時點蠟燭跟煤油燈是常有的事，他鬆了口氣，點著頭說：「還好還好，不是鬧鬼。」

「你不是怕鬼吧？」

「怎麼可能？我名揚天下的神偷蘇十六怎麼會……」

「雖然很難想像一個大男人會怕鬼，但還是要謝謝你即使怕鬼仍特意趕來救我。」

「都說了我不怕鬼的！」

眼前一亮，打斷了蘇唯的話，跳躍的光芒中冒出一張伸出舌頭的鬼臉，蘇唯啊的一聲向後跳去。

沈玉書收回舌頭，用火柴點著了蠟燭，平靜地說：「還說不怕鬼。」

任何人在大晚上忽然見到鬼臉都會嚇一跳吧？這跟怕鬼根本沒關係。

蘇唯翻了個白眼，「你好無聊啊，就算這棟宅子裡真的有鬼，也被你嚇跑了……呵，裝備還真周到，居然帶了蠟燭來。」

「在這個常斷電的時代裡，蠟燭絕對是居家旅遊的最佳裝備，一燭在手，天下我有。」

「喂，不要學我說話。」

還在這麼黑漆漆的房間裡用這麼陰森森的語調來模仿，讓蘇唯不知道是該大笑捧場，還是該揍他。

沈玉書舉著蠟燭來到廊下，找到總電閘。

他讓蘇唯拿蠟燭，自己去取了椅子跟保險絲，踩上去，說：「希望是這裡的保險絲燒了，這樣很快就能修好。」

蘇唯舉著蠟燭站在一旁，看著沈玉書檢查電閘，「看不出你對電器還挺精通的。」

「畢竟我是理工男。」

「都說了不要學我說話。」

蘇唯無奈地嘆了口氣。

沈玉書這樣說話很糟糕的，會讓他有種感覺，他在跟現代人對話。

「你怎麼會想到探險還帶保險絲？」

「我懷疑靈異事件是供電的問題，才會導致燈泡閃爍，所以來之前就做了準備，沒想到真的用上了。」

「問題是我們事務所怎麼有保險絲？」

「因為我是理工男。」

義正詞嚴的說話，蘇唯偃旗息鼓，放棄再問下去了。

「說個話外題，既然你懂電器，那你能不能製作一個東西？你看一下，是這樣的，可以是圓的也可以是方形的，最重要的是當中有兩個插口，電壓是 100V 到 220V 都可以，關鍵是把電源接到插進插孔的銅片上。」

「你在說什麼？」沈玉書低頭，奇怪地問他。

蘇唯想了想，其實他也不知道自己在說什麼——對一個從來沒見過充電器插頭的人來說，他不知道該怎麼解釋，才能讓對方理解插頭跟插座的原理。

「我什麼都沒說，剛才什麼都沒發生，如果你聽到有人說話，那一定都是你的幻覺。」

沈玉書盯著他看了三秒，確定他是認真的後，轉回頭，繼續檢查電閘。

「我以為身為小偷，你應該懂這方面的知識。」

他比較懂得怎麼破壞電路，還有怎麼當駭客……所以他不是不懂電路方面的知識，他只是對這個年代的東西比較生疏而已，如果有個熟悉的人指導的話，那要做出電源插座並不是問題。

沈玉書說：「你可以把你想要的東西畫出來給我，我來看看能不能做，反正現在沒工作，閒著也是閒著。」

「難道我們現在不是在工作？」

「這份工作看起來不會花很久的時間。」

蘇唯正要回應，屋外突然傳來兩下響聲。

夜深了，響聲分外刺耳，兩人的動作同時停下，側耳傾聽。

蘇唯不肯定地說：「好像是槍聲？」

「噓。」

沈玉書給他打了個手勢，他們在寂靜中站了一會兒，就聽到又有槍響傳來。

這次響聲幾乎是連續傳來的，可以確定是槍聲。

沈玉書從椅子上跳了下來，衝進臥室。

臥室的窗戶面朝街道，從槍聲傳來的方向判斷，應該是有人在街道對面開槍，可是他拉開窗簾看去，外面一個人影都沒有，路燈在積雪中散發著暗淡的光芒，讓街道顯得更加冷清。

「出去看看。」

蘇唯率先做出決定，他抄起隨身不離的小背包，背到肩上衝了出去，沈玉書想叫他，已經來不及了。

那不是他們的工作。

沈玉書很想提醒蘇唯，但實際上卻是他被蘇唯影響了，把椅子放回原處，也追了出去。

兩人一前一後跑到街道上，街上很靜，似乎沒人被槍聲驚動，或是被驚動了卻不敢出來查看。

蘇唯沒看到路上有可疑人，他給沈玉書打了個手勢，兩人兵分兩路，沿街尋找。

四周再沒有響起槍聲，蘇唯提起警覺往前走了一會兒，忽然聽到附近有人發出驚呼聲，他立刻順著叫聲跑了過去。

臨街有一棟頗大的房子，純西洋風格的建築，院子也很大，要不是院門開著，裡面隱約有光線閃過，蘇唯還不敢肯定聲音是從這裡傳出來的。

他穿過半開的院門跑了進去，院子當中停了一輛黑色轎車，他跑過去時，順手摸了下車頭，車頭還很熱，證明有人剛進去沒多久。

房子正門是鎖上的，蘇唯轉動了一下把手，正猶豫要不要進去，就聽裡面再次傳來叫聲，緊接著光亮消失了。

發出叫喊的是個男人，聲音中充滿了緊張跟恐懼，蘇唯沒時間多想，飛速掏出鐵絲，插進鎖眼裡轉了幾下，門鎖打開的同時，他就壓低帽簷，打開手電筒衝了進去。

眼下是什麼狀況還不清楚，他得保證自己不成為被懷疑的對象，所以適當的掩飾是很有必要的——這是蘇唯長年從事神偷這行得出來的寶貴經驗。

玄關的寬敞程度出乎蘇唯的意料，一進去，他就被周圍擺設的古董瓷器跟裝飾物晃花了眼。

如果說李家別墅的裝潢是富有的話，那麼這裡簡直就可以說是富麗堂皇了，蘇唯努力控制住自己的職業病，對眼前的古玩瓷器目不斜視，悶頭跑進客廳。

客廳閃過光亮，並伴隨著一連串的叫喊聲，這次蘇唯聽懂了，那個人用法語大叫：「喔，老天，怎麼會這樣？」

客廳的面積有李家別墅的幾倍大，即使在豪宅遍布的地段裡，這麼大的居所也令人咋舌，不過此刻讓蘇唯更吃驚的不是洋樓的大小，而是發出叫喊的人。

要說這也算是熟人了，他不是別人，正是跟蘇唯和沈玉書有過兩面之交，還曾經差點動過手的那個洋人雅克。

「喔，老天，怎麼會這樣？」

確定自己沒看錯人後，蘇唯的意識被雅克引導了，說出了相同的話。

如果不是前不久剛見過雅克，蘇唯多半會認不出他。

此時雅克單腿跪在地板上，一隻手裡握著打火機，懷裡還抱著一個女人。

女人的臉上跟上半身都是血，僅靠手電筒的光芒，無法看清她的容貌，也看不清她的傷勢，不過直覺告訴蘇唯，她可能沒救了。

地板上落了許多瓷器碎片，蘇唯將手電筒移向對面，就見古玩架上慘不忍睹，另一邊牆上的字畫也歪斜了，可見剛才槍戰的慘烈。

除了瓷器碎片外，地上還有一件乳白色的披風，披風上同樣濺著血跡跟碎屑，一把手槍落在披風旁，像是揭示它就是罪魁禍首。

雅克目光呆滯，表情恍惚而又震驚，看到蘇唯，他先是一愣，又隨著蘇唯的目光移到手槍上，這才反應過來，一把推開女人，用法語大叫道：「不不不，人不是我殺的，我什麼都不知道……這都是……」

他一邊說著，一邊站起來，朝蘇唯靠近，像是想到了什麼，指著他，憤怒地咆哮：「我知道了，是你殺的人，你這個豬玀，入室行凶殺人，還想陷害我……」

蘇唯整整呆了三秒鐘。

做他們這行的，隨時都抱著被誣陷冤枉的心理準備，但即使如此，被這麼毫無根據地誣衊，還是出乎他的意料，想說雅克的智商是不是欠費了，連這麼蹩腳的理由都想得出來。

眼下這種狀況，換了別人，說不定真的會成為替罪羊，但好在蘇唯聽得懂雅克說的話，他猶豫了一下——是逃走還是留下來解釋？最後選擇了前者。

不管是在太平盛世還是在亂世中，三十六計都絕對不會有錯。

決定好後，蘇唯關了手電筒，轉身就跑，但他剛跑到走廊上，就見門口閃過光亮，雜遝的腳步聲響起，好幾個人跑了進來。

其中一個是沈玉書，他大聲叫道：「就是這裡，我聽到槍聲，你們快來看看。」

蘇唯的念頭轉得比閃電都快，聽著那幫人跑過來，他仰頭看了下房子，然後縱身一躍，攀住牆壁，迅速躍到了裝飾房梁上。

他剛抓穩，那些人就跑了過來，卻是負責夜間巡邏的巡捕，還好他們沒注意頭頂上的狀況，打著手電筒，在沈玉書的帶領下衝進了客廳。

蘇唯趴在梁上，就聽到「殺人了」、「不許動」、「快去叫救援」等說話聲陸續傳來，中間還夾雜著雅克憤怒的叫聲。

他先是說法語，後來又說英語，但巡捕們都聽不懂，所以沒多久他就閉了嘴，接著一個巡捕匆匆跑出來，看來是去叫救援了。

蘇唯看準時機，從梁上跳下。

為了不讓雅克認出來，他摘了帽子，又從背包裡拿出圓框眼鏡跟圍巾，分別戴上，稍微打扮後，便成了看似手無縛雞之力的讀書人，重新走進客廳。

進去後，蘇唯發現他的擔心都是多餘的，因為雅克被制伏了，兩個巡捕一人一邊壓住他的胳膊，把他按在地上，看他們如臨大敵的樣子，是把雅克當成凶手了。

那個女人歪靠在椅子上，這次蘇唯看清楚了，她胸前跟頭上都有中槍，已經死了。

看到這樣的現場，任誰都會把雅克當凶手吧。

還有一個巡捕舉槍對準雅克，以防他反撲，又不斷地問沈玉書：「找到開關沒有？快把燈打開，這裡說不定還有凶手的同黨……」

他的話聲有點發顫，一看就是沒遭遇過凶案現場，蘇唯猜想他心裡一定恨死沈玉書了，三更半夜把他叫來處理這麼大的案子。

沈玉書很鎮定，說：「好像是保險絲燒了，我剛才試過開關，燈都不亮……要不我去看看總電閘？」

「快去快去……啊等等，你是目擊者之一，我記得你的模樣，你別想逃跑啊。」

「你想多了，我表弟也是巡捕，說起來跟你還是同事呢，我怎麼會逃跑？倒是你們，一定要看緊嫌疑犯，保護好現場，如果破了案，這個頭功可是你們的。」

他最後一句話簡直就是給那三個人吃了劑定心丸，他們用力點頭，表示絕對不會放走凶犯。

沈玉書交代完，轉身要出去，雅克突然抬起頭，用英語向他大叫起來：「我想起你是誰了，你是船上那個人……是你陷害我的，混蛋！豬玀！」

沈玉書腳步微停，又跟巡捕們追加了一句：「疑犯很凶惡，你們要小心，必要時可以適當地讓他閉嘴。」

下一秒雅克就發出慘叫，蘇唯一咧嘴，有點好奇巡捕們是用什麼方式讓他閉嘴的。

他追上沈玉書，跟他一起去找電閘，小聲問：「你怎麼找到巡捕的？」

「我聽到這邊有叫聲，你又消失了，就猜可能有情況，剛好有夜間巡邏隊經過，我就把他們叫過來了，你知道，住在這裡的人非富即貴，一個弄不好，反而會被他們倒咬一口，所以人越多越好。」

蘇唯給沈玉書豎了下大拇指，「夠黑，我喜歡。」

「幸好你反應快，及時躲起來了，否則也會被他們撞到。」

「你一進門就那麼大聲的說話，我當然知道你是在提醒我了。」

「真聰明。」

「不聰明能當你的搭檔嗎？不過沒想到這棟住宅是雅克的。」

「我也沒想到，真不幸又遇到他了。」

想起雅克那個還在海底沉睡的錢包，蘇唯噗嗤笑了。

「我想他現在也是這樣想我們的。」

【第三章】

再次遇到命案

蘇唯在旁邊看到，說：「雪絨花這名字有點眼熟。」

「是你貴人多忘事，軍閥被殺案時，我們還去這家店打聽過情報，你當時還跟女店員打得火熱。」

「吃醋了？放心吧，我心裡最愛的還是你。」

「神經病。」沈玉書瞪了蘇唯一眼，又用眼神向他示意。

蘇唯停下開玩笑，掏出紙筆開始做記錄，嘴裡嘟囔道：「我怎麼覺得自己變成華生了。」

閻東山湊過來，問：「您喜歡吃花生？」

兩人在一樓轉了一圈，很快就在後門廊下找到總電閘，沈玉書左右看看，取了個放花盆的木凳，踩上去，又拿出電工道具，開始檢查電閘。

蘇唯在下面打著手電筒幫他照明，還以為要修理很久，誰知沈玉書馬上就說：「什麼事都沒有，是有人切斷了電閘。」

「是誰切的？雅克嗎？」

「那要去問他……糟糕，不知道今天要勘查現場，沒帶工具箱。」

「雖然我這裡沒有工具箱，但是必要的勘查工具都帶了，鏘……鏘鏘！」

蘇唯從背包裡取出一個攜帶式袋子，裡面裝著沈玉書平時常用的工具，沈玉書眼睛一亮，搖搖手，示意蘇唯把袋子丟給他。

蘇唯照做了，又自誇道：「啊啊，找到我這麼好的搭檔，真是你幾輩子修來的福氣。」

「我最喜歡你這種永遠充滿自信的人生態度。」

沈玉書說著話，戴上手套，使用工具檢查了電閘把手，又提取了上面的纖維物質，這才將電閘扳回原位。

走廊另一頭閃過亮光，客廳的燈亮了起來。

沈玉書從木凳上跳下來，蘇唯問：「有什麼發現？」

「暫時還不知道，要回去做詳細化驗。」

沈玉書走到後門，推了一下。

後門是虛掩的，在他的推動下應聲開了。

外面是後院，栽種了一些花草，不過現在都被積雪覆蓋了，當中是一條鵝卵石小路，通向圍牆門，小路上的雪都化掉了，沒有留下腳印。

「好可惜。」蘇唯嘆道。

沈玉書點點頭，深有同感，他用同樣的方式在後門跟圍牆門把手上做了採樣，等全部做完，就聽前面人聲喧鬧，看來援軍到了。

兩人回到客廳。

走廊跟其他房間的燈都被打開了，幾位巡捕正在客廳檢查現場，雅克也被銬上了手銬，他在用法語跟英語雙聲道吼叫，但很可惜，沒人搭腔。

最後還是一個看似老油條的巡捕上前拍了拍雅克的臉，用法語單字蹦著說：「我知道……這是你家，這跟……你有沒有殺人沒……關係。」

「人不是我殺的，我是無辜……」

「人不是你殺的，那你身上和手上的血是哪來的？子彈是自動飛出來的嗎？少囉嗦，帶走！」

這句話太難，所以老油條是用中文說的，他說完，揮揮手，命令手下把雅克帶出去。

雅克不斷掙扎，又改用母語辯解，但沒說幾句，就被架走了。

沒多久，法醫也趕到了，沈玉書觀察了一遍現場，也想過去幫忙，被老油條擋住，扠著腰打量他，「聽說是你報案的？這麼晚了，你在外面晃悠什麼？」

老油條看年紀快六十了，長得並不高大粗壯，但一看就是很精明的那種人。

沈玉書不敢信口開河，說：「我叫沈玉書，這是我的朋友蘇唯，今晚是平安夜，我們準備去教堂參加彌撒，沒想到走到這裡，突然聽到槍聲，剛好附近有巡警，我就叫他們來幫忙了。」

沈玉書還在腦子裡飛快地思索可信的理由，誰知老油條聽了他的名字，一拍腦袋，指著他叫道：「你是不是逍遙的表哥？」

「是的，你認識我？」

「這十里洋場，但凡在道上混的，哪有不認識您的啊？那個軍閥被殺案，你破得可真漂亮，平時大夥兒說起你，都要豎個大拇指啊，啊對了，我叫閻東山，是霞飛路巡捕房的。」

「咳咳。」蘇唯用手擋住嘴，發出輕咳。

勾魂玉案可以順利破獲，他也功不可沒啊，怎麼大家都只記得沈玉書，沒人提他呢？

蘇唯的咳嗽聲順利地把老油條的目光吸引了過來，跟他打招呼說：「蘇先生你好，真是太好了，有你們兩人在，我這心裡就有底了。」

「怎麼說？」

「哎喲，這邊住的不是達官貴族就是富人商賈，再不就是洋人，現在還出了命案，不好辦啊！」

閻東山壓低聲音說完，又拉著沈玉書的胳膊往現場拖。

「大偵探，既然你們都來了，就幫幫忙吧，我這底下的兄弟動動粗還行，玩不了動腦子的玩意兒。」

「這不大好吧，我跟蘇唯是外人，師出無名。」

如果不是跟沈玉書太熟，蘇唯想他一定會被這傢伙真誠的表情騙到的，但實際上卻是沈玉書看到案子，眼睛都發光了，他現在一定巴不得親自勘查現場。

「你是大偵探啊，而且是你報的案，怎麼能說師出無名呢？我們這就只有一個驗屍官，忙不過來，看在你表弟跟我們是同事的份上，你就幫幫忙吧。」

像是怕沈玉書離開，閻東山硬是把他拉到了案發現場當中——落在地板上的披風跟手槍的前方。

現場勘查勝在爭分奪秒，所以沈玉書沒再跟他客套，開始認真檢查起來。

手槍是勃朗寧，沈玉書戴上手套，拿起槍看了看，彈匣裡的子彈都打空了，他放下槍，又去看那件披風。

那是件羊毛呢子披風，樣式是當下流行的款式，看質地跟做工，價格一定不菲。

沈玉書翻了翻披風衣領的裡側，裡面縫製了時裝店的標籤，名字叫雪絨花，右下角還繡著一朵淡金色的小花。

蘇唯在旁邊看到，說：「這名字有點眼熟。」

「是霞飛路的一家服裝店，上次阿衡給逍遙買衣服，也是去這家店。」

「你記得可真清楚。」

「是你貴人多忘事，軍閥被殺案時，我們還去這家店打聽過情報，你當時還跟女店員打得火熱。」

「吃醋了？吃醋了？放心吧，我心裡最愛的還是你。」

「神經病。」

沈玉書瞪了蘇唯一眼，又用眼神向他示意。

蘇唯停下開玩笑，掏出紙筆開始做記錄，邊寫嘴裡邊嘟囔道：「我怎麼覺得自己變成華生了。」

閻東山湊過來，問：「您喜歡吃花生？」

「不，只是隨口說說的，您別當真。」

沈玉書檢查完物品，又走到死者身旁。

蘇唯跟著走過去。

那是個三十出頭的女人，長得很漂亮，厚密的頭髮綰在腦後。她穿了一件淺白色的旗袍，戴著紅寶石耳墜跟粉紅珍珠項鏈，臉上跟旗袍胸前濺了很多血跡，子彈一顆打中她的額頭，一顆打在她的胸口上，都是致命傷。

「她出身富家，養尊處優，很喜歡時髦的物品，已婚，跟丈夫關係不佳。」眼神依次掠過女人的裝扮、精心塗抹的紅色指甲油、右手的婚戒、半脫落的銀灰色高跟鞋，沈玉書說道。

蘇唯虛心求教，「你怎麼知道她跟丈夫關係不好？」

「好的話，她會三更半夜來別的男人家裡幽會嗎？這裡應該是雅克的住所，至少這一點他不會說謊，所以他們是情人關係。」

「情殺啊。」

蘇唯發出嘖嘖嘖的聲音，閻東山也湊過來，說：「說不定是這女人想分手，洋人不同意，就殺了她，真糟糕，這都快過年了，鬧這麼一齣……」

沈玉書沉吟不語，看著法醫給女屍做檢查，他問：「我可以提取一些物質成分嗎？」

閻東山撓撓頭，聽不大懂。

蘇唯解釋道：「他是想弄點東西來做化驗，鎖定凶手。」

「凶手不就是那個洋人嗎？不過你想弄什麼就弄吧，有了確鑿的證據，就可以給他定罪了。」

得到閻東山的許可，蘇唯拿出小鑷子跟容器。

沈玉書用鑷子夾住女屍指甲裡的殘留物，放進容器裡，在提取的過程中，他發現指甲裡也沾了血跡，便一起做了取樣。

法醫在旁邊看著他熟練的手法，不由得讚歎連聲，「先生的驗屍工具很齊全啊，不愧是神探。」

——喂，作為偵探社的一員，我也是神探啊，怎麼就沒人提到我？

蘇唯不爽了，站起來去檢查其他地方。

客廳的設計是典型的歐式風格，色彩搭配凝重氣派，占地很大，跟正門相對的是一整面大浮雕，浮雕非常寬，幾乎可以當做牆壁來使用，這種開放性的設計，即使開家庭舞會也完全沒問題。

所以槍戰造成的慘狀就更加目不忍睹了，地上除了各種瓷器碎片外，還有散亂的粉盒、口紅等化妝品，以及女性用的淺灰色小皮包，看來都是死者的用品。

蘇唯的目光繞著客廳轉了一圈，最後落在浮雕上。

浮雕凹凸起伏，像是海浪，又像是雲海或山脈紋絡，再經過不同顏色的點綴，頗具氣勢，讓他忍不住多看了幾眼。以他的眼光跟見識，居然沒有看懂那上面雕的是什麼。

大概這就是所謂的抽象藝術吧。

巡捕正在收集地上的彈殼，蘇唯收回眼神，看著巡捕將彈殼放進證物袋裡，又轉頭

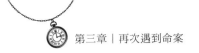

看看女屍，嘆道：「一連開六槍，這是有多大的仇啊！」

待沈玉書檢查完畢，公董局的洋人督察也聞訊趕了過來，為了不給閻東山帶來麻煩，沈玉書跟蘇唯提供了簡單的筆錄後，就告辭離開了。

兩人出了洋樓，外面依舊靜悄悄的，附近有幾戶人家亮了燈光，卻沒人出來看熱鬧。那些唯恐天下不亂的記者也沒出現，不知道是不是被限制了不讓靠近，畢竟這是牽連到洋人的案子，比較敏感。

沈玉書站在洋樓的院門外看了一會兒，蘇唯陪著他一起看，「我有種錯覺，我們接的案子可能會很棘手。」

目光落在洋樓的門牌號上，沈玉書也有同感。

他們回到李家的別墅，取了自己的東西後匆匆離開。

凌晨叫不到車，他們準備步行返回，誰知才走到路口，身後就響起汽車喇叭聲，一輛黑色福特車開了過來，雲飛揚從車窗裡探出頭，叫道：「兩位大偵探，請上車。」

蘇唯的手扶著額頭，「我感覺上了他的車，一定會被問很緊。」

「那你是決定在雪夜裡步行回家了？」

蘇唯看了沈玉書一眼，兩人幾乎在轎車開近的同時跑過去，打開車門坐上了車。

雲飛揚開著車，透過後視鏡打量他們。

「兩位辛苦了，這次的案子一定很麻煩吧？」

蘇唯顧左右而言他，「你這輛車不錯啊，這麼新，剛買的？看來你的薪水賺得不少。」

「這是我借來的，我這麼窮，怎麼買得起車啊。」

「穿卡其布的窮人，哈。」

「衣服也是跟朋友借的，呵呵，快說說你們的案子，是洋樓鬧鬼嗎？我看到好多員警都過去了，難道他們也負責捉鬼？」

「你什麼時候跟蹤我們的？」打斷他的嘮嘮叨叨，沈玉書問。

「我沒跟蹤，我只是剛好路過。」

「我們很忙，如果你沒有情報提供的話，那就下車。」

蘇唯忍不住斜視沈玉書——喂，老兄，這好像是人家的車，你這副口氣沒問題嗎？

事實證明，沈玉書這樣說不僅沒問題，還很成功地鎮住了雲飛揚。

他不敢再信口開河，老實交代道：「我偷偷跟著你們去了白賽仲路，後來跟丟了，我就在周圍亂轉悠，想碰碰運氣看能不能找到你們，你們也知道，這邊大多都是別墅，大家平時不住在這裡，所以順著燈光找一找，很容易找到的。」

「在恆心這方面，我要給你按個讚，那麼你找到了嗎？」

「沒有，我走岔路了，去了後面那條街，不過我真的見鬼了，說不定就是你們準備捉的那隻鬼。」

「在哪裡看到的？」

「就是出事那家的後門，我聽到槍聲，還以為是你們出事了，就往那邊跑，突然看到眼前一道白影閃過，嚇得我腿都軟了……」

蘇唯跟沈玉書對望一眼，沈玉書立刻問：「看到鬼的長相沒有？」

「他沒臉的，整面都是白的，你們有沒有聽過無臉鬼的傳說？就是那樣的，傳說這種鬼最喜歡跟人家借臉，我嚇壞了，急忙捂住自己的臉，等我再抬頭時，鬼就不見了。」

說了半天，什麼情報都沒提供到。

蘇唯無力地說：「就你這膽子，還三更半夜出來跑新聞，快回家洗洗睡吧。」

「我也是這樣想的，不過在此之前，我還是好奇想知道那棟樓裡發生了什麼事？」

「發生了命案，不過跟我們接的案子沒關係，如果你對命案好奇，可以自己去查。」

「這樣啊，可是我很怕再見到無臉鬼啊……」

「這世上是沒有鬼的。」

「不是鬼就更可怕了，我又不能打，如果遇到壞人，那就糟糕了。」

雲飛揚一個人嘟嘟囔囔了半天，見後面兩人都不搭話，他嘆了口氣，不做聲了。

回到偵探社，雲飛揚還不肯死心，跟著他們來到事務所門口，沈玉書不理他，掏出鑰匙就要開門，蘇唯忽然攔住他。

「等一下。」

蘇唯彎腰，查看鎖孔，語氣變得嚴肅起來，「有人撬過我們的鎖。」

沈玉書轉頭看雲飛揚，雲飛揚嚇得連連搖手，說道：「不是我、不是我，我不會做犯法的事。」

沈玉書問蘇唯：「那人撬開鎖了嗎？」

「沒有，他應該嘗試了很久，但如果我蘇十六設計的鎖頭可以被人撬開，那我以後還怎麼在道上混？」蘇唯邊說邊掏出手電筒，觀察著鎖眼裡的狀況。

「進去看看。」

蘇唯打開鎖，三個人走進去，沈玉書先衝進會客室，裡面一切物品都擺放在原有的位置上，沒有移動過的痕跡。

給小松鼠當睡床的抽屜保持稍微打開的狀態，沈玉書小心翼翼地拉開抽屜，松鼠蜷在裡面睡得正香，不像是被驚動後的反應。

沈玉書又去了實驗室，實驗室的門上了鎖，蘇唯檢查了一下，沒有被撬過。

之後他們又分別檢查了其他地方，門窗緊閉，一切正常，看來小偷在撬鎖失敗後就放棄了。

「啊哈，居然偷到祖宗頭上了，簡直是可忍，孰不可忍。」蘇唯雙手交抱，靠在門框上，憤憤不平地說：「我要報案，明天就去小表弟那邊報案！」

「這片歸霞飛路巡捕房管的，」雲飛揚提醒他，「而且快到年關了，這種小偷小摸的事層出不窮，根本抓不完，報案也沒人理你。」

「可是到偵探社偷東西，根本就是在挑釁我們，還好有我特別設計的鎖，否則今晚我們的損失可就大了。」

聽了蘇唯的話，沈玉書心裡一動，轉頭看向雲飛揚。

雲飛揚被他看得發毛，大叫道：「不是我，我沒有撬你們的鎖……」

「真的對這個案子有興趣？」

「啊？」

「如果有興趣的話，有件事我想麻煩你幫忙問一下。」

一聽沈玉書給自己吩咐任務，雲飛揚一秒來精神了，小狗似地哈哈著湊過來，問：「什麼事？」

「你幫我去打聽一下春暉紡織廠老闆家裡的情況，重點是他的女兒李慧蘭，還有李家在白賽仲路一五六號的別墅情況。」

「好的好的，是跟你們捉鬼有關對吧？那我天一亮就去問，等我的好消息。」

雲飛揚接了任務，沒再囉嗦，開開心心地離開了。

聽到外面的門關上，蘇唯鬆了口氣，向沈玉書笑道：「你這招高明，否則都不知道他要賴到什麼時候。」

沈玉書不說話，拿著現場取樣的東西去了實驗室，蘇唯衝著他的後背問：「撬鎖的會不會是端木？」

「為什麼這麼想？」

「如果只是普通盜賊，撬不開鎖的話，他會直接砸窗，只要能偷到東西就好，但今晚這個賊很明顯是不想被我們覺察到，所以發現進不來後，就放棄了。」

「你說得有道理，不過如果是阿衡，他想偷東西的話早就偷了，不會等這麼久，那是個有野心的人，一點寶藏他應該不會放在眼裡。」

「你會這樣說，是不知道那個寶藏所擁有的價值。」

蘇唯嘟囔完，沈玉書回過頭，「你說什麼？」

「我是說——你不會真的要查雅克的案子吧？」

「那倒沒有，只是有些事我想不通，不解決的話，我會睡不著覺的。」

「那你慢慢解決吧，我要去睡我的美容覺了，沒事別叫我，有事更別叫。」

「晚安。」

沈玉書去了他的實驗室，蘇唯上了二樓蒙頭大睡。

不過蘇唯睡得並不踏實。

一開始是作夢回到剛來到這裡的時候，因為圓月觀音事件認識了陳雅雲，接著李慧蘭也跳了出來。

他跟沈玉書受李慧蘭的委託去別墅，別墅的門牌號在眼前閃過，緊接著是發生殺人案的洋樓，還有洋樓院門的景觀……

蘇唯大叫起來，他突然發現了一個非常巧合的地方！

睜開眼睛，外面早已天亮了，陽光透過窗簾透進來，看起來天氣不錯。蘇唯顧不得看天氣，他跳下床，隨手扯過外套披在身上，衝下了樓。

「沈玉書，我想到了一件事，很重要的事！」

叫聲被口琴聲打斷了，會客室裡傳來《鈴兒響叮噹》的聖誕樂曲，看來是長生來了，不過更吸引蘇唯的是來自客廳的早餐香氣。

他順著香氣跑了進去，就看到沈玉書正坐在椅子上吃早點，熱氣騰騰的豆腐花配油條，還有夾著雞蛋的煎餅果子，讓他突然感覺饑餓是一件多麼難以忍受的事。

「喂，有早餐為什麼不叫我？」

「是你自己說有事沒事都不要叫你的。」

「美食除外。」

蘇唯跑過去，伸手要拿，被沈玉書攔住。

「也許你該去清洗一下。」

「馬上就去，你不要偷吃啊。」

「放心，長生有帶你的那份。」

蘇唯跑去隔壁，以最快的速度洗漱完畢，跑回來坐下吃早點，長生也跟著過來了。

小松鼠在睡覺，長生沒事做，幫他們倒了茶後，就坐去一邊，靜靜地翻他帶來的樂譜書。

沈玉書吃完了飯，開始翻今天的報紙，蘇唯問：「有案件報導嗎？」

「沒有，消息封鎖得很緊。」

案件發生在高級住宅區，嫌疑犯又是洋人，蘇唯有點可憐那些巡捕了，在臨近年關時遇到這麼棘手的案子。

「你的化驗做得怎麼樣？」

「電閘跟兩個後門的門把上都沒有找到指紋，應該是被凶手擦掉了，他是個冷靜又冷酷的傢伙。」

「可是雅克的狀況看上去跟冷靜冷酷一點都沾不上邊，而且他也沒時間去擦掉指紋。」蘇唯分析道。

「他可以有同黨的。」沈玉書的目光沒有離開報紙，隨口說：「情殺的話，總離不開三角關係。」

「那死者身上有什麼發現？」

「死者的額頭跟胸前出血的血型是A型，而她的指甲裡的血是AB型，所以很大的可能是她在跟凶手搏鬥中抓傷了凶手，另外，我還在她的指甲裡找到了某種物質纖維，纖維含有角蛋白的成分，包括羧基、胺基和羥基，還有胱氨酸以及……」

蘇唯抬起手，制止了他的長篇大論，「請說我聽得懂的話。」

「簡單來說，物質纖維是羊毛，也就是現場那件呢子披風上的成分。」

「所以很可能是她在掙扎中蹭到指甲裡的。」

「是的，暫時我收集到的線索只有這些，你呢？」

「我？」

「你剛才突然衝下來，不是要跟我說什麼嗎？」

啊對，只顧著吃飯，他居然把這麼重要的事忘記了。

蘇唯三下五除二，幾口把飯吃下肚，才接著說：「我作夢回到雅克的別墅，發現了一個很奇怪的地方，那棟別墅的門牌號是一六五，李家別墅的門號是一五六，這不會是巧合吧？」

「我討厭巧合，如果凡事都用巧合來解釋，那就沒有邏輯了。」

——這件事告訴我們不要跟理工男談什麼巧合或緣分，因為他們的大腦成分是由邏輯構成的。

蘇唯一邊在心裡默默吐槽，一邊說：「原來你讓雲飛揚去查李慧蘭，不是想找藉口趕走他。」

「我是那麼刻薄的人嗎？」

「你是。」

「好，我是，那你想不想知道這兩個門牌號相近的原因？」

「是什麼？」

「我要一份聖誕禮物，不可以低於五十個大洋的。」

「五十個大洋？你殺熟也殺得太狠了吧？殺熟就是……」

「就是——你是熟人，所以我殺得心安理得，誰讓我是刻薄的人呢？」

沈玉書說得雲淡風輕，蘇唯沒話說了，長生也被他們的對話吸引住了，捂住嘴笑嘻嘻地看他們。

蘇唯只好說：「我記住了，欠你五十大洋，月底結算，現在你可以說了吧。」

沈玉書正要開口，外面傳來車輛的引擎聲，很快的，事務所的大門被推開，有人走了進來。

兩人對視一眼，蘇唯搶先跑去走廊上，就見門口站了一位瘦瘦高高的男人。

男人大約五十出頭，戴禮帽跟金邊眼鏡，他外面穿著呢子大衣，手裡拿著一個黑色皮包，氣質介乎優雅跟傲慢之間，簡而概之，不是蘇唯喜歡的那類人。

「請問哪位是沈玉書先生？」

男人的目光在他們兩人之間轉了一下，彬彬有禮地問。

沈玉書往前踏了一步，「我是，請問你是？」

「我叫秦淮，是 Jacques de Polignac 先生的律師，受他的委託，來請你們幫忙。」

沈玉書皺了下眉，蘇唯湊近他，小聲說：「雅克・德波利尼亞克，就是那個討厭的法國人。」

沈玉書恍然大悟，問秦淮：「你想請我們去當人證？」

「不，是德波利尼亞克先生想請你們接手這個案子，幫他洗清罪名，那些巡捕房的人他信不過，他說只有你們出馬，才能讓他安心。」

「你不用往他臉上貼金了，他不會這樣說的。」

被蘇唯嘲笑，秦淮的表情有些僵，加重語氣說：「總之是德波利尼亞克先生委託我來聘請你們，酬勞方面不用擔心，他會付給你們一個滿意的價碼。」

「不好意思，我們剛接了其他的案子，無法騰出時間接受你們的委託。」

沈玉書說完，轉身要走，秦淮叫住他，推了推眼鏡，說：「如果我是你，就會放棄那些不足掛齒的小案子，全力以赴幫助德波利尼亞克先生，要知道全上海像你們這樣的偵探社沒有一百也有八十，如果你們想在這裡打響名頭，這是一次非常好的機會，只要把握機會，到時不怕名利雙收。」

沈玉書只當沒聽到，直接進了會客室。

秦淮還想叫他，被蘇唯攔住了，於是秦淮又追加道：「錢不是問題，酬勞方面還可以再商量。」

「先生，我想你搞錯了一件事，我們的確是為錢辦事，但並不等於說有錢，就可以讓我們辦事。」

蘇唯笑嘻嘻地說完，拍拍秦淮的肩膀，示意他離開。

這次秦淮沒再多說什麼，打量了他一番，然後大踏步走了出去。

蘇唯回到會客室，轉著手腕，嘆道：「你知不知道，要忍住不拿一個討厭的人的錢包，是多麼難受的一件事。」

沒被他的笑話感染，沈玉書說：「你說他怎麼會這麼快找到我們這裡來？」

「這些讀法律的，耳朵跟鼻子可靈了，也就是說雖然全上海有那麼多偵探社，但可以接下這樁案子的只有我們。」

「這是燙手山芋，沒人敢接的。」

「是啊，要不是他太討厭，看在錢的面子上，我一定會接的。」

長生把餐桌收拾了，趴在門上歪著頭聽他們聊天。

蘇唯問：「你不用上學？」

前段時間，長生跟隨洛逍遙出去玩時，遇到了端木衡，剛好端木衡的朋友開了家私塾，他就把長生介紹過去。長生聰明伶俐，先生很喜歡他，又看在端木衡的面子上，只是象徵性地收了點學費。

被詢問，長生搖搖頭，說道：「今天是耶誕節，先生放我們假了，我今晚要去聽鋼琴演奏會。」

「你……」蘇唯震驚地看著眼前這個小不點，「聽演奏會？」

「嗯，票是端木大哥給逍遙的，但逍遙說他太忙，沒時間去聽音樂，就把票給我了，端木大哥可能會生氣。」

不是可能，是一定會生氣。

蘇唯不知道端木衡跟洛逍遙前輩子是不是冤家，自從勾魂玉事件後，端木衡就常去洛家玩，像是進出自己的家，還動不動就去逗弄洛逍遙，搞得洛逍遙煩不勝煩，還曾拜託沈玉書幫忙周旋。

但端木衡沒有做什麼過分的事，所以沈玉書也只能象徵性地說說，結果導致惡性循環，端木衡繼續變本加厲地找洛逍遙的麻煩，偏偏他還很投洛正夫婦的眼緣，所以洛逍遙即使看他不順眼，也不得不容忍下去。

總之，這就是一筆糊塗帳，說不清誰對誰錯。

所以洛逍遙見了端木衡，躲他還來不及呢，怎麼可能陪他去聽演奏會？

不過，拒絕端木衡的結果也很糟糕，這樣一想，蘇唯都有點為小表弟今後的命運感到擔心了。

正聊著，外面傳來開門聲，蘇唯說：「不會又是那位律師先生吧，看來他還是不死心，長生，找個藉口把他打發走。」

長生往外看了看，又轉回來，向他們搖了搖頭。

「好像打發不走欸。」

「為什麼？」

「因為端木哥哥也來了。」

聽到端木衡的名字，蘇唯看向沈玉書，沈玉書向蘇唯一攤手。

「我找到那位大律師來委託我們的原因了。」

蘇唯打了個響指，「啊哈，端木搞的鬼。」

隨著腳步聲接近，秦淮在端木衡的陪同下，再次出現在會客室的門口。端木衡穿著灰色毛呢大衣，配格子圍巾，手上戴著黑皮手套，他太出色了，一出現就搶走了所有人的風頭。

覺察到蘇唯跟沈玉書想說什麼，端木衡搶先舉起手，「二位、二位，先不要忙著拒絕，先聽我把話說完。」

兩人沒說話，端木衡的目光又往會客室裡瞟，「也許我們可以在室內慢慢聊？」

「也許不用。」蘇唯雙手交抱在胸前，擋住他們的路，「剛才我們已經拒絕了。」

「有關這件事，我要跟你們說聲抱歉，是我向秦先生推薦你們的……」

「意料之中。」

「但秦先生並不相信在現今這個社會裡，有人肯不為了名利而做事的。」

「意料之中。」

「所以我就請他做了個小小的測試。」

——真是令人不愉快的測試。

「真是令人不愉快的測試。」

聽到旁邊有人把他的心裡話說出來了，蘇唯忍笑，扳住沈玉書的肩膀，「OK，兄弟，先聽他們把話說完。」

秦淮說：「因為這件事牽扯到德波利尼亞克先生……」

「雅克。」

「牽扯到雅克的生死，我要慎重對待，剛才已經見識到了兩位先生的風骨，我相信端木先生沒有推薦錯人，在這裡還請原諒我剛才的粗魯行為，也請接受我的委託。」

秦淮收起了最初的傲慢，說完，摘下禮帽，向他們深深一鞠躬。

蘇唯一向吃軟不吃硬，看到他這個樣子，沒轍了，用目光詢問沈玉書。

沈玉書依舊面無表情的模樣，但腳步已經撤開了。

「進來慢慢說。」

四人進了會客室坐下，長生很機靈，看他們要談公事，他跑去茶水間泡茶，不一會兒，端著茶水送過來。

蘇唯心驚膽顫地拿起茶杯喝了一口，還好還好，是花茶。

沈玉書對秦淮說：「我要先聽完你的講述，再決定是否接受委託。」

「應該的、應該的。」

秦淮的高傲氣勢被徹底打敗了，他連聲說完，開始談正事，長生沒有打擾他們，乖乖坐在一邊翻看沈玉書訂的日報。

「是這樣的，當年我在法國留學時，受雅克的父親頗多照顧，雅克也是我看著長大

的，所以雖然我是德波利尼亞克家的顧問律師，但對我來說，雅克更像是我的孩子，他的確有很多糟糕的毛病，但絕對不會做殺人這麼可怕的事。」

「對父母來說，再糟糕的小孩都是藝術精品，可以理解。」

蘇唯拿出筆記本，開始做記錄。

「這就是你委託我們幫他的原因嗎？」

「不單單如此，還有就是這個案子牽扯的範圍跟背景都太複雜，別說巡捕房的人不敢調查，就連公董局的那些董事們都很頭痛。」

「有多複雜，難道複雜過上次的軍閥被殺案？」

面對蘇唯的疑問，端木衡點了點頭。

沈玉書冷笑道：「所以你就把這個麻煩丟給我們了。」

端木衡堆起微笑，「這個案子很棘手，我相信整個上海灘如果連你們都不敢接的話，那就沒人敢接了。」

一頂大高帽子戴過來，就算知道端木衡言過其實，蘇唯還是聽得很滿足，他虛心求教。

「是因為罪犯牽扯到洋人身上，才會棘手嗎？」

「這是一方面，另一方面是還牽扯到了警察廳的人。」

「你的意思是那個女人……」

端木衡點頭道：「不錯，那個女人叫胡君梅，是淞滬警察廳財務處處長孫涵的妻子，而雅克的叔叔弗蘭克・德波利尼亞克先生是公董局的董事之一，所以現在案子變得很難辦，霞飛路巡捕房根本撐不住，公董局那邊已經派了警務處的人去協助查案，但老德波利尼亞克先生……」

看了蘇唯跟沈玉書一眼，端木衡說：「弗蘭克還是希望有更加值得信賴的人幫忙調查此案，我就跟他推薦了你們。」

蘇唯在指間華麗地轉著筆。

「哈，一邊是政府機關要員，一邊是法租界的大亨，難怪你們 hold 不住了。」

端木衡微微挑眉。

沈玉書解釋道：「他的意思是這個案子你們掌控不住，兩邊都得罪不起，就把麻煩推給我們了。」

「我想身為局外人，你們調查起來更方便，至於在調查過程中所需要的證件跟流程，我都會提前安排好，你們只管查案就行了。」

蘇唯看向沈玉書，這個案子他很有興趣跟，現在就看沈玉書的想法了。

沈玉書稍微沉吟，突然問秦淮：「雅克是什麼血型？」

秦淮被問了個猝不及防，愣了一下，才說：「AB 型，怎麼了？」

「死者指甲裡的血液鑑定是 AB 型。」

秦淮的臉色變得難看起來。

「這個案子我決定跟了。」

秦淮的臉色更難看了，因為他有點跟不上沈玉書的思維速度了。

「我搭檔的意思是——案子我們接了，但我們要做的是找出真相，很可能這個真相不如你的預期，即使這樣，你還是要委託嗎？」

「要！我相信雅克不會殺人，所以請兩位先生務必幫忙，有需要我協助的地方，也請直說無妨。」

「對於雅克跟胡君梅的交往關係，你知道多少？」

「我完全不知道，他們年輕人的事也不會跟我說，不過法國人風流多情，外面有一兩個情人，也不是什麼奇怪的事，公董局裡的那些董事就更不用說了，他們還經常相互炫耀攀比。」

「雅克為什麼來上海？」

「那孩子品行不差，不過沒什麼遠大志向，是個花花公子，兩年前他父親過世後，就更沒人管他了，他在法國玩夠了，就跑到這裡，他叔叔在這裡經營貿易商行，又是公董局的董事，養他一個閒人還是綽綽有餘的。」

「他有說什麼時候回國嗎？」

「沒有，他做事很隨心所欲，今天還說要長居，明天說不定就突發奇想，要回去了，誰也沒想到會發生這樣的事，唉……」

「大致情況我瞭解了，有關案子的部分，我想由雅克自己來講述更好。」

沈玉書看向端木衡，端木衡說：「沒問題，我會先跟霞飛路巡捕房打好招呼，安排你們會面。」

「這是預付的酬勞，那就靜候兩位的佳音了。」

秦淮從皮包裡拿出一個牛皮紙信封，放到茶几上，蘇唯觀察著它的厚度，盤算裡面的金額。

委託的事情說完，秦淮又客套了幾句後，起身告辭。

【第四章】

消失的彈殼

「都說了不要模仿我說話……喂，你去哪裡？」

「去找些東西做一下布置，看看小偷進我們的家，到底是想要什麼。」

沈玉書去了實驗室，蘇唯跟在他身後，聽了這話，突然停下腳步。

乍然聽到「我們的家」這句話，蘇唯有些不適應。

他是孤兒，家對他來說是個未知的概念。

看著沈玉書的背影，蘇唯發現他在上海灘的日子沒那麼空虛了。

「我有點明白家的定義了。」他嘟囔道。

房子怎樣不重要，重要的是一同住的那個人。

端木衡沒有跟他一起離開，而是繼續坐在沙發上，悠閒自得地品茶。

沈玉書問端木衡：「目的？」

「什麼目的？」

「你幫雅克的目的，你不是樂於助人的人，會這麼熱心幫忙，是出於什麼目的？」

「玉書，你對自己的好友抱懷疑態度，這樣真的好嗎？難道我就不能做做好事了？」

沈玉書跟蘇唯同時搖頭，端木衡聳聳肩。

「好吧，我的確是有目的的，我不甘心在庶務處做個小文職，所以拉攏人心是很有必要的，弗蘭克有錢有勢，我想利用他鞏固自己的地位，這個回答你們滿意嗎？」

「不能說滿意，但至少邏輯上沒問題，所以我想讓你幫忙打聽一件事。」

沈玉書拿起紙筆，飛快地寫了一行字，遞給端木衡。

端木衡接過去，紙上寫著李慧蘭跟春暉紡織廠的名字。

「這位李小姐是春暉紡織廠老闆的女兒，她有一個法國情人在公董局做事，我想知道這個法國情人的情報。」

「跟雅克的案子有關嗎？」

「也許有。」

「那好，我查一下，不過正如秦律師所說的，那些法國人個個都有情人，有的還不止一個，可能不好查，不管怎麼說，我會儘快給你消息的。」

端木衡將紙折好，放進口袋裡，開始品茶。

蘇唯幫忙倒茶，順便說：「另外，我要糾正一下你剛才的話，你們倆不是好友，最多是竹馬，而人總是會變的。」

「唉，這話說得真令人傷感。」

「還有更傷感的，昨晚你有沒有來撬我們家的鎖？」

端木衡差點把茶噴出來，他咳嗽著問：「撬鎖？這裡的門鎖？」

「對。」

「當然沒有……不，應該說，我為什麼要來撬你們的鎖？」

「因為這裡可能有你想要的東西。」

「我不明白你的意思。」

蘇唯坐去端木衡身邊，扳住他的肩膀，笑嘻嘻地說：「真人面前不說假話，咱們都清楚是怎麼回事。」

端木衡也笑了，把他的手推開，「不管你們在懷疑什麼，那不是我，我如果要偷，會偷得堂堂正正。」

「啊哈。」

「所以你們還是小心一點比較好，要知道楚人無罪，懷璧其罪，如果你們對那東西沒有興趣，就不要執著，免得引來不必要的麻煩。」

端木衡說完，起身穿上大衣，準備離開。

長生看完報紙了，在那裡翻沈玉書的英文版《福爾摩斯全集》，他看得聚精會神，端木衡有些好奇，走過去問：「這麼難，看得懂嗎？」

「看得懂啊，我以前看的東西比這個還要難呢。」

「還有什麼比這種讀物更難的？」

長生歪歪頭，迷惘的表情證明他還是想不起以前的事。

端木衡笑道：「你都可以看英文書了，那我推薦的私塾先生可能教不了你什麼了。」

「不會啊，先生教的那些古詩詞比英文難多了，不過我很喜歡，啊對了，端木大哥，你是不是很忙啊？那今晚還有時間去聽鋼琴演奏會嗎？」

端木衡挑挑眉。

蘇唯忍著笑，說：「逍遙把你給他的票轉送給長生了。」

長生急忙搖手，對端木衡說：「你不要怪逍遙啊，他真的很忙的。」

端木衡的眉頭挑得更高了，臉上堆起微笑，柔聲說：「我怎麼會怪他呢？我這麼閒的人，是無法體會到忙人的感受的，我準備去看時裝，長生，你也一起來吧。」

看著他臉上那如惡魔般的微笑，蘇唯忍不住再次為洛逍遙的命運擔憂起來。

長生轉頭看沈玉書，沈玉書說：「去吧，想要什麼禮物，儘管跟他說，聖誕老公公會幫他付錢的。」

「好啊！」

長生還是孩子，一聽有禮物拿，開心地跳下椅子，跑去穿外衣。

端木衡朝沈玉書聳了聳肩，臉上的微笑變成苦笑。

蘇唯忍不住嘟囔：「即使是惡魔，也是一山還有一山高啊。」

隔著玻璃窗，看著端木衡開車帶長生離開，蘇唯問：「你說，他的話可信嗎？」

「可不可信，靠證據說話。」

「都說了不要模仿我說話……喂，你去哪裡？」

「去找些東西做一下布置，看看小偷進我們的家，到底是想要什麼。」

沈玉書去了實驗室，蘇唯跟在他身後，聽了這話，突然停下腳步。

「怎麼了？」

沈玉書轉過頭，蘇唯回過神，呵呵笑道：「沒什麼。」

就是乍然聽到「我們的家」這句話，他有些不適應而已。

他是孤兒，家對他來說是個未知的概念，職業的關係，他從少年時代就跟隨師父四處漂泊，後來他有了錢，在許多地方購置豪宅，但哪裡都不是家。

記憶中，他住得最舒適的反而是幼年跟師父一起待過的那個不起眼的小平房。

也許現在又多了一個地方。

看著沈玉書的背影，蘇唯發現他在上海灘的日子沒那麼空虛了。

「我有點明白家的定義了。」他嘟囔道。

房子怎樣不重要，重要的是一同住的那個人。

蘇唯跟隨沈玉書走進實驗室，看著他擺弄桌上那些奇形怪狀的玻璃容器，問：「需要我幫忙嗎？」

「需要，你看能不能把門鎖弄得簡單點，讓小偷有機會撬鎖進來。」

「小 case。」

蘇唯點頭應下，走出幾步，又轉回來，問：「李慧蘭的案子還沒調查清楚，現在又多了個雅克的案子，我們是不是要分工合作？」

沈玉書擺弄容器的手停下，轉頭看過來。

被他目不轉睛地盯著，蘇唯抖了一下。

「你幹麼這麼看我？會讓我以為你愛上我了。」

「難道你沒發現嗎？這兩個案子根本就是一樁。」

「欸？」

「別這樣看我，會讓我以為是你愛上我了。」

「到底是怎麼回事？」

「回頭慢慢說，我先布置現場，啊對了，記得準備五十大洋。」

「……」

午飯之前，兩人把偵探社事務所布置完畢，出門吃了飯，直接開車去霞飛路巡捕房。

端木衡已經跟巡捕房的人打過招呼了，所以看到他們來，那些巡捕就像是溺水者抓到了救命稻草，激動得簡直可以說是熱淚盈眶。

閻東山第一個跑過來跟他們打招呼，又說他們隨時聽從調遣，只要沈玉書跟蘇唯接手這個案子就行。看他的意思，根本就是把謀殺案直接推給他們來辦了。

——不管怎麼說，至少被如此信任，也算是件好事吧？

蘇唯在心裡這樣安慰自己。

如果說這裡還有一個提不起精神的人，那大概就只有洛逍遙了。

他沒精打采地坐在角落裡，看到他們來，也不來打招呼，還是閻東山把他拖到了沈玉書面前。

「小表弟，你不是麥蘭那邊的嗎？怎麼跑到霞飛路巡捕房跟人家搶飯碗了？」

「你以為我想啊，我約了人今晚看電影，結果被臨時叫過來幫忙。」

閻東山用手擋住嘴巴，小聲說：「聽說他約的是他們巡捕房隔壁的豆腐西施，人長得很美的，不過出了這麼大的案子，警務處盯得死緊，就臨時把他調過來了。」

「誰調的？」

「裴探員。」

裴劍鋒在警務處工作，跟端木衡是同事，聽到他的名字，蘇唯點點頭，弄懂端木衡微笑背後的含義了。

為了不再打擊洛逍遙，蘇唯拍拍他的肩膀，讚道：「知道追女孩子了，小表弟你總算開竅了，看到你英勇辦案，她一定很崇拜你，到時只要你稍微加把勁兒，那還不手到擒來？」

聽了他的話，洛逍遙眼睛一亮，對沈玉書說：「哥，你一定要快點找出凶手啊，越快越好！」

「那還不把你們的調查資料拿過來？」

聽了蘇唯的話，洛逍遙為難地看向閻東山。

閻東山二話不說，跑去把法醫提供的報告資料跟他們搜集到的證據都拿了過來，往他們眼前一放，一副置身度外，將案子完全交給他們的樣子。

蘇唯跟沈玉書各自取了一半資料來看，又對洛逍遙說：「你今後應該跟這位大叔學習，凡事這麼配合，我們就好辦事多了。」

「那是因為他們怕丟飯碗，巴不得把麻煩推出去。你們不知道，那個洋人的叔叔是公董局的董事，有錢又有勢，昨晚他很早就趕到現場了，把他們罵了個狗血淋頭，他現在可能還在洋房裡，除了裴探員，沒人敢去招惹他。」

聽了他的話，沈玉書抬頭問：「就是那個叫弗蘭克的嗎？」

「是的，看他那副嘴臉，真想揍他，他侄子殺了人，他不僅一點表示都沒有，還說我們把房子弄髒了，裡面的玉器都很值錢，讓我們賠呢。」

「你們頭兒怎麼說？」

「賠個屁，公董局那邊愛怎麼著怎麼著，我們就是個小巡捕，管他呢。」

聽著小表弟的嘮叨，蘇唯已看完資料，又跟沈玉書把資料對調過來，繼續閱讀。

這次的案子性質嚴重，法醫也不敢含糊，報告書做得非常詳細，指紋取證的結果跟沈玉書的化驗資料吻合。

除此之外，他還列了手槍跟彈殼的測試結果，凶器的手槍是勃朗寧一九一〇，彈容六發，子彈型號跟在現場發現的彈殼吻合，並且槍柄上有雅克的指紋。

資料裡還附了現場照片，客廳裡共找到了六個彈殼，除了兩槍打中死者外，剩下的兩槍打在古玩架上，還有兩槍射中牆壁，彈殼均有找到。

看到這裡，沈玉書問：「你們只找到六個彈殼？」

「是啊，雅克的那把勃朗寧的彈容就是六發，你看剛好對上。」

「可是雅克的證詞說是有強盜闖進他們家裡。」

「那洋人信口開河的，不能相信。」

洛逍遙說完，閻東山跟其他巡捕也連連點頭，看來他們都相信是雅克殺人。

沈玉書沒再多問，繼續看資料。

死者的丈夫孫涵的筆錄也拿到了，資料上說孫涵昨晚在同事的公館打牌，在座的除了幾位同事外，還有舞女作陪，牌局到凌晨才散，這一點他的同事跟舞女都可以作證。

蘇唯看了下公館的位址，在臨近碼頭的地方，所以就算孫涵半路找藉口離開，也不可能在短時間內往返，那幾個證人也都證實了孫涵除了去洗手間外，沒有離席。

他問：「妻子遇害，作為丈夫，孫涵那邊有什麼表示嗎？」

閻東山說：「沒有，他真是個冷漠的人，來認屍後就去上班了，還是我陪裴探員去問的話，這部分他倒是挺配合的，就是在他們夫妻關係的問題上回答得含含糊糊。被戴了綠帽子嘛，這種心情可以理解，倒是警察廳上頭的人把裴探員叫過去特別叮囑了一番，讓我們儘量低調處理。」

蘇唯看完了雅克的口供，他揉著太陽穴，呻吟道：「我頭暈了，如果不是雅克在信口開河，那就是這個案子見鬼了。」

「這世上沒鬼，我們還是直接去聽聽雅克怎麼說吧。」

聽了他們的話，閻東山急忙吩咐洛逍遙帶路。

為了案件儘快解決，洛逍遙一反剛才懶洋洋的態度，帶他們去跟嫌疑犯會面的房間。

沒多久，對面的房門打開，戴了手銬的雅克被帶進來。

才不過一個晚上的時間，雅克的精神狀態跟昨天簡直是判若兩人。

他下巴的鬍子長長了，頭髮也很雜亂，眼睛裡布滿血絲，像是剛被獵人捉到，對自己未知的命運充滿恐懼，同時還有著不甘於現狀的暴躁跟痛恨。

「是你們！」看到他們，雅克激動地舉起被銬住的雙手，叫道：「我就知道是你們。」

蘇唯湊近沈玉書，小聲說：「我就知道那個律師在信口開河。」

「看來是的，這位先生並沒有委託我們的意思。」

「那還要幫嗎？」

「要，看在錢的份上。」

「好，看在錢的份上。」

兩人協商完畢，坐在鐵柵欄的前面，洛逍遙沒留下，提醒他們小心後，就出去了。

蘇唯示意雅克坐下，用英語做了開場白。

「我叫蘇唯，這是我的搭檔沈玉書，我們在上海開了家不大但也不算小的偵探社，不知道你的律師有沒有跟你提起我們，簡而言之，他委託我們調查你的案子。」

雅克嘟囔了一句沈玉書聽不懂的話，不過他猜那不會是什麼好話。

蘇唯無視了，繼續說：「聰明人應該懂得看清局勢，既然你短時間內出不去了，不如就平心靜氣地聊聊吧，至少把你的命運交給我們，勝過那些員警。」

雅克還是一臉不爽的樣子，不過蘇唯的話他聽進去了，在他們面前坐下，盯著蘇唯，用法語說：「昨晚梅被殺後，你是第一個到現場的，我憑什麼相信你？」

蘇唯面不改色地用法語回覆：「你認錯人了。」

「我不會認錯的，除非我瞎了或是我精神錯亂了，你們不僅在第一時間出現在凶案現場，還曾跟我同乘一艘客輪來上海，你們到底有什麼目的？」

「啊哈。」

蘇唯很驚訝，上下打量他。

「看來我要重新評估你的智商了，既然你知道我們是誰，那為什麼還同意讓我們調查你的案子？」

「因為秦叔叔跟我說起你們時，我根本不知道所謂的神探就是你們。」

沈玉書抬手，打斷了他們的對話。

「不管你們在說什麼，請用我聽得懂的語言。」

「oh sorry，我忘了這裡還有一位先生聽不懂法語。」

「從你自得的語氣裡不難判斷出——你不是忘了，你是故意的。」

「好吧，我為自己的故意行為說抱歉。」

「我原諒你，那麼你們剛才說了什麼？」

「他認出我是誰了，第一次是在客輪上，第二次是在凶案現場，因為我長得太帥，見過一次就很難忘記了。」

「你在轉述時忘了加人稱複數。」

「我認為這不是重點。」

「不，這是重點，沒理由他認為你帥而忽略我。」

「喔先生，你的自戀症已經病入膏肓了，難道你認為你比我更帥嗎？」

「至少比你高。」

蘇唯握緊了拳頭。

這是他唯一無法勝過沈玉書的地方，所以他開始考慮要不要給某個高個子一拳頭。

雅克在柵欄那邊舉起手，制止了他們的爭吵，用流暢的中文說：「請不要再為這種無聊的問題爭吵了，你們兩個都很帥，這總行了吧？」

對話的兩個人同時看向他，蘇唯率先叫出來：「你會說中文的！」

雅克聳聳肩。

「你會說中文，還一直裝X說法語跟英語，很好玩嗎？」

這次雅克沒聽懂，沈玉書解釋道：「他說你明明懂中文卻不說的行為是裝腔作勢、裝模作樣、裝瘋賣傻、裝傻充愣……」

「喂，你的解釋好像更難了。」

「是更難了，不過我大致明白了，我並沒有在裝什麼，難道你們在被懷疑是殺人犯時，會用母語之外的語言跟人溝通嗎？萬一出錯，那就後悔莫及了。」雅克無奈道。

「連『後悔莫及』這句成語都會說，你的中文可以打九十分了，不過我很好奇你是在哪兒學的？」

「是秦叔叔教的，還有，我以前在法國有位情人是華裔，她很漂亮聰明，就像你們……」目光掃過蘇唯跟沈玉書，雅克說：「像你們這樣的人物，本來就是見一次就很難再忘記的。」

蘇唯一拍手，用法語回道：「就衝著你這句話，我決定幫你了。」

某人在旁邊插嘴：「說我聽得懂的語言。」

「我說他有眼光，值得我們的幫助。」

「你的思維單純得讓我感到擔憂。」

「難道你沒聽說過一句話——單純的人更快樂嗎？」

為了不讓他們再吵起來，雅克及時對蘇唯說：「雖然你的法語發音很標準，但有些詞你用得很奇怪。」

那是肯定的，因為他只會說現代法國年輕人的對話用語啊！

蘇唯正要解釋，沈玉書搶先說：「這是正常現象，因為他的很多中文用詞也很奇怪。」

「OK，時間不多，我們還是來談正事吧，大家可以用中文溝通，那真是太方便了，哈哈，雅克……我們叫你雅克，不是想跟你做朋友，純屬稱呼方便。」

「我明白。」

「很好，關於你的家族身分，還有你來上海的目的，我們已經從秦律師那裡聽說了，不過有關你跟胡君梅的交往情史，以及你們在別墅的遭遇，需要你自己來說明。」

「可以，不過首先你們要保證，相信我是清白的，我沒殺人，更不可能殺我心愛的女人。」

「我們只是來尋求真相的，當然，如果你沒殺人，那麼我們雙方的目的最後會殊途同歸。」

雅克微微一愣。

蘇唯用胳膊肘撞了沈玉書一下。

「你一定要對一個老外使用這麼複雜的成語嗎？」

「簡單地說我們可以救你，但前提是你沒殺人。」

「當然，我沒有殺人，我到現在都搞不懂昨晚到底發生了什麼事。」

「那就從你搞得懂的地方開始說起，比如你跟胡君梅的地下情。」

雅克一攤手。

「那個啊，其實算不上地下情，梅跟她丈夫的關係很差，只是因為一些原因無法離婚，她丈夫在外面有情人，她也有，我跟梅是在兩個月前的一次交際舞會上認識的，後來我們就陷入了熱戀中，她是個美麗而聰明的女人，雖然有時候會有些神經質，因為她無法離婚，我可以理解她，可憐的女人……」

「聽你的意思，她丈夫知道她的外遇行為？」

「我沒有問過她，你們知道，讓情人不開心不是一位紳士該做的事，不過我想應該是有所覺察吧，其實這不算什麼大事，在我們法國，貴族哪個不是……」

「這裡不是法國，先生，你給人家老公戴綠帽子，還戴得這麼理直氣壯。」

「我不認識她老公，沒有買過帽子給他……」

「呃，這個話題跳過，你們平時多長時間約會一次，都在哪裡？」

「一般一週一到兩次，有時是在旅館，有時是在我家，昨天比較特殊，我們約好了去教堂，所以就把約會的地點改為白賽仲路的那棟別墅，從那裡去教堂比較近。那棟房子平時由我叔叔打理，我來上海後，就跟他要了鑰匙，不過那邊離我住的地方太遠，所以我幾乎沒去過，昨晚是第一次跟梅在那裡約會，沒想到就出事了。」

「不是第一次吧，至少昨天下午我們在那條路上見過你了，你正在痛罵一個黃包車夫。」蘇唯提醒他。

「喔喔，我那是去指路給梅看的，那條路上的房子都差不多，我怕她晚上會搞錯，所以帶她在附近走了一圈，跟她分手後，我在路上遇到了車夫，那個人很奇怪，一直跟著我，還弄髒我的衣服，他道歉的表情也讓人很不舒服，就像是……狐狸或……嗯……」

「雖然你是雇主，但我還是不得不提醒你一句，請尊重別人。」

「真的是那個人的問題！」

「你謾罵別人不是第一次了，這一點我深有體會。」

被蘇唯指責，雅克聳聳肩，不說話了，但看得出他很不服氣。

沈玉書問：「最近幾天有人跟蹤你嗎？」

「沒有……吧，為什麼這麼問？」

「隨便問問，那你跟胡小姐約會之後呢？」

「下午我跟朋友喝酒，睡過頭了，等醒來時，已經快到約定的時間，我就急忙駕車趕過去，別墅裡亮著燈，但是等我停下車後，燈突然滅了，我還以為是梅在給我驚喜，可是我走進客廳，突然聽到她的尖叫聲，接著是槍聲，我就趕緊把槍拔了出來。」

「你進去時門有沒有上鎖？」

「上鎖了，是我掏鑰匙打開的。」

「為什麼你去約會還要帶槍？」

「我平時都帶槍的，叔叔說這裡的治安不大好，送了我一把槍，讓我帶著防身，不過我一次也沒用到，昨晚還是第一次用。」

等雅克好不容易把子彈推上膛，就看到前面一亮，有人打著了打火機，光亮一閃而過，他看到有個蒙臉的人抓住胡君梅，還用手槍頂住她的頭。

他的舉動很粗暴，胡君梅被他揪住頭髮，緊緊向下壓住。

她好像嚇呆了，一動不動地由那個人擺布，沒等雅克開口詢問，對方的打火機便滅掉了，他聽到胡君梅的驚叫聲，緊接著撲了過來，他急忙抱住。

沈玉書問：「在黑暗中，你沒有懷疑撲過來的是兇手嗎？」

「不可能，梅噴了她喜歡的香水，我不會聞錯，而且她還有發出叫聲，所以我肯定那不是兇手。」

雅克扶著她坐到地上，對面響起槍聲，古董瓷器被打碎了，他分不清那個人在哪裡，只能朝著響聲發出的地方開槍。

直到響聲全部消失，雅克才回過神，慌忙打著打火機，查看胡君梅的情況，卻吃驚地發現胡君梅身中兩槍，已經死了。

「所以說胡小姐是你開槍誤殺的。」

「不可能，我站在她前面，朝強盜開槍，她怎麼可能是我殺的？」

「但如果是強盜開的槍，照你的說法，子彈應該先射到你身上才對。」

聽了蘇唯的話，雅克揪住頭髮，苦惱地說：「這就是我無法想通的地方啊。」

「或許是你當時太緊張，聽到聲音就開了槍，在一片漆黑的狀況下，連你自己都無法辨清方向。」

雅克不說話了，看表情，他不大有自信為自己辯解。

沈玉書問：「你一共開了幾槍？」

「我不記得了，我把手槍裡的子彈都打光才停下的，大概不是三槍就是四槍，我的手槍裡沒有放滿子彈。」

「你平時不怎麼玩槍？」

「完全沒有，我從來沒想過要用到它，帶著它純粹是為了以防萬一。」

「可是我們在現場找到了六個彈殼，現已證實跟你的手槍子彈型號一樣。」

「不可能，我的手槍裡沒那麼多子彈，那一定是凶手的，他以為別墅裡沒人，想進去盜竊，卻沒想到梅會突然過去，他就抓了她來威脅我！」

沈玉書反問：「你的意思是凶手行竊時剛好遇上胡君梅，又剛好拿了跟你同樣型號的手槍，還剛好在開槍時打中胡小姐兩槍，而你卻連一點擦傷都沒有，天底下有這麼巧合的事嗎？」

「可是事實就是如此！」

沈玉書拿出紙筆，交給雅克。

「可以畫一下當時的狀況嗎？你跟凶手所在的位置，還有死者的位置。」

雅克接過筆，飛快地畫出客廳的平面圖。

他從客廳大門進去，站在椅子旁邊，死者靠在椅子腿上，在他的身後，而凶手站在浮雕前方，偏向右邊的位置。

從位置來看，凶手的子彈很難射到胡君梅身上。

雅克畫完圖，把紙筆還給沈玉書，問：「你們去問過梅的丈夫了嗎？說不定就是他扮演強盜去殺妻子，又嫁禍給我的，他嫌疑很大，你們一定要仔細查他。」

「我們接下來會去找他，他們夫妻關係很緊張嗎？」

「不好，經常吵架，因為她丈夫很花心。」

蘇唯跟沈玉書的目光同時看向雅克，他分辯道：「我是多情，跟他不一樣的，就算我婚後有了其他情人，也會對自己妻子很溫柔的，不像他那種人。」

蘇唯有點搞不懂雅克的感情論了，不過這不是重點，他直接忽略過去，問：「那你跟死者的關係呢？」

「我們很恩愛的。」

「有想過讓她離婚，跟你結婚嗎？」

「沒有，大家現在玩得開心就好了，我沒想過那麼長遠的事。」雅克聳聳肩，一臉的無所謂。

看來秦律師沒說錯，這傢伙真是個花花公子。

「有消息會再跟你聯絡的。」沈玉書說完，起身離開。

雅克急忙叫道：「你們要越快越好啊，早點查出凶手，這地方我一天都待不下去。」

「盡力。」沈玉書硬邦邦地丟下一句話就走掉了。

蘇唯看看雅克，考慮到對方支付的傭金，他握住拳頭，做出成功的手勢，幫他打氣。

「你再忍一忍，如果你真沒殺人，很快就會被釋放的，別放棄，希望在人間！」

兩人出了巡捕房，去白賽仲路的別墅，路上蘇唯翻來覆去看著雅克畫的圖。

「你覺得雅克的話可信嗎？」

「如果他撒謊的話，至少該杜撰一個更合理的藉口。」

「這正是他聰明的地方，故意說一些似是而非的話，混淆大家的判斷，只要大家找不到他殺人的理由，他就可以脫罪了。」

「他為什麼要殺胡君梅？」

「殺人的手法雖然有很多，但目的大多只有三種——情殺、仇殺、金錢糾紛。這次的案子可以排除後兩者，地下情這種事很容易因愛生恨，比如一方想分手一方不想分，爭吵起來，越說越僵，最後說不定就掏槍了，別忘了，那把勃朗寧的彈容就是六發子彈，而且彈殼都在客廳找到了，他說槍裡只有三、四發子彈，又沒人能證明。」

蘇唯拿起筆，在平面圖上加了子彈射中的地方，子彈發射位置跟雅克的證詞相吻合，不過這也可能是雅克自己特意選好地點開的槍，因為彈殼掉落的地方都離他很近，從這一點來看，當時不像還有其他人。

沈玉書開著車，聽了蘇唯的解釋，他說：「殺一個女人有很多辦法，開槍是最蠢的一招。」

「也許是他們爭吵得太激烈了，雅克大腦充血，一時情急就動槍了，你知道，一個人在發怒的時候智商為零的。」

「但有一個矛盾的地方，昨晚有七聲槍響，可是現場卻只發現了六個彈殼。」

「不可能，雅克的手槍彈容是六發，你確定你沒聽錯？」

「沒有，所以現在我們要去找第七個彈殼，如果找到，就可以證明當時現場還有第三個甚至第四個人存在。」

「第四個？」

「就是雲飛揚看到的那隻鬼。」

兩人來到別墅。

或許是氣候寒冷的原因，街道周圍跟昨天一樣冷清，他們在附近停下車，正要走過去，忽然看到斜對面的洋樓門口有人在向他們搖手，居然是雲飛揚跟陳雅雲。

他們跑過去，蘇唯問：「你們怎麼在一起？」

「我聽說這裡出事了，擔心是不是跟慧蘭有關，就過來看看，沒想到看到了這個人，他正鬼鬼祟祟地偷窺慧蘭的家，我還想抓他去巡捕房呢。」

「明明就是妳在鬼鬼祟祟地偷窺好吧，小姐，看見沒，那邊的巡捕都是我朋友，要不是看妳是女孩子，我早就叫人抓妳了。」

「有朋友了不起啊，我男朋友還是神探呢。」陳雅雲說完，上前挽住沈玉書的胳膊，衝雲飛揚驕傲地揚起下巴，證明她男朋友就在眼前。

雲飛揚震驚了，指指陳雅雲，又指向沈玉書，完全不敢相信他們是一對。蘇唯也不想相信。

沈玉書結婚生子，將來會有個叫沈傲的曾孫追捕他，導致他穿越到這裡，這也罷了，但對象絕對不能是陳雅雲，要找也要找一個像他這樣才貌兼備的啊……

「嗯哼！」他大聲咳嗽了一聲。

沈玉書聽到了，覺察到蘇唯的不悅，他一秒將陳雅雲甩開了，嚴肅地說：「不要開玩笑，我沒有女朋友。」

陳雅雲嘟起了嘴巴。

見她吃鱉，雲飛揚捂著嘴想笑，也被沈玉書制止了，給他們做了簡單的介紹，問雲飛揚：「你怎麼會來這裡？是不是打聽到什麼了？」

說到正事，雲飛揚來了精神，看看斜對面出事的房子，把他們拉去一邊，說：「問到很多。李慧蘭的確是紡織廠大老闆的女兒，但她生母很早就去世了，她下面還有個繼母生的弟弟，所以她在家裡的身分比較微妙，平時也很少回家。」

「知道的比我還多，還說自己沒有偷窺。」

「我是正大光明地去打聽的，不過這些都是小事，最重要的是這棟房子根本不是李家的。」雲飛揚指著蘇唯跟沈玉書曾進去捉鬼的房子，說道。

「不可能，門牌號就是這個，一五六，是慧蘭家的別墅！」

「我的消息絕對沒錯，這棟別墅是一個法國商人的，跟李家一點關係都沒有，我還問到了那個商人的名字，要我報一下嗎？」

雲飛揚去翻他的皮包，陳雅雲等不及，把他推開，問蘇唯跟沈玉書：「慧蘭昨天明明說的就是一五六，你們有記得對吧？」

沈玉書點點頭，「她是說一五六沒錯，但那是她撒謊。」

「她不會撒謊的，難道她沒事幹，拿出一大筆錢來玩你們嗎？我說是這個傢伙在信口開河才是！」

陳雅雲越說越激動，被蘇唯攔住了，「冷靜點，妳先說說妳跟李慧蘭有多熟？有關她的家世還有她的交友情況，妳瞭解多少？」

被這樣問，陳雅雲愣了一下，開始猶豫不決。

「我知道她是紡織廠大老闆的女兒，很有錢，成績好，有不少人追她，就……就這些吧。」

「就這些妳還敢信誓旦旦地說她不會撒謊？」

被雲飛揚反駁，陳雅雲語塞了，支吾說：「大家都知根知柢的，她為什麼要騙我啊？她還是我學妹，她來求我幫忙，我當然能幫就幫了。」

聽著他們的對話，蘇唯搖搖頭。看來圓月觀音事件並沒有讓這位大小姐增長多少見識，而且這次還變本加厲，給他們招惹來這麼個大麻煩。

陳雅雲自己想了半天，也開始覺得詭異了，問沈玉書：「難道她跟法國男朋友交往還有房子鬧鬼的事都是假的？」

「暫時還不知道她的話裡有多少是真的，但至少她請我們幫忙是謊言。」

「她為什麼要這麼做？」

「這要去問她本人才知道了，假如還能找到她的話。」

「什麼意思？」

「妳去學校打聽一下跟李慧蘭要好的同學，問出她平時經常出入的場所，還有她的交友關係，看看能不能找到她，如果找不到她，就聯絡她的家人報警，但如果找到了她，先不要驚動，聯絡我跟蘇唯，或是雲飛揚。」

被點名了，雲飛揚很激動，努力挺了挺胸。

陳雅雲看看他，不情願地問：「為什麼要告訴他啊？」

「非常時期，消息當然要傳得越快越好，別問這麼多了，快去吧。」

被交代了任務，陳雅雲很開心，她沒再多問，說了句「等我的好消息」後就跑走了。

看著她的背影，雲飛揚雙手合十。

「謝天謝地，總算把這位姑奶奶送走了。」

沈玉書給蘇唯使了個眼色，兩人折返，去雅克的別墅。

雲飛揚急忙跟上，問：「你特意讓我去查那棟房子的主人，是不是已經猜到房子不是李家的了？」

「是。」

「你怎麼知道的？」

「門牌號碼。」

走到雅克的別墅門前，沈玉書指了指門牌，看到上面刻的一六五，雲飛揚啊的叫起來。叫聲把門口附近的巡捕都引了過來，但是聽了沈玉書自報家門後，他們立刻讓開路，恭恭敬敬地請他們進去。

蘇唯跟在沈玉書身後走進去，嘆道：「我第一次看到當偵探當得這麼神氣的，果然是朝中有人好做官啊。」

「你的中文要好好練練了，每次都詞不達意。」

進了院子，沈玉書沒有馬上進洋房，而是順青石甬道繞去後院。

他在院子的草叢裡不時地踮腳彎腰，看上去真像是偵探在尋求線索，最後又去檢查後院的小門，打開門走了出去。

天氣不錯，昨天的積雪化掉了大半，蘇唯跟在他後面，沒發現有什麼奇怪的地方。

雲飛揚小聲問：「他在找什麼？」

「Who knows.」

蘇唯聳聳肩，正要跟上，忽然有種被偷窺的感覺，他立刻轉頭看去。

二樓某個房間的窗簾晃了晃，像是有人站在那裡，但是由於簾子的阻擋，無法看清楚是誰。

「啊哈，說不定真見鬼了。」

蘇唯吹了聲口哨，走出院子。

後院外是一條比較狹窄的街道，很單調，沒什麼光景可看，沈玉書先問了雲飛揚昨晚是在哪裡看到無臉鬼的，又讓他重複見鬼的時間跟狀況。

聽完雲飛揚的講述，沈玉書又站在街道當中往前觀望，害得蘇唯在旁邊心驚膽顫地想——還好這裡不是二十一世紀，否則一輛車飆過來，他就該去地府查案了。

沈玉書默默注視了一會兒，突然抬起腳步往前走，剩下的兩個人莫名其妙地跟在他身後，就見他穿過街道，拐進洋房之間的小巷裡，拐了一圈又轉出來，再接著拐去其他的小巷。

「他應該不是被鬼附身了吧？」雲飛揚擔心地問。

「如果是鬼附身，我希望是胡君梅的鬼魂，那我們就可以不費吹灰之力，就能知道凶手是誰了。」

蘇唯的希望沒能實現，沈玉書很快就恢復了正常，抬起頭，大踏步往回走。

蘇唯上前扯住他，「老兄，我一定會付你五十大洋的，所以你不要再吊我的胃口了，這到底是怎麼回事，拜託你說出來好不好？」

沈玉書轉頭看他，雲飛揚也在旁邊用力點頭，期待被解謎的迫切心情溢於言表。

「其實真相很簡單，李慧蘭費這麼大的工夫，又高價請我們幫她捉鬼，只是想把我們調離偵探社而已。」

蘇唯的腳步一頓。

「我們的食住都在偵探社，就算出門辦案，也不一定是兩個人同進同出，所以想讓我們徹夜不歸，最好的辦法就是找件事讓我們做。」

蘇唯眼前一亮。

「你的意思是她本來是想引我們去雅克的別墅？可是她不擅長說謊，一緊張，把門牌號碼一六五說成了一五六，所以她才會去而復返，問我們會不會撬鎖。」

「不錯，她大概是覺得已經說錯了，如果再臨時改口，會引起我們的懷疑，索性不如將錯就錯，反正只要把我們從偵探社調開就行，這附近的別墅大多都是閒置的空屋，不會影響到整個計劃，但她還是擔心，所以昨天下午又特意過來跟鄰居搭訕詢問，瞭解隔壁別墅的情況。」

雲飛揚在旁邊聽得霧煞煞，抓著頭髮問：「她為什麼要這麼做？難道人是她殺的，想把你們抓來當替死鬼？」

「不，昨晚的事是突發事件，我想李慧蘭也不知情，她以為只要把我們調開就行了，但其實設計這個計劃的人卻希望讓我們短時間內都無法回偵探社——如果我們在闖空門時被抓住，並且房子的主人還是洋人的話，那我們一定會被抓去巡捕房。」

說話間，三人回到後院，往洋房裡走。

蘇唯說：「雖然闖空門是我的職業，但我不爽被莫須有的罪名誣陷，如果她不是女人，下次見到她，我一定先揍她一拳。」

「我還是不明白，她費這麼大的事把你們調開，是想幹什麼？」

「大概是事務所裡有別人感興趣的東西。」

沈玉書看了蘇唯一眼，兩人同時想到了一個可能性——那張神祕的藏寶機關圖。

「也許李慧蘭真的有一位不想被家人知道的男朋友，才會被人威脅，那她會不會有危險？」

「應該還不會，要知道殺人棄屍是件很麻煩的事，那些人現在的重點在偵探社，所以如果李慧蘭真的被他們抓住了，他們最多是控制她的自由，不讓消息外泄。」

洋房的後門沒有鎖，沈玉書進去後，先查看了走廊上的電閘，又沿著走廊往前走，邊走邊四下張望。

蘇唯跟著他一起張望，「也就是說李慧蘭的委託跟雅克殺人案之間完全不相干？」

「不，我不相信有這麼巧合的事，你還記得雅克說他白天帶胡君梅來白賽仲路時，有個車夫一直跟著他們嗎？也許他們早就被跟蹤了，設定計劃的人要確定他們晚上真的會在這裡約會，這樣才能抓住我們，只是後來發生了太多狀況，把整個計劃都打亂了。」

雲飛揚叫道：「我知道了，陷害你們的人就是殺害胡君梅的凶手，一石二鳥，對，一石二鳥。」

他的叫聲太響亮，把其他兩人的目光都吸引了過來。

享受到了被矚目的快感，雲飛揚一抹鼻子，沾沾自喜地說：「我都說中了吧，其實當偵探也沒那麼難嘛。」

「你們是什麼人？」

身後突然響起說話聲，腔調有些古怪，雲飛揚嚇得跳了起來。

他轉頭一看，就見一個留著捲毛棕髮，大鼻子藍眼睛的洋人站在自己後面，他這才明白蘇唯跟沈玉書剛才看的不是他，而是他身後的人。

【第五章】

青花老闆

「生氣了？讓這麼出色的男人感到了自卑，我真是個罪惡的人。」

「我只是為你無與倫比的自信心感到震驚，請放心，我對你，還有你自帶的氣場完全沒興趣。」

「那你在想什麼？喔，我知道，你對那個漂亮的老闆娘感興趣。」

「那幅虎圖，我好像在哪裡見過。」

「老虎圖？」蘇唯想了想，想到了牆上掛的雕畫。

「那是黑檀木雕刻的，目測不會超過三十年，雕工不是出自名家，沒有收藏價值，如果你想把它當開光品來用的話，那另當別論。」

沈玉書停下腳步，驚訝地看向他。

這位洋人有五十多歲，穿著深藍西裝，留兩撇小鬍子，不苟言笑，看起來很有威嚴，他的長相跟雅克有一點相似，蘇唯猜他應該是雅克的叔叔，那位在公董局擔任董事的弗蘭克先生。

弗蘭克拿了根手杖，他雙手按住手杖上，打量三人，很不高興地說：「是誰允許你們進來的？你們是哪家的記者，我要去投訴你們！」

他的中文吐字沒有雅克清楚，卻比他說得流利，也比雅克更盛氣凌人，蘇唯有點同情端木衡了，整天跟這些洋人共事，虧他忍受得了。

沈玉書走到他面前，掏出名片遞過去。

「是德波利尼亞克先生吧？我們不是記者，是秦律師委託調查這個案件的偵探，他有提到這件事是經過你同意的。」

「萬能偵探社？就是你們啊。」

弗蘭克看看手裡的名片，又抬頭看向他們，雲飛揚立即站到了最前方，暗示自己也是偵探社的一員。

弗蘭克的眼神鋒利，可惜沒落在雲飛揚身上，他打量著蘇唯跟沈玉書，問：「你們有查到什麼嗎？」

「還在搜集證據，希望可以儘快找到有力的線索。」

「不是希望，是一定。」

弗蘭克傲慢地說：「我本來想讓開偵探社的朋友幫忙，是端木先生力薦你們，雖然我對你們這種初出茅廬的毛頭小子並不抱希望，不過多些人幫忙總是好的，記住，拿了錢，就好好做事，不要給我們添亂。」

老德波利尼亞克的中文說得比他侄子好多了，但也更令人討厭。

蘇唯皮笑肉不笑地說：「這是當然的，放心吧，三天內，一定給你一個滿意的答覆。」

弗蘭克嘴裡發出嗤笑聲，顯然把他的話當成是吹牛，「那還不趕快去查凶手？在這裡幹什麼？」

沈玉書不亢不卑地回道：「凶案現場在這裡，我想這裡可以找到更多的線索。」

「巡捕房已經把這裡翻了個底朝天了，線索都該寫在報告書上，你們可以去看報告，至於凶手，不是外來的強盜，就是那個女人的丈夫，你們應該去查他們，而不是在這裡兜圈子。」

「德波利尼亞克先生，你知道我們偵探最討厭的一件事是什麼嗎？」

沈玉書很冷淡地說：「就是外行指導內行，基本上委託人要做的事只有一件，就是付錢，剩下的看結果就行了。」

弗蘭克用力敲了下手杖，雖然他沒說話，但是從他陰沉的表情跟氣場中可以看出他現在非常生氣。

雲飛揚有點害怕，悄悄退到蘇唯身後。

蘇唯笑道：「其實不光是偵探業，任何一個行業，最討厭的就是不懂裝懂的人在那裡指手畫腳，如果大家都這麼有能耐，不如自己做好了，幹麼請我們？」

氣氛越來越僵，弗蘭克舉起了手杖，就在雲飛揚以為他要動手的時候，有人從走廊那頭匆匆走過來，說：「德波利尼亞克先生，原來你在這裡，我正好找你有事。」

打破尷尬場面的人是裴劍鋒。

裴劍鋒是公董局警務處的探員，這次的案子牽扯太大，底下的巡捕們辦不了，上頭就把他派來負責，不過說是負責，其實這一上午他都在聽從弗蘭克的調遣，順便當他的出氣筒。

所以聽到蘇唯跟沈玉書譏諷弗蘭克，裴劍鋒心裡算是出了口惡氣，不過表面上他還得裝裝樣子。

他跟蘇唯他們打了招呼，又打著官腔訓道：「德波利尼亞克先生委託你們查案，這是多大的信任啊，機會得之不易，你們要懂得珍惜，怎麼能這樣對他說話？」

蘇唯見好就收，「是是是，裴探員您說得對，我們這不就是說說而已嘛，哪能當真呢，那老先生，我們可以繼續在房子轉一轉嗎？」

對話被外人打斷了，弗蘭克不方便再說什麼，交代道：「不要逗留太久，這裡的古玩瓷器，每一件都價值連城，要是打碎了，你們可賠不起。」

昨晚都不知道打碎多少了，現在才來提醒有沒有太晚啊？

蘇唯笑嘻嘻地點頭應下，還很有禮貌地向他打了個手勢，示意請走好。

弗蘭克無視了，問裴劍鋒：「找我有什麼事？」

「現場我們都已經檢查完畢了，想請你看看有什麼東西被偷，或是什麼東西被移動過了，也許我們可以從這方面找線索。」

弗蘭克答應了，跟裴劍鋒離開，沈玉書在後面叫住他。

「德波利尼亞克先生，請問案發後，你是什麼時候來到這裡的？」

弗蘭克轉過頭，不悅地看他。

「這跟案子有關係嗎？」

「裴探員的話提醒了我，這裡玉器古董很多，難保強盜不順手牽羊，你是這裡的主人，如果你來得比較早的話，或許第一時間就會發現哪裡有問題了，所以請你想想，你是幾點來的，來之後有沒有發現什麼奇怪的地方？」

聽了沈玉書的提示，弗蘭克想了想。

「我是早上四點多過來的，那時候屍體都抬走了，客廳裡又是瓷器碎片又是血跡，東西被推得東倒西歪，一片狼藉，噢老天，實在是太可怕了，我要去見雅克，他們卻不讓，說他是嫌疑人，真是過分，雅克不會殺人的。」

聽他的語氣，比起那些被打碎的古董，人命根本不值一提。

蘇唯聽得不耐煩，問：「除了這些，有什麼奇怪的地方嗎？」

「沒有，保險箱沒有被打開，大概是密碼太複雜，強盜打不開，還有些字畫也被撕碎了，真不明白強盜的心態，帶走的話還能賣錢，可是他卻寧可毀掉字畫，真是蠢人，這些社會底層的窮鬼，又蠢，又想輕鬆弄到錢……」

聽到這裡，沈玉書忍不住說：「是不是強盜作案還不知道，不過假如昨晚真有強盜存在的話，他一定不窮。」

「為什麼？」

「要知道勃朗寧可不是普通竊賊習慣用的凶器，它的使用者大多是貴族富紳。」

弗蘭克一愣，隨即道：「那凶手肯定就是那女人的丈夫，對，一定是他，你們重點要查他！」

「那你還有其他發現嗎？比如門窗被撬，電閘被關掉？」

「沒有，當時場面太亂了，我除了看到一堆人之外，什麼都不記得了，什麼電閘被關掉？」

弗蘭克轉頭看裴劍鋒。

裴劍鋒說：「據說在凶案發生之前，有人拉下了這棟房子裡的電閘。」

蘇唯追加，「而且連帶著周圍幾棟房子都斷電了，德波利尼亞克先生，你這棟樓房的電閘是這片住宅區的總電閘嗎？」

弗蘭克的目光在他們幾人之間轉了轉，聳聳肩。

「大概是吧，這棟房子建得很早，據我父親說，當年老佛爺很滿意我祖父推薦的法國商品，她聽說我祖父在這裡蓋了房子，還專門送了賀禮給他，那時候這裡沒幾棟房子，總電閘就在這棟房子裡也不奇怪。」

「哇塞，沒想到你的祖上都是名流啊，失敬失敬。」

三個人同時看向蘇唯，沈玉書在旁邊面無表情地說：「他只是單純發表感歎，大家可以無視。」

「還有問題嗎？」

蘇唯豎起食指左右擺了擺。

「沒有了，剩下的就讓我們慢慢調查吧。」

「請用心調查。」

弗蘭克說完，轉身要走，蘇唯搶上一步攔住，伸手拍了拍他的肩膀。

弗蘭克甩開他的手，不高興地問：「幹什麼？」

「沒什麼，你這裡沾了灰，我幫你撣掉。」

像是沒看到弗蘭克的厭惡表情，蘇唯笑嘻嘻地收回手。

弗蘭克拄著手杖離開了，裴劍鋒急忙跟上，百忙中不忘回頭給他們使眼色，暗示自己會拖住弗蘭克，讓他們想查什麼，儘管去查。

蘇唯雙手抱在胸前，看著兩人走遠，他說：「雖然我一早就猜到自己不會喜歡這個法國人，但沒想到他比我想像的更討厭，剛才我好希望他一生氣，fire 我們。」

「委託我們的是秦淮，跟他無關。」

「好了，現在討厭的人走了，那我們該做些什麼？」雲飛揚搓著手掌問他們。

「看看這裡是否有第七個彈殼，或者……」沈玉書轉頭看向走廊，「被子彈打中的地方。」

「你真相信這叔侄倆說的話？」

「我相信自己的記憶力。」

「那好吧，我押寶在你身上，既然客廳裡沒有找到第七個彈殼，我們不如賭賭其他的地方。」

蘇唯配合著沈玉書一起尋找，雲飛揚舉手說：「那我去其他房間找。」

「記得避開那些貴重的古董跟弗蘭克，還有，不要亂拍照。」

「沒問題。」

雲飛揚跑走了，蘇唯也去了隔壁的書房，他查看著房間裡面的擺設，掏掏口袋，將剛才的戰利品拿出來。

錢包等貴重物品他沒動，所以只拿到了一枝鋼筆。

筆套上刻了弗蘭克的名字縮寫，蘇唯把鋼筆擰開，筆尖是金的，看起來不便宜。

「你這次的戰利品有點少。」

聲音突兀地從身後傳來，蘇唯本能地把筆藏到了袖口裡，等他做完，才反應過來那是沈玉書。

他轉過身，沒好氣地說：「我知道小動作逃不過你的法眼，但拜託不要用這種方式來揭穿。」

「你剛才演得挺好的，要不是太瞭解你，我也會被騙過去。」

「即興發揮是我的強項，誰讓他的肩膀上真的有灰呢……怎麼了？」

沈玉書半路出神了，被問到，他才回神。

蘇唯皺起了眉，「難道我的話這麼無聊？」

「絕對沒有，這不是你的問題，好，讓我們來看看你的戰利品。」

沈玉書伸出手來，蘇唯把鋼筆給他。

「這位紳士全身上下只有錢包跟一枝筆，筆還放在褲子口袋裡，也不怕折斷了。」

沈玉書不說話，看著金筆，表情若有所思。

蘇唯誤會了，解釋道：「我順手牽筆是為了查案，回頭會還給他的，不算違反我們當初的約定。」

「不，這枝筆先給我。」

沈玉書掏出手帕，把筆包好，放進口袋裡。

蘇唯看著他的舉動，忍不住問：「難道這枝筆在你眼中會變成彈殼？」

沈玉書不說話，抬頭瞟了他一眼，一副抓不住重點的表情。

蘇唯無奈了，雙手舉起，「我只是在開玩笑，別當真。」

「喔，那下次你提前告知一下，方便我理解。」

——說笑話之前還要提前告知，那誰還笑得出來啊。

蘇唯的白眼快翻去腦後了，要不是當下要忙著查案子，他一定狂吐槽。

兩人各自在周圍檢查了一遍，既沒發現多出來的彈殼，也沒有在牆上找到彈孔，倒是蘇唯發掘了很多價值不菲的藏品，可惜只能遠觀，免得一不小心碰到，某人又要激動地跳出來指責他們了。

最後他們來到客廳，雲飛揚也在逛了一圈後，跟著他們走進來，手裡擺弄著相機，一副心滿意足的表情。

蘇唯警覺地問：「你沒有亂動人家的東西吧？」

「沒有，我只是拍了些照片，這裡也許還有慈禧太后賞賜的東西，拍個照留作紀念。」

「那洗好後記得給我一份。」

「沒問題。」

沈玉書沒加入他們的聊天中，他把客廳仔細檢查了一遍後，站在那面等同牆壁的浮雕前默默注視。

蘇唯走到他身邊，看著浮雕，說：「這圖有些眼熟。」

沈玉書看向他，「在哪裡見過？」

「達官貴族家都喜歡用這種圖形，你看那些翻捲起來的圖案像不像雲海？所以有稜角的部分大概是龍的爪子。」

「會嗎？我覺得這像是希臘神話故事裡海神的圖，翻起來的是海浪，有稜角的是叉子等武器。」雲飛揚插嘴道。

「從某種意義上來說，雲飛揚，我很佩服你的想像力。」

兩人看向沈玉書，沈玉書只吐出兩個字：「石頭。」

「……」蘇唯手扶額頭，也是，誰也不能否認這塊浮雕是石頭刻出來的。

沈玉書靠近浮雕，仔仔細細觀察了一番後，又繞去浮雕的另一邊，蘇唯就聽到他說話的聲音從對面傳來。

「真不明白人們為什麼喜歡抽象的東西，這完全不合邏輯。」

「你乾脆說討厭感性算了。」蘇唯忍不住隔著牆壁衝他叫道：「因為你怕失敗，所以你喜歡一成不變的生活方式，只要順著既定的軌道做事，失敗的機率就會減少，可是人生一定要經歷各種嘗試跟挑戰，才活得有意義，要知道失敗也是人生經驗的積累啊。」

他說了半天，對面也沒人回應。

雲飛揚小聲說：「神探是不是生氣了？」

蘇唯跑過去，就見沈玉書正在檢查浮雕牆壁後的空間，看他的表情就知道他根本沒在聽自己說話。

他自嘲道：「不，是我浪費口水了。」

浮雕的另一邊是個較小的空間，裡面除了擺放了幾件古玩外，沒有多餘的擺設，浮雕牆很醒目，可是它的另一面卻只是普通的牆壁，上面並排掛著幾幅人物油畫。

畫像裡有男有女，從畫中人物的衣著打扮還有作畫的時間來看，這幾個人是弗蘭克的祖父跟父母等，油畫旁還有座掛鐘，鐘擺來回搖擺著，發出有規律的單調響聲。

房間地板上鋪著繡著花草的暗紅色羊毛地毯，這裡沒有被波及到，四周擺放的物品保持整齊的狀態。

沈玉書的目光在房間裡掃了一圈，最後落到掛鐘上，他伸手打開掛鐘的前蓋，蘇唯想阻攔，已經來不及了，他看著沈玉書拿起裡面的鑰匙，插進掛鐘孔裡來回轉動，忍不住說：「這鐘不是古董，它不喜歡被擺弄。」

「會不會有機關？」

「嗯，說不定還有藏寶圖。」

沈玉書轉頭看他，蘇唯上前，取過他手裡的鑰匙，來回看了看，說：「對不起，我不該開玩笑，不過這只是普通的鑰匙，它除了給鐘上弦外，什麼作用都沒有。」

蘇唯把鑰匙放回掛鐘裡，關上蓋子，阻止了沈玉書對一切都充滿好奇的行為。

沈玉書聳聳肩，「也許我們該去死者的丈夫那裡找找線索了。」

「這是個好提議。」

三人出了別墅，雲飛揚還想跟隨他們，卻被沈玉書吩咐去洗照片，為了案子的偵查，他只好領命離開了。

回程經過霞飛路，沈玉書看著附近的店鋪，忽然一拐車頭，把車開了過去。

蘇唯習慣了他隨心所欲的行為，提醒道：「如果我要購物，會先找個地方停車，在這裡步行比較快。」

沈玉書找到車位停好車，說：「我不是要購物，我是想打聽一下披風的事。」

「披風有什麼問題？」

「你沒看法醫的報告結果嗎？」

「你是指那個正常人都不可能看懂的化學分子排列表？為了遮罩當年痛苦的記憶，我直接把它跳過去了，你不知道我這輩子最大的心願就是幹掉我的化學老師。」

「報告書上列了披風的纖維成分，跟女屍指甲裡的一樣，一模一樣。」

「這個你今早就說過了。」

「但她十個指甲裡幾乎都有，那就是另外一個意思了。」

這次蘇唯聽懂了。

一個人在奮力反抗的時候，會本能地撕扯對方的衣服，所以死者的指甲裡的纖維物質不可能全部都是她自己的。

「你的意思是現場遺落的披風是兇手的？兇手是個女人？」

「我只是根據現有的線索推理出這樣的結果。」

「我懂了，雲飛揚在後街看到的無臉鬼就是兇手，她在行兇後，為了防止被人看到，就用面巾或是圍巾擋住了自己的臉。」

沈玉書點點頭，「那件呢子披風價值不菲，所以幸運的話，我們也許可以根據這條線索追蹤到兇手。」

「喔買尬，搭檔你真是太聰明了。」

「謝謝。」

「不用謝，我只是實話實說。」

「我不是謝你陳述事實，我是謝你剛才的提醒。」

陳述事實？這人還真以為自己很聰明哈，不過他在一些地方的確很聰明。

蘇唯問：「什麼提醒？」

「生命的意義就在於嘗試跟挑戰，我覺得你說得很有道理。」

「沒什麼，我說話一向都很有道理，我只是沒想到你的反射弧長到可以穿越月球。」

「我剛才只是在考慮別的事，那件事想通了，我才有空閒想第二件事。」

「考慮什麼事可以比想我更重要……我的意思是——比思考我說的話更重要？哈哈，難不成你知道凶手是誰了？」

沈玉書不說話，只是向他微笑。

蘇唯被笑得毛骨悚然。

「你……不會是真知道了吧？你這隻魔鬼！」

「你想多了，我還需要更多的證據來證明我的判斷，因為……」

雪絨花服裝店到了，隔著街道，沈玉書看著在服裝店裡進進出出的客人，平靜地說：

「凶手不止一個人。」

天氣很好，一位老人家穿著厚實的長袍馬褂，坐在店前的籐椅上曬太陽，他頭上戴著西瓜帽，花白頭髮編的辮子垂在肩上，正是女老闆的父親。

老人手裡拿著一個橘子，半瞇著眼睛，像是睡著了，蘇唯走過去，剛好老人手裡的橘子掉到地上，骨碌碌地滾到他面前。

蘇唯撿起來，遞給他。

老人睜開眼看看他，眼神有些呆滯，蘇唯笑著問：「老爺子，您好嗎？」

老人嘴巴張了張，像是在嘟囔什麼，但因為口齒不清，無法聽懂。

蘇唯打量著他的辮子，老人的頭髮雖然花白，但辮子編得很仔細，還上了髮油。他很好奇，小聲對沈玉書說：「這個時代，很少能看到留辮子的人了。」

「其實有很多，只是你平時不接觸罷了，這種滿清遺老是不會剪辮子的，尤其是曾經風光過的八旗子弟，剪掉了辮子，就等於將曾經的風光都剪掉了，那是他們無法容忍的，因為人是需要靠夢想生活的生物。」

「我只知道人要靠著錢來生活。」

蘇唯的嘟囔聲被打斷了，有人從店裡走出來，對沈玉書說：「聽先生的話，好像很瞭解我們旗人。」

出來的是正是女老闆。

她今天穿著青色旗袍，上身配了毛皮馬甲，脖子上圍著相同顏色的圍巾，氣度雍雅高貴，看來沈玉書的話多多少少說中了她的心聲。

沈玉書說：「我只是一時感歎，如有冒犯，還請見諒。」

「不，先生說得很中肯，現在這些遺老依然沉浸在當年醉生夢死的奢華歲月裡，越是沉浸，就越不甘心眼下的生活，心裡充滿了痛恨跟懊悔，還好我父親上了年紀，以前的事都想不起來了，所以對他來說，反而是件好事。」

她說著話，看向父親，老人又睡著了，手裡還拿著那個橘子。

風吹來，帶過一聲嘆息，陽光照在她的臉上，蘇唯看到了她眼角上的細紋，雖然她保養得不錯，但歲月滄桑還是在不經意的地方顯示了出來。

有位上了年紀的男人從店裡走出來，看打扮是這家的僕人，老闆請他照顧父親，又向沈玉書跟蘇唯做出請進的手勢。

午後的店裡有很多客人，穿著相同旗袍制服的女店員都在忙碌，老闆說：「快到年關了，大家都忙著購置衣物，不知兩位先生是給自己選購？還是為家眷選購？」

不好意思，這兩位先生都沒有家眷，所以蘇唯第一時間伸手指向沈玉書，「給他買。」

誰知沈玉書也做出了相同的手勢，指向蘇唯，說：「給他買。」

蘇唯氣得瞪他——這時候就不要跟他同一步調了好吧，很容易穿幫的。

看到他們的互動，女老闆笑了。

「你們很有趣，不過看得出你們不是來購物的。」

「NoNoNo，我們購物，順便問點事情，」蘇唯察言觀色，「小姐妳今天看起來心情很好啊。」

至少沒像上次那樣橫眉冷對，這樣的氣氛比較便於詢問。

老闆說：「先生真會開玩笑，客人多，店裡生意好，我的心情當然也好。」

「請問小姐貴姓？」

「這跟你買東西有關係嗎？」

「沒有，不過方便我們聊天，假如小姐不介意的話……」

「我姓葉，大家都習慣叫我青花。」

「剛才聽妳提到旗人，不知這個葉是不是出自葉赫那拉的姓氏？」

「是的，我們是鑲黃旗，不過那都是老黃曆了，不提也罷，你們有什麼事，不妨直說，我這裡很忙，還要招呼其他的客人。」

在蘇唯跟青花閒聊的時候，沈玉書把服裝店看了一遍。

這裡除了服裝都換成了冬季款式外，跟他們上次來的時候沒有太大變化。櫃檯上擺放著財神，牆上掛著福祿壽喜的畫軸，當中是那面祥雲猛虎的雕畫，看著雕畫，他眉頭微皺，久遠的記憶再次浮上了心頭。

這繪圖似乎有些熟悉，但要說曾在哪裡見過，他又想不起來。上次來的時候，他也曾有過相同的感覺，只是上次來得匆忙，他的感覺沒這麼強烈。

沈玉書看出了神，直到聽到青花的詢問，他才把目光轉回來。

「最近你們有在賣一款白色的毛呢披風嗎？」

「你是指這類的嗎？」

青花把他們帶到擺放女裝的那邊，指著衣架上的各式披風問道。

蘇唯一眼就看到了跟現場那件完全一樣的披風，他取下來看看衣領上的標籤，上面繡著相同的雪絨花標記，右下方還有朵銀色小花，他給沈玉書使了個眼色。

沈玉書問青花：「買這種披風的人多嗎？」

「很多，你們也想買這款嗎？」

「我比較想買這個。」蘇唯從旁邊的男裝櫃檯上拿了兩條圍巾過來，圍巾是棕色方格模樣的，大方得體，他讓店員包起來，青花微笑說：「多謝惠顧。」

「我們捧場了，現在輪到青花小姐了。」

「請說。」

蘇唯給她擺了下頭，三人來到櫃檯後面，他做出鄭重的表情，壓低聲音，說：「實不相瞞，我們受公董局警務處的委託，在調查一件殺人案，現場留下了一件披風，跟妳店裡的披風一模一樣，所以我們想調查購買披風的客人名單。」

青花臉上露出詫異，目光在蘇唯跟沈玉書之間轉了轉，有些不知所措。

蘇唯說：「如果妳不信的話，可以打電話詢問霞飛路巡捕房的探員們，妳在這裡開店，應該認識他們吧？」

「不是這個問題，而是如果你們想通過這條線來調查，可能不會有收穫，因為光是這個月就賣出了二百多件，而且我們只記錄商品銷售的數量，不會記錄顧客的名字，要怎麼查啊？」

蘇唯傻眼了，「這麼好賣？」

「是的，這款我本來只是設計出來做樣品的，沒想到很多客人都喜歡，就製成商品了，還有外地的百貨商店也來跟我批發。」

「恭喜生意興隆。」

「謝謝，所以不是我不想幫你們，實在是愛莫能助。」

蘇唯聳聳肩，對沈玉書歎道：「沒想到有錢人這麼多。」

店鋪裡面傳來吵嚷聲，先前那位老僕人跑出來，青花看到，對他們說了聲失陪，就跟隨僕人匆匆走了進去。

蘇唯拿了圍巾去櫃檯結帳，隨口問店員：「老太爺好像病得不輕啊。」

「還好，就是人老了，有點糊塗了，喜歡亂發脾氣，只有老闆去，他才聽話。」

「妳們老闆又要顧店又要照看老人，真能幹，她在這裡開店很久了？」

「是啊，我還小的時候，這裡就有雪絨花了，我沒想到有一天可以在這裡做事。」

店員把圍巾放進袋子裡，交給蘇唯，對他微笑說：「多謝惠顧。」

兩人出了服裝店，沈玉書說：「沒收穫。」

「誰說沒收穫？」

蘇唯向他揚了揚手裡的購物袋。

「我在說案子，爛桃花先生。」

「我知道你嫉妒我有魅力，這是沒辦法的事，畢竟有人天生就是明星。」

沈玉書不說話，加快腳步往停車場走，蘇唯追上他。

「生氣了？讓這麼出色的男人感到了自卑，我真是個罪惡的人。」

「我只是為你無與倫比的自信心感到震驚，請放心，我對你，還有你自帶的氣場完全沒興趣。」

「那你在想什麼？喔，我知道，你對那個漂亮的老闆娘感興趣。」

「那幅虎圖，我好像在哪裡見過。」

「老虎圖？」

蘇唯想了想，想到了牆上掛的雕畫。

「那是黑檀木雕刻的，目測不會超過三十年，雕工不是出自名家，沒有收藏價值，如果你想把它當開光品來用的話，那另當別論。」

沈玉書停下腳步，驚訝地看向他。

「是不是突然發現我很帥？」蘇唯十分自得。

「我沒想到任何東西都會被你當成收藏品來鑑定。」

「既然任何東西在你眼中都是屍體般的存在，那你也不該奇怪我會這樣看待評估收藏品。」蘇唯反駁。

「說得也是。」

兩人上了車，開車去警察廳。

蘇唯轉身，在後車座找了一會兒，翻到一顆蘋果，從中間掰開，一半給了沈玉書，一半自己吃。

他一邊吃著蘋果一邊問：「你說的虎頭跟本案有關嗎？」

「沒有，可能是跟我童年的記憶有關，只是那個老闆，總覺得哪裡怪怪的……你不覺得她今天特別熱情？」

「大概是被我的魅力征服了。」

「我在說正事。」

「那大概是看到我們買東西捧場了，總之，不要用邏輯去推理女人的心態，因為她們根本就是沒有邏輯的生物。」

「聽起來你好像受過這方面的挫折。」

蘇唯吃蘋果的動作一停。

發現他不對勁，沈玉書轉頭看過來，蘇唯又開始繼續咔嚓咔嚓地啃蘋果，一副沒事人的樣子。

看來他的搭檔在感情上也有很多祕密啊。

警察聽到了，不過聽了他們的來意後，財務處的女辦事員告訴他們處長家裡有事，已經離開了，問他去了哪裡，辦事員也不清楚。

「要不我們去他家碰碰運氣，他老婆遇害了，他總不能還去小三家鬼混吧？」

蘇唯跟辦事員要了孫涵的住址，開車直奔他家。

路上沈玉書開著車，突然說：「有人在跟蹤。」

「看到了。」

蘇唯透過車子的後視鏡觀察著後面。

從他們出了霞飛路巡捕房，就有一輛別克始終保持相同的距離跟在後面，開車的戴著帽子跟口罩，看不清模樣。

「我喜歡被跟蹤，這會讓我感覺我們接的案子有多重要……要甩掉他嗎？」

「不用，看他們的目的是什麼。」

任由對方尾隨，沈玉書把車開到孫涵的家。

孫涵果然在家，兩人登門拜訪的時候，他正在打電話，下人將他們帶進客廳，就聽到孫涵在說昨晚的事情。

看到他們，孫涵找了個藉口結束通話，他把電話放下，正要過來打招呼，電話又響了起來，他只好轉回去接電話。

這通電話的內容依然與昨晚的事件有關。

孫涵應付了幾句，又不時看向蘇唯跟沈玉書，看起來非常在意他們的存在。

電話講了很久，最後還是孫涵先掛斷了。

蘇唯趁機走過去打招呼：「孫先生你好，我們是萬能偵探社的，受了……」

「聽說了，你們受秦律師的委託，在調查那件凶案，你是沈玉書，他是蘇唯。」

「不，沈玉書是個子高的那個，矮個子的是蘇唯。」硬邦邦的話從旁邊飄過來，引得蘇唯的怒視。

他不就是矮了那麼幾公分嘛，為什麼這傢伙的話總讓人感覺他是童話裡的小矮人？

還好孫涵及時彌補了蘇唯心靈的傷害，轉頭依次看看他們兩個。

「有嗎？不都差不多？」

是啊，對於不到一百七十公分的孫涵來說，身高超過一百八的他們的確沒有太大區別。

孫涵的個頭不高，再加上稍微有點胖，長相普通，所以更顯得不起眼。

他戴著金邊眼鏡，上身是西裝馬甲，目光透過厚厚的眼鏡片射過來，帶了幾分文雅跟狡詐的氣息。

從外形來看，他們夫妻的確不般配，不過孫涵能在這個年紀就混到警察廳財務處處長的職位，肯定有他的本事，比如上午秦淮才委託他們查案，孫涵這麼快就知道了，看來巡捕房那邊也有不少他的眼線。

蘇唯看看他的手指，他的無名指上有一圈泛白的痕跡，卻沒有戒指。

得知妻子的死訊後，他就第一時間把戒指摘了，像是迫不及待這一天的到來似的。

發覺蘇唯的注視，孫涵把手收回去，搓著手，說：「該說的，上午巡捕來問話的時候，我都講了，你們跟那些人很熟吧，直接去看他們的記錄更快。」

沈玉書環視著房間，說：「聽說你今天還去上班了，你太太遇害，似乎沒有影響到你什麼。」

「怎麼沒有影響？你們知道我辦公室的電話都快被打爆了嗎？回到家也不得安寧，真是的，都死了，還搞出這麼多事，年底了，我的工作很多的，可是現在卻要分心接受調查，還要辦喪事……」

「難道你太太還不如你的工作重要嗎？」

「你這是什麼意思？她給我戴綠帽子，現在所有人都知道她跟個洋人鬼混，一邊打電話來關心我，一邊在背後嘲笑我，我的面子往哪兒擱？我還憋了一肚子火呢，要不是她死了，我真想問問她，搞什麼人不好，搞洋人？」

總算找到了出氣筒，孫涵的氣都撒到了沈玉書身上，衝他一陣嚷嚷。

可惜沈玉書根本沒在意他的大嗓門，冷靜地反問：「你也在外面找女人養情人，有資格說別人嗎？」

孫涵擺擺手，「我是工作，是正常的社交活動，好了，不說這個了，總之她的死是她自己惹出來的，跟我一點關係也沒有，唯一跟我有關的就是我要為她料理後事，我還要忙，你們可以走了。」

「我們還沒問問題。」

「該說的我都說了，你們還有什麼好問的？我是看在公董局那些人的面子上，才見你們的，是義務服務，你們不要得寸進尺。」

電話鈴又響了起來，孫涵忙著去接電話，又給僕人招手，示意他送客。

僕人走過來，被蘇唯攔住了，把他推出客廳，順手關上門。

孫涵聽到聲音，轉過頭，就見沈玉書走到了自己面前，伸手，直接按上通話鍵。

無視孫涵震驚的表情，沈玉書又走到電話線的連接處，把電話線也拔了下來。

「這樣世界會變清淨很多。」

「你太放肆了！」

大概平時沒有人敢這樣做，孫涵愣了半天才反應過來，衝過去就要揪沈玉書的衣襟，卻被半路擋住了。

蘇唯抽出伸縮棍，卡在他的脖子上，孫涵不得不順著他的力道向後退。

他氣得大叫：「不要以為你們背後有洋人撐腰，我就會怕你們，我告訴你們，我同樣也可以讓你們消失！」

「啊啊啊，我好怕啊……」

蘇唯衝他擠眉弄眼完，一頓手裡的伸縮棍，正色道：「不過在你讓我們消失或是你自己消失前，先把問題回答完。」

沈玉書追加：「這件事跟有沒有洋人撐腰沒關係，我們只是要查清案子的真相，如果凶手是洋人，我同樣會把他交給巡捕房。」

「還有，你也希望案子早點查清吧，拖得越久，笑你的人也就越多。」

蘇唯一語中的了，聽完他們的一唱一和，孫涵慢慢冷靜下來，轉身把丟在桌上的話筒放回電話機上，雙手扠腰，沉著臉說：「你們想問什麼？問吧。」

早知如此，一開始就乖乖回答問題多好啊。

蘇唯給沈玉書使了個眼色，把提問工作交給他。

沈玉書說：「請把你昨晚的經歷完完整整地講述一遍。」

「這些我上午都講過了。」

「那就再講一遍嘛，我們可都是喜歡聽故事的人啊。」蘇唯擺弄著伸縮棒，笑嘻嘻地對他說。

孫涵推了推眼鏡架，瞪蘇唯，不過想到眼下的處境，他忍住了，把自己昨晚在同事公館打牌的事原原本本說了一遍。

他的講述跟證詞上的幾乎一樣，從時間來看，他的確有不在場的證據，直到早上接到巡捕房的聯絡，他才知道妻子出事了。

他說完後，蘇唯轉著伸縮棒，問：「正常情況下，太太死了，丈夫沒心思去上班吧？」

「剛才都說了，年底我們財務處很忙的。」

孫涵說完，看到兩位偵探不信的目光，他聳聳肩。

「我們夫妻關係是不和，事到如今也沒什麼好隱瞞的了，不過不和不是我會殺人的理由，我老婆長得還挺漂亮的，正式場合拿得出手，所以我也沒打算離婚。」

「不和不是殺人的理由，但是如果你太太不僅給你戴綠帽子，還想跟你離婚的話，出於憎惡的心理，殺人就很有可能了。」

「可是我有時間證人。」

「也可以雇凶殺人。」

被蘇唯步步緊逼，孫涵不爽了，來回看他們。

「我懂了，你們是想為那個洋人開脫，所以硬要把罪名安在我身上了？」

「不，我只是假設任何一種可能性，如果你沒做虧心事，何必怕鬼敲門？」

孫涵點點頭，表示他不怕。

觀察著他的反應，沈玉書突然問：「你有勃朗寧嗎？」

「有。」

孫涵繞去書桌另一邊，打開抽屜，拿出手槍。

蘇唯注意到子彈並排放在盒子裡，並沒有裝膛。

沈玉書接過手槍，手槍九成新，幾乎沒用過，他又打開彈匣，裡面沒有子彈，看口徑跟凶手使用的手槍對不上。

他把手槍還給孫涵，孫涵這才反應過來，叫道：「你們該不會懷疑這是凶器吧？」

「不，如果你是買凶殺人，凶手不會用這麼好的槍，可以帶我們去看一下你太太的房間嗎？」

孫涵有點跟不上沈玉書的跳躍性思維，愣了愣才點頭說好。

他帶兩人來到二樓的某間房間。

他們夫妻分房睡，這是胡君梅的臥室，裡面充斥著各種濃郁的香粉味，蘇唯一進去，就打了個大噴嚏。

沈玉書先檢查了化妝臺，又走到衣櫃前，打開櫃門，裡面掛了很多時下流行的裙裝跟大衣，他翻看著服裝，問孫涵：「她有沒有一件乳白色的毛呢披風？」

「不知道，她買了也不會跟我講，但是她用的卻是我的錢。」

後面那句被兩人無視了，蘇唯走到化妝臺前，發現上面放著各種化妝品跟香水瓶。

這個時代的女人也是一樣的愛美啊，看來他如果推廣面膜的話，一定有發展的空間。

「你說什麼？」

孫涵的詢問讓蘇唯回過神，發現自己把心裡話說出來了，他嘿嘿笑道：「我說你太太很喜歡化妝品。」

「女人都這樣，化妝品再多都不嫌多，在家裡放好幾套，出門還要帶一套，反正用的都是我的錢。」

「聽起來孫先生很瞭解女人啊。」

「嘿嘿，我瞭解漂亮的女人。」

在蘇唯跟孫涵聊天的時候，沈玉書已將臥室檢查完畢了，最後轉回化妝臺，拿起其中一瓶香水，往手背上噴了兩下。

香氣傳來，房間裡的另外兩位男士都忍不住皺眉看向他。

「我只是想試一試。」

沈玉書解釋完，放下香水瓶，向孫涵告辭。

孫涵送他們出去，還不忘叮囑。

「凶手一定是她的洋人情人，你們一定要找出證據抓住他，如果這次你們做得漂亮，我會向上頭舉薦你們，到時你們想進警察廳做事都不是問題。」

【第六章】

神祕的潛入者

「總之，這件事絕對跟我無關，絕對跟你的身分有關。」

「我的身分？」

「你父親以前在前清太醫院供職吧？一定知道一些宮廷祕辛，比如藏寶什麼的。」

「我父親只是個小醫官……」

「不，相信我的直覺，一定是這樣的。」

沈玉書的父親是什麼樣的職位，蘇唯不知道，但沈父絕對是知道一些祕密的，否則就不會特意隱姓埋名移居上海，還留下不要沈玉書入住這棟房子的遺囑。

「情人說丈夫是凶手，丈夫說情人是凶手，那到底誰才是凶手？」
在回去的路上，蘇唯好笑地說道。
沈玉書開著車，保持沉默。
蘇唯轉頭看他。
沈玉書依然平靜地開車，說：「雖然我很帥，但你也不需要看我看得這麼入迷。」
「如果你這樣想，那一定是你的錯覺，我通常會看入迷的只有在照鏡子的時候。」
「喔，鏡子表示壓力有點大。」
「Anyway，嫌疑人都見過了，現在你可以揭謎題了吧——誰是凶手？」
「我還在找證據，你有沒有偷……拿孫涵的隨身物品？」
「拿了，又還了，因為沒什麼有價值的東西，需要我再動手嗎？」
「暫時不用，有需要的話，我會說的。」
回到事務所，天已經黑了，那位神祕的跟蹤者也在半路消失了，讓蘇唯有些後悔沒有及時抓住他。
進了事務所，沈玉書首先跑進他的實驗室，蘇唯跟在後面，問：「如果我幫你的話，是不是可以早點知道凶手是誰？」
「是的。」
「那我幫你。」

蘇唯想進去，被沈玉書及時攔住，碰一聲，房門在他面前關上了。

「幫我做飯，謝謝。」

喔，他什麼時候淪落在給人當廚子的地步了？

看著眼前灰濛濛的門板，蘇唯皺眉站了三秒鐘，最後聳聳肩，認命地下廚做飯。

——我不是屈服在沈玉書的命令下，我只是想早點知道真相，還有……我也餓了。

在心裡這樣說服著自己，蘇唯去做了晚飯，等三菜一湯做好擺上桌，沈玉書的工作也做完了，他穿著白袍，戴著手套從實驗室走出來。

看他的表情，蘇唯就猜到了大半。

「凡事慢慢來，就算沒發現，我也會提供晚餐的。」他上下打量沈玉書的打扮，「至少你讓我享受到了視覺上的快感。」

「不要意淫我。」

沈玉書脫下白袍跟手套，洗了手，在餐桌前坐下。

蘇唯把筷子遞給他，他道了謝，吃著飯，說：「不是沒發現線索，而是線索太多，不知道哪一條才是正確的。」

「喔？」

「所以今晚我們再出門，也許運氣好，會有人來提供線索。」

蘇唯看著他，嘴角慢慢翹了起來。

如果他沒猜錯的話，搭檔接下來的計劃是——守株待兔。
飯後，看著桌上的碗筷菜盤，兩個人誰都不想動。
「飯是我做的，所以你該洗碗。」
「我工作了。」
「做飯也是工作。」
爭論到最後沒有結果，兩人你看看我我看看你，同時舉起手來猜拳。
蘇唯三局兩勝，他給沈玉書做了個 go 的手勢，等沈玉書端著碗筷去廚房，他則去收拾了夜間行動需要的裝備，最後把背包背到身上，整裝待發。

夜深人靜後，沈玉書換了身輕便的黑色衣服，跟蘇唯一起走出事務所。
他開著車，在無人的街道上轉了一會兒，確定沒人跟蹤後，把車停下。
兩人下了車，加快腳步折返回去，迅速翻進在事務所對面的住宅院牆裡，觀察事務所的狀況。
這棟房子的住客前段時間搬出去了，現在處於空置狀態，不用擔心有人發現他們私闖民宅。

所以蘇唯擔心的是另一個問題。

「你說他們會上鉤嗎？」

「不知道，我只知道今晚很冷。」

說著話，沈玉書緊了緊他脖子上的圍巾。

看著他的小動作，蘇唯吐槽道：「我還知道今天是耶誕節，去年耶誕節我在拉斯維加斯……就是我們那裡一處有名的賭城享受的時候，作夢都沒想到下一個聖誕，我會跟一個男人在民初上海的深夜裡吹冷風。」

「你應該不是去賭錢。」

「是接受委託，為一位收藏家盜取一尊金佛。」

其間所有花銷娛樂都由收藏家負責，所以蘇唯過了一個星期醉生夢死的生活，美女、佳釀，還有一擲千金的豪賭，現在回想起來，恍若夢中。

「聽起來你以前的生活很刺激，如果你早知道上海並沒有你想像的那麼好，是不是就不會來了？」

「千金難買早知道，如果早知道會變成這樣，那晚我就不會逃，最多是被抓起來，人又不是我殺的，我怕什麼……」

「你殺人？」

「是被冤枉的，可惜當時不認識你，否則你就可以幫我洗脫罪名了。」

「如果有機會去你的家鄉，我會的。」

聽了這話，蘇唯轉頭看向沈玉書。

也許他說錯了，即使當時知道跳樓的結果，他還是會跳的，因為這裡有他記掛的東西——這個時代、這裡的風情，還有這個人。

「別這樣看我，我確定自己不是鏡子。」

「你不是，」蘇唯轉回頭，微笑著說：「你是我的搭檔。」

「噓！」沈玉書將手指比在嘴唇上，又指指對面。

黑暗中，四個人影從對面的街道匆匆走過來，他們觀察著周圍的環境，迅速走近事務所。

其中一個人身材高大，戴著帽子跟口罩，與今天跟蹤他們的那人很相似，蘇唯壓低聲音說：「居然有四條魚上鉤，不知道魚餌夠不夠。」

沈玉書看了下手錶，給蘇唯做了個十分鐘的手勢，蘇唯拿出自己的懷錶，衝他點點頭。

四人來到事務所門前，一個矮個子開始努力撬門鎖，蘇唯在心裡默念著秒數，在數到三十的時候，那個人抬起頭，跟同夥說話，看來是打開了。

「你不是換鎖了嗎？」沈玉書湊近他，小聲問：「他怎麼搞了這麼久？」

香氣隨著他的靠近傳向蘇唯，為了避免打噴嚏，他捂住嘴巴，很想提醒沈玉書今後絕對不要噴女性香水。

「我如果不換鎖，他大概要三十分鐘。」

「你這是在自得嗎？」

「不，我是要告訴你，一個職業小偷，撬鎖如果超過十秒鐘，他就會放棄了，這個傢伙不放棄的原因有兩個——他不是職業的，或是他不得不偷這家。」

門打開了，除了戴口罩的人留在門口望風外，其他的人都進去了。

沈玉書說：「也可能是兩者兼有。」

口罩男很緊張，站在門口東張西望，又不時看錶。

還好夜深了，大門附近又沒有路燈，否則看到這個人古怪的舉止，就知道他有問題了。

對面的兩人緊緊盯住門口，由於事務所裡面都拉了窗簾，他們什麼都看不到，蘇唯按住心口，說：「我有點緊張，他們這麼久都不出來，不知道是不是真的在我們家挖到寶藏了。」

「我家。」

「我是房客，也算是半個主人。」

「你的邏輯有點不通。」

「邏輯學我們回頭再說，現在是不是要執行A計劃了？」

沈玉書看向蘇唯，後者明白他的意思，舉起手。

兩人在黑暗中猜了兩次拳，第三次才分出高低——蘇唯輸了。

這次輪到沈玉書給他做出go的執行手勢，蘇唯只好從圍牆上跳下來，從後門轉去路上，又繞了個大圈來到事務所門前。

口罩男正低頭看手錶，身後突然傳來說話聲。

「零點三十五分。」

他嚇了一跳，急忙轉過身，迎面一拳揮過來，正中他的鼻梁，他痛得捂著鼻子叫起來。

蘇唯接著又來了記掃堂腿，把他撂倒，然後揮掌劈在他頸部動脈處，大漢向前栽了個跟頭，倒在地上暈了過去。

蘇唯收回拳頭，看看戴在手上的手指虎，做出求原諒的手勢，「抱歉抱歉，早知道你這麼好對付，我就不用武器了，我不是故意要讓你破相的。」

口罩男已經暈過去了，對他的道歉無動於衷。

蘇唯彎下腰，正要檢查他的口袋，事務所裡突然傳來槍聲，他擔心沈玉書的安危，放棄眼前的獵物，衝了進去。

事務所裡一片漆黑，蘇唯一進去，就聽到裡面傳來各種聲響，看來沈玉書已經從後窗潛入房間裡，跟盜賊們動手了。

蘇唯將事先架在頭上的夜視鏡戴好，向發出聲音的地方跑過去。

剛好對面有人衝出來，那人頭上包著黑布，臉上戴著口罩，個頭不高，但身手非常敏捷，蘇唯只覺得影子一晃，他已經奔到了眼前。

黑衣人的眼力很厲害，在黑暗中可以準確辨認他的存在，身子飛起，踩在牆上借力一躍，雙腿同時踢了過來。

他的速度太快了，要不是蘇唯戴了夜視鏡，一定被踢個正著。

蘇唯慌忙躲避，勉勉強強躲了過去，就聽那腳踹在旁邊的木架上，哢嚓一聲，木架被踢斷了，放在上面的花盆掉到地上。

那個人比花盆先落地，緊接著拳腳齊上，不斷攻擊蘇唯的要害。

蘇唯的武功沒有他的偷技那麼神奇，但也不低，可是在這個人的攻擊下，他幾乎沒有還手之力，藉著夜視鏡不斷躲避，一個不小心踩在摔碎的花盆上，成功地摔倒了。

男人緊逼過來，抓住他的衣領，揮拳就打，蘇唯急忙舉手遮擋，撕扯中，掛在他頸上的懷錶晃了出來，那人看到，拳頭停在半空中，定住了。

蘇唯趁機一拳頭打過去，手指虎打在對方的胸口上，他向後仰去，蘇唯就地一滾，翻出了危險地帶。

沈玉書從會客室裡衝出來，雙手握槍指向黑衣人，那人見情況不妙，放棄了攻擊，向外跑去。

他速度非常快，眨眼就衝出大門，沈玉書舉著槍追出去，蘇唯也想幫忙，但他剛試圖爬起來，腰部就傳來疼痛，讓他不得不又坐回到地上。

外面傳來汽車的引擎聲，沒多久沈玉書就回來了。

蘇唯猜到了結果，問：「他們的後援來了？」

「嗯，我第一次看到有人逃跑的速度可以這麼快。」

蘇唯覺得將來有機會有必要讓他見識一下自己的逃跑速度。

沈玉書打開走廊上的燈，收了槍，看到蘇唯還趴在地上，一隻手捂著腰，他說：「你看起來有點糟糕。」

「因為我也是第一次遇到身手這麼好的。」

「難道不是你太弱了嗎？你應該把練習偷竊的時間用來鍛煉身體。」

「這是一位搭檔應該說的話嗎？」

「那我該怎麼說？」

「這個時候你該衝上來抱緊我，如果這是港劇，那不管我是不是快掛了，你都一定要問——你沒事吧；如果這是韓劇，就算我快死了，你也要抱住我用力搖，說——親愛的你不要死我不許你死；如果這是日劇，那你的任務就簡單多了，你只要說——你放心，我會好好活著的，連同你的那一份。」

「你可以說人話嗎？」

「人話就是——我剛才說的都是夢話，請全部忘記。」

所以最後沈玉書只做了一件事——上前把蘇唯扶起來。

蘇唯摘了夜視鏡，靠在沈玉書身上擠眉弄眼，沈玉書說：「我房間裡有藥油，你哪兒被踢了，我可以幫你揉一下。」

「沒，我只是一不小心閃了腰。」

在沈玉書的攙扶下，蘇唯慢慢走進會客室，苦笑說：「那個人是我迄今為止遇見武功最好的傢伙，大概雇傭兵也不過如此，如果腰被踢中，我怕我會直接變太監，連淨身都免了。」

「可是他給我的感覺不像是軍人。」

他說的雇傭兵不是沈玉書想像的那種軍人，不過這些話解釋起來，將會是個冗長的過程，所以蘇唯放棄了，環視凌亂的會客室，再看看對面破了個大洞的窗戶，他說：「我討厭這種暴力的逃跑行為。」

「你大概是痛恨接下來要在跟室外溫度相同的地方工作。」

好吧，沈玉書說對了。

蘇唯問：「你剛才怎麼不開槍？那麼好的機會被你放過了。」

「因為他的同夥也沒朝我開槍，我想他們的目的不是傷人。」

沈玉書說：「而且我也不想為了警告把子彈打到牆壁上，現在家已經很亂了，我不想它更亂。」

「那剛才那一槍……」

沈玉書指指天花板。

蘇唯仰頭看去，壁紙是白色的，不知道那一槍打在了哪裡，他沒有馬上找到。

他尋找著彈孔，隨口問：「那兩個人的身手怎麼樣？」

「我們沒有交手，我剛從後窗翻進來，就聽到槍聲了，等我跑進會客室，他們已經破窗逃走了。」

蘇唯把目光從天花板移到沈玉書身上。

「你的意思是，他那一槍不是為了警告你，那是……喔買尬，花生醬！」

沈玉書跟他同一時間想到了這個可能性，兩人一起衝到小松鼠冬眠的那個抽屜前，就見抽屜被拉開了一大半，裡面有點亂，沒有松鼠的影子。

「糟糕糟糕，如果花生醬掛了，我們怎麼跟長生交代？」

蘇唯顧不得腰還在痛，蹲下看桌底，又繞著桌子到處找，沈玉書則跑去翻書架。

兩人正忙活著，頭頂突然傳來吱吱聲，抬頭一看，就見蘇唯懸在牆上用來練習輕功的麻繩吊床正在左右晃動。

一條大尾巴從麻繩上垂下來，不是花生是誰？

蘇唯急忙跑過去，花生用爪子抓住繩子趴在上面，牠抓得很穩，又躲在陰暗的地方，要不是主動叫嚷，誰也想不到牠會藏在那裡。

「花生醬你真是太聰明了，有沒有受傷？快下來。」

蘇唯伸出手，看到是他，花生順著繩子跳到他手上。

還處於冬眠期，小松鼠的動作有些緩慢，牠受到了驚嚇，緊緊抓住蘇唯的衣服不放。

沈玉書過來幫牠做了檢查，花生沒受傷，只是嚇到了，沈玉書又看看牠的爪子，說：「我知道那個人為什麼會開槍了。」

松鼠的爪子上沾了血，看來是闖入者突然打開抽屜，驚動了處於半冬眠狀態的松鼠，導致牠發起攻擊。

黑暗中闖入者不知道是怎麼回事，還以為他們中了埋伏，所以開槍警告，而松鼠趁機逃到了繩索上躲避。

在蘇唯的安撫下，花生很快就放下了戒備，接過蘇唯塞給牠的榛果，躺回自己的小窩裡。

把牠安頓好，蘇唯說：「那個人大概作夢也沒想到是被一隻松鼠襲擊，真可憐。」

沈玉書沒有回應。

蘇唯轉頭一看，就見沈玉書站在燈下，一直仰著頭看天花板，他走過去，問：「你在練頸椎病預防運動嗎？」

「我找到子彈射中的地方了。」

蘇唯仰頭看了看，沒找到，目光再往旁邊移，才在牆角找到了彈孔——由於光線問題，牆角處於陰影下，很容易被忽略。

「看來這些人的確沒有傷人的想法，否則他就不會特意把槍口指向上方了，不過你不需要一直盯著看吧，而且你看的方向也不對啊……」

蘇唯用手比量著沈玉書的視線，發現他的目光著陸點離實際的彈孔位置差了好大一段距離，他忍不住問：「還是說你的視線可以拐彎？」

「我不是說這顆子彈，我是說我弄懂了為什麼我們在雅克家裡找不到第七個彈孔，因為凶手將子彈射在了天花板上，一個非常隱蔽的地方！」

他說完，突然轉身衝去實驗室，打開燈，在試驗臺上來回翻找，蘇唯莫名其妙地跟在後面，問：「你找什麼？」

「照片，雲飛揚拍的照片……喔對了，他拍的照片還沒有洗出來，你快打電話找他，讓他把照片馬上拿過來。」

「現在是凌晨，先生，就算報館通宵有人，也不可能找到記者的。」

蘇唯提醒道：「別激動，如果彈孔真的在天花板上，那它也不可能一晚上就消失，我們可以明早找雲飛揚。」

「說得也是。」

沈玉書拍拍額頭，讓自己冷靜下來，又轉身往外走。

蘇唯跟著他，「從彈孔位置上看，殺害胡君梅的凶手是不是並沒有想殺雅克？」

「不是。」

「難道是凶手根本沒殺人，還是雅克殺的？」

「不是。」

「那到底是什麼？」

沈玉書稍微停下腳步，轉頭微笑看他。

蘇唯做出發抖害怕的樣子，擦著手臂，「不要告訴我，我又要掏錢買答案？」

「不，我只是想讓你幫一個忙。」

五分鐘後，蘇唯在走廊上努力幫忙——清掃被弄髒的地板。

攻擊他的那個人腿力很可怕，厚實的花盆木架被他輕鬆地攔腰踢斷，導致地板上全都是木屑跟花盆碎片，很難收拾。

不過蘇唯不在意，因為比起剛才用報紙糊窗戶的工作，現在的差事輕鬆太多了。

會客室的玻璃被潛入者打碎了，北風呼呼地往裡颳，所以沈玉書拿來幾份報紙，用漿糊貼在窗上，臨時擋住風口。

以上，沈玉書動嘴，蘇唯動手。

等他一邊打著哆嗦一邊把窗戶糊好後，沈玉書早就不見人影了。

蘇唯只好又去打掃走廊，沒多久，他把地板清理乾淨，最後看看腳下一堆碎木頭，點了點頭。

「俗話說南拳北腿，腿功如此了得，那該是北方人吧。」

「你在嘟囔什麼？」

話聲從實驗室傳來，蘇唯轉過頭，眼前忽然一黑，走廊燈被關掉了，隨即黑漆漆的空間裡冒出一張綠幽幽的臉。

蘇唯嚇了一跳，定睛一看，發現是沈玉書，他把房子裡的電源都切斷了，手裡舉了個手電筒，乍看去，還真有點磣人。

「玩鬧鬼這招已經過時了，哥哥。」

「不，我在工作。」

「你的工作是扮鬼？」

「是找鬼。」

沈玉書用下巴朝蘇唯擺了一下，做出「跟我來」的示意，然後走進茶水間。

蘇唯跟著走進去，就見沈玉書取出一個稍微凸起的透明物體，貼在手電筒上，拿著手電筒沿櫥櫃依次照過去。

燈光穿過透明物體，散發出幽藍的光芒，被光芒照到後，櫥櫃的把手跟茶具，還有旁邊的櫃子都浮現出一條條被抹過的痕跡。

「這是怎麼回事？」

「我弄了些 CaF2……也就是俗稱的氟化鈣粉末加了激發劑溶液塗在這上面，在普通照明下，它不會被發覺到，但是通過特殊的光照射線，可以讓它發光，我這裡的設備有限，只能弄出這種簡陋的器材。」

沈玉書晃了晃罩在手電筒上的物體，解釋道：「我在上面塗了一些化學藥劑，代替特殊的光照，沒想到還挺管用的。」

「沒想到你除了會推理外，還是個發明小天才。」

「還要謝謝你，是這個東西提醒了我。」

沈玉書從口袋裡掏出一個東西亮給蘇唯，那是一顆桃子形狀的珠子，珠子在黑暗中發出淡藍色的光。

看到它，蘇唯啊了一聲。

這東西是他的，當初他剛掉到這個時代的時候，用這個螢光小玩意兒跟船上的人換了套衣服，沒想到它最後輾轉到了沈玉書手中。

「你居然在那個時候就暗戀我了。」

「我只是為了調查小偷的身分，四處尋找證據而已，不過它給了我提示，利用磷粉或螢石這類物質，可以讓潛入者留下線索，你看，這些就是他們碰過的地方。」

原來白天沈玉書說要布置房子，是指這件事。

蘇唯說：「這些可能是我晚上做飯時碰到的。」

「晚飯後我又重新塗過一遍，所以一定是那些人留下的，看痕跡他們只是在這裡隨便看了一下，連門都沒有全部打開。」

「也就是說他們認為想要的東西沒有放在這裡。」

兩人從茶水間出來，又去了會客室。

會客室的書架跟書桌，還有牆上掛的營業執照的裱框跟畫軸上都有塗反應藥粉，但書架跟書桌有碰到，牆上的東西沒有碰過的痕跡。

「他們要的居然不是機關圖。」蘇唯摸著下巴琢磨道。

沈玉書看了他一眼。

蘇唯指著裱框，說：「如果他們的目標是機關圖的話，最先該留意的是那些扁平的地方吧？」

「你變聰明了。」

「什麼叫變聰明，智商高本來就是我與生俱來的能力。」

蘇唯嘟囔完，沈玉書已經離開了，他急忙跟上，就見沈玉書沿著走廊檢查，一路走到地下室拐角。

拐角扶手上的粉末也有被蹭過的痕跡，沈玉書下了樓梯，來到地下室門口。門把手上被蹭過的痕跡也很重，打開門後，兩人發現裡面的牆壁上、堆放的木箱上，還有玻璃上都多多少少被碰過。

地下室原本放著沈玉書的父母生前用過的舊物，堆放了多年，直到沈玉書把這裡改建成事務所，許多東西諸如桌椅才被重新拿出來使用，但大部分物品還是保持原有的狀態。

這裡曾被全部打掃過，不過因為東西都用不到，所以沈玉書很少下來，但這裡被翻動過的痕跡最多，木箱、櫥櫃都有被打開，看來潛入者以為東西被藏在這裡。

蘇唯用肩膀撞了沈玉書一下。

「喂，你家裡是不是真有藏寶啊？你看，又鬧鬼了。」

「你是說這次的鬼跟十幾年前姨丈遇到的是同一夥人？」

「很有可能，你知道如果大家認為這裡有鬼，就不敢接近，他們就可以肆無忌憚地偷盜了。」

「那為什麼在之前的十幾年裡他們放棄了？」

「因為沒搜到，認為這裡沒有。」

「那麼他們現在又盯上了這裡，是不是就是說有什麼原因促使他們又改變了想法？」

沈玉書陷入沉思，手電筒的光芒投射在他的半邊臉頰上，映出詭異的顏色。

他的話提醒了蘇唯，猶豫了一下，說：「那個……沈玉書，有件事我要告訴你。」

「什麼事？」

沈玉書回過神，看向蘇唯。

被他的目光注視著，蘇唯的心緒更加猶豫不定，見他半天不說話，沈玉書又追問道：「你想說什麼？」

「呃……我是說……說剛才攻擊我的人好像對我的懷錶很感興趣。」

話到嘴邊，不知出於什麼樣的心態，蘇唯臨時改了口。

為了不引起沈玉書的懷疑，他急忙掏出懷錶，將剛才蒙面人看到懷錶後的反應說了一遍。

沈玉書翻看著懷錶，聽完蘇唯的講述，他將錶殼彈開，問：「這錶有些年數了，是你偷的吧？」

「嚴格地說，是偷……好吧，是偷的。」

「也許他們是被這塊懷錶引來的。」

「絕對不是！」

「為什麼你這麼肯定？」

「因為……因為這絕對是不可能的任務，呵呵……」

懷錶是他偷的沒錯，但是什麼人可以有那種能力，穿越時空來捉他？而且現代人也沒有那樣的身手，那種功夫該是武林高手才有的……

「總之，絕對跟我無關，絕對跟你的身分有關。」

「我的身分？」

「你父親以前在前清太醫院供職吧？一定知道一些宮廷祕辛，比如藏寶什麼的。」

「我父親只是個小醫官……」

「不，相信我的直覺，一定是這樣的。」

沈玉書的父親是什麼樣的職位，蘇唯不知道，但沈父絕對是知道一些祕密的，否則就不會特意隱姓埋名移居上海，還留下不要沈玉書入住這棟房子的遺囑。

還有端木衡主動跟他們交往，到底真的是偶然的巧遇，還是另有居心？

他相信以沈玉書的智商，這些細節他不會注意不到，他只是不願多想而已。

「啊對了，我還想起一件事，鏘鏘鏘……」

獻寶似的，蘇唯從口袋裡掏出一張紙，亮到沈玉書面前。

「這又是什麼？」

「是蒙面人攻擊我時，我在他身上順手牽來的。」

「你都被人家踢得差點變太監了，還有心思偷東西？」

「我是自己滑倒閃了腰，不是被踢的好吧，而且順手牽羊是我的職業本能，沒有我的職業本能，你現在有線索可發掘嗎？」

「對不起。」

「看在搭檔的份上，我會原諒你的，不過你打算在這黑燈瞎火的地方看東西嗎？」

接受蘇唯的建議，沈玉書放棄搜查，跟他回到會客室。

打開燈，沈玉書接過蘇唯那張紙，展開，蘇唯湊過去一看，不由得失望了。

那是張 B5 大小的紙，普通的紙質，由於一直攜帶的關係，紙張上有很多褶皺，展開後，上面什麼都沒有。

「沒搞錯吧？哪怕是張當票，也讓我有成就感啊。」

「別心急，也許可以柳暗花明呢。」

沈玉書取來打火機，打著了火，在紙張下方燎了燎。

紙張逐漸變了顏色，當中原本空白的地方慢慢映現出圖形。

蘇唯見識過現代社會無數的先進設備技術，但這種古老的隱藏祕密的做法他還是第一次見到，看來那些武俠小說也不是亂寫的。

「這一刻，我才真正感覺自己穿越了。」

「穿什麼？」

「啊，有字出來了，看看寫了什麼。」蘇唯大驚小怪地指著紙說。

紙上顯示的不是字，而是一條條圖符紋絡，一開始蘇唯還以為又是什麼藏寶圖，但很快就發現紋絡連起來後，形成了一個完整的圖形。

一幅朝向他們的虎面圖。

圖不大，卻繪製得凌厲莊嚴，暗紅筆墨下的虎面躍然欲出，目光森森，帶著百獸之首的傲慢與威嚴。

蘇唯愣住了，看看沈玉書。

「這幅圖我們好像前不久才見過，我應該沒記錯吧？」

沈玉書表情嚴峻，注視著虎面，說：「你沒有。」

他們都記得很清楚，在青花的服裝店牆壁上，掛著相同的虎圖，只不過雕畫上的虎面稍微側開，而圖上的虎面是正面朝向他們。

蘇唯一拍桌子。

「我就知道那個女人有問題，那幫人果然是她派來的。」

沈玉書二話不說，放下紙，轉身就往外跑。

蘇唯叫住他。

「去哪裡？」

「去青花的店。」

「現在是凌晨，你抓人也要等天亮吧。」

沈玉書停下腳步，悻悻地轉回來，蘇唯又提醒道：「就算找到了她，如果她不承認，你也沒辦法。」

沈玉書不說話了，突然背著手在房間裡轉起來，喃喃地說：「不對……」

「什麼不對？」

「感覺不對……她為什麼要這麼做？她沒有這麼做的理由……哪裡有忽略的地方……不對，還是不對……」

跟沈玉書在一起久了，蘇唯瞭解他各種異常的習性，現在哪怕他學松鼠攀房梁，蘇唯都不會覺得奇怪。

沈玉書原地轉了一會兒，突然拔腿衝向隔壁的實驗室。

蘇唯問：「你又要熬通宵嗎？」

「嗯……」沈玉書回應了一句，半路又轉回來，對蘇唯說：「天一亮就打電話找雲飛揚，我需要他的照片，越快越好。」

「Yes Sir！」蘇唯做了個行禮的動作。

沈玉書想要調查什麼他不知道，他現在只知道一件事——他睏了，想睡覺。

【第七章】

虎符令

蘇唯取了一塊餅乾，塞進沈玉書的嘴裡，「你昨晚有查到什麼嗎？」

「有，而且很多，可是我還沒理順，等我找到證據再跟你說。」

「我不急，只要你別每次都跟我要錢就行。」

「偶爾你也要動動腦子，別忘了華生也很聰明的。」

「如果主角的戲分都被我搶了，那還怎麼體現出你作為神探的價值？」

聽了這話，沈玉書轉頭看過來，蘇唯的回應是又把一塊小餅乾塞進他的嘴裡。

蘇唯沒有遵照沈玉書的要求，天一亮就找人。

不是他不想做，而是他睡得太香，忘了定鬧鐘。等他睡醒睜開眼睛時，時針已經轉到了七點，不過由於陰天，讓人感覺時間還早。

發現自己睡過頭了，蘇唯叫了聲糟糕，顧不得穿衣服，他把棉被捲在身上，穿上拖鞋往樓下跑。

「為什麼這個時代沒有手機？難道大家不覺得沒手機是多麼不方便的一件事嗎？」蘇唯大叫著衝下樓。

樓下靜悄悄的，實驗室裡一點聲音也沒有，沈玉書不在，他把實驗室折騰得一團亂後就去睡覺了，所以蘇唯打開門，首先看到就是亂七八糟放在桌上的各種試驗儀器，鋪滿地板的報紙，以及一些他分辨不出原有形狀的物體。

蘇唯又跑去會客室。

門一打開，他就激靈靈打了個寒顫。

玻璃破掉的那扇窗戶上貼著報紙，冷風從縫隙裡颼颼地颳進來，火爐變成了擺設，室內室外根本是同一個溫度。

蘇唯先跑去查看花生，花生正把大尾巴當被蓋，蜷在被窩裡睡覺，發現抽屜被拉開，牠轉了個身，伸爪子又把抽屜關上了。

「呵，原來你也知道冷的。」

被牠帶動著，蘇唯也緊了緊身上的棉被，探身拿起話筒，照著報紙上的聯絡電話打過去。

電話很快接通了，聽了蘇唯的話，對方只說了三個字：「打錯了。」

「沒打錯，你是申報吧？我找的是事件專欄的實習記者雲飛揚，麻煩把電話轉去他的部門。」

「負責事件專欄的部門就在我對面，不管是正式的職員還是實習記者，我們這裡都沒有叫雲飛揚的人。」

那人說完就掛了電話，讓蘇唯想再多問一句的機會都沒有。

他看看手裡的話筒，正琢磨著要不要再打過去問問，身後傳來說話聲：「報社是不是說沒有雲飛揚這個人？」

「你起來了？」

蘇唯放下話筒，轉頭看沈玉書。

沈玉書完全不像是熬過夜的人，穿著合身的馬甲跟西褲，頭髮也梳理整齊。

蘇唯打量著他，覺得如果他的髮型整個往後梳，手上再拿根雪茄的話，就是活脫脫的上海灘大亨了。

誤會了蘇唯的行為，沈玉書走過來，說：「最近你看我一直像是在看鏡子。」

別自戀了，誰會迷戀長得不如自己的人啊——要不是眼下還有更重要的事要說，蘇唯一準這樣吐槽他。

「看來雲飛揚一直都在騙我們，」他衝沈玉書聳聳肩，「他根本就不是實習記者。」

「這不重要，至少他提供的情報一直都是真的。」

「怎麼不重要？難道你不擔心他特意接近我們，也是為了……」

蘇唯用眼神瞥瞥那個營業執照裱框，定東陵的一半機關圖就藏在裱框後面。

「有關這點，我們可以在抓到他後一併詢問，現在我們先去雪絨花服裝店。」

沈玉書說完，留意到了蘇唯的滾筒式棉被裝束。

「這是今年上海最流行的打扮嗎？」

「不，這是二十一世紀的最新流行打扮。」

沈玉書的腦門上打出了一個問號，然後平靜地說：「如果你可以跑得動，我不介意跟一隻海參出門。」

「不必了，給我五分鐘，我換正常款。」

蘇唯抱著棉被跑上了樓。

在他換衣服跟洗漱的時候，沈玉書打電話給小姨謝文芳，說事務所的玻璃不小心打破了，能不能麻煩她請人來換玻璃，順便照顧一下花生。

藥材鋪客人不多，謝文芳便一口答應了，說過會兒帶長生一起過來，讓他們有事去辦事，事務所這邊交給她就行了。

沈玉書道謝掛了電話，蘇唯也收拾完畢，穿好大衣，又隨手抄起掛在衣架上的圍巾，圍到脖子上，嘴裡嚼著小餅乾，示意沈玉書可以走了。

沈玉書沒說話，目光落在圍巾上，蘇唯把包小餅乾的紙包遞給他。

「我知道這條圍巾是你的，我借來戴戴總行吧。」

「不行。」

「那我租來戴戴。」

「不行。」

「我說你這人怎麼這麼不通情理啊，這樣很難交到朋友的。」

「我不需要朋友。」頓了頓，沈玉書說：「不過可以送你。」

他面無表情地說完，拿過蘇唯手裡的餅乾包，轉身就走。

聽完他的回答，蘇唯瞠目結舌了，看著他的背影，不由得聳聳肩，「悶騷。」

兩人快走到門口時，會客室裡傳來電話鈴聲，他們對望一眼，最後蘇唯跑回去聽電話。

沈玉書以為是小姨的電話，也跟著跑了回去，卻看到蘇唯朝他招手，讓他一起聽。

「電話沒有播放功能，真是不方便啊。」

蘇唯的嘟囔聲被女生的叫聲蓋過去了，聽出是陳雅雲的聲音，沈玉書立刻問：「有李慧蘭的消息了嗎？」

陳雅雲說道：「玉書你也在啊，太好了！不……其實是很不好，我昨天找了很久，還動員她的同學跟朋友一起找，都找不到慧蘭，更糟糕的是，她父親也知道這件事了，已經報警尋人了。」

「報警尋人是好事啊，至少可以擴大尋人的範圍。」

「問題是去請求她父親報警的不是我，是她男朋友。」

原來她有男朋友這件事沒有騙人。

兩人對望一眼，蘇唯搶先問：「是法國人嗎？」

「是的，不過他名字好長，我記不住，還好他有個中文名字，叫斯爾納，他出差日程調整，昨晚臨時趕回來，聽說慧蘭失蹤了，以為是李家把她藏了起來，就去她家鬧著要人，他們雙方越說越僵，差點打起來，嚇死我了。」

聽著陳雅雲的講述，蘇唯完全可以想像得出李家當時雞飛狗跳的狀況，他問：「那後來呢？」

「還好雲飛揚幫著勸說，後來李老爺急著找女兒，看在斯爾納幫忙拜託警方找人的份上，暫時放過了他。」

「雲飛揚也在？」

「是啊，他們記者就像是耗子，哪裡有縫哪裡鑽，不過多虧了他，雙方才沒打起來。斯爾納在公董局做事，說話比較有分量，你們也知道，剛出了法國人殺人事件，巡捕房那些人都忙著查大案子，誰會管一個女生失蹤的事啊，但巡捕們都說慧蘭是自己找地方藏起來了，如果是綁票什麼的，綁匪一定會跟李家要贖金的。」

蘇唯摸著下巴心想，綁票也不一定是為了贖金，很可能是出於其他目的。

沈玉書問：「妳有沒有跟巡捕說李慧蘭拜託我們捉鬼的事？」

「我本來想說，可是雲飛揚不讓我說，說會越說越亂，不如先問問你們的意見，再做決定，但昨天我一直聯絡不到你們。」

「雲飛揚一直跟妳在一起？」

「沒有，李家的風波平息後，他就跟斯爾納一起走了，我猜他又是去查什麼線索了，真是個討厭的傢伙。」

「那斯爾納跟李慧蘭真的有同居？」

「我現在也被搞糊塗了，不過他們相愛這件事是沒錯的，斯爾納昨晚還對李老爺說一定要娶慧蘭，等找到慧蘭，他們就結婚，斯爾納真是個有禮貌又多情的紳士，長得也很英俊，雲飛揚根本跟他沒得比，不管怎麼說，你們一定要查清真相，找回慧蘭啊。」

蘇唯對陳雅雲看人的眼光不大抱什麼期待。

沈玉書問：「妳現在在哪裡？」

「在家，我正打算去找你們……」

「這件事很危險，我們會來處理的，妳什麼都不要做，在家裡好好待著，即使雲飛揚找妳，妳也不要見，謝謝。」

沈玉書說完就要掛電話，陳雅雲歡悅的聲音從對面傳來。

「不謝不謝，能幫到你，我好開心的……」

沈玉書挑挑眉，看向蘇唯，迷惑的表情像是在說「這有什麼好開心的」。

面對搭檔這種在查案以外智商明顯降低的性格，蘇唯不知道該怎麼吐槽，從他手裡取過話筒，默默掛斷了。

兩人跑出事務所，上了車，由沈玉書駕車去霞飛路的服裝店。

蘇唯在旁邊吃著小餅乾，催促道：「雲飛揚那傢伙果然不懷好意，我們也要加快速度了，免得被他捷足先登。」

聽從他的話，沈玉書加快了車速。

蘇唯取了一塊餅乾，塞進沈玉書的嘴裡，問道：「你昨晚有查到什麼嗎？」

「有，而且很多，可是我還沒理順，等我找到證據再跟你說。」

「我不急，只要你別每次都跟我要錢就行。」

「偶爾你也要動動腦子，別忘了華生也很聰明的。」

「做人呢，最重要的是開心，所以我還是喜歡靠直覺來做事，再說了，如果主角的戲分都被我搶了，那還怎麼體現出你作為神探的存在價值？」
聽了這話，沈玉書轉頭看過來，蘇唯的回應是又把一塊小餅乾塞進他的嘴裡。

時間還早，霞飛路一帶的店鋪都還沒開張，太寂靜了，讓人很不適應。
沈玉書在附近找了個空地把車停下，兩人直奔雪絨花服裝店，誰知結果比他猜想的還要糟糕——服裝店不僅大門緊閉，上面還貼著有事暫停營業的告示。
「哈哈，前沒有事，後沒有事，偏偏在這個節骨眼上停止營業，天底下有這麼巧合的事嗎？」
看著告示紙，蘇唯自嘲地說。
沈玉書也皺起了眉，探頭看看左右兩邊，周圍的店鋪還沒開門，一個人也沒有。
他伸手取下門前的關板[2]，又用下巴給蘇唯做了個暗示。
蘇唯會意，掏出專用道具上前開鎖。

注釋
2｜關板：早期商家會用一條條的木板把門窗封好，上下有凹槽，能依次取出，因此早上開板、晚上關板，功能類似今日的防盜窗或鐵捲門。

「當初你跟我約法三章的時候，一定沒想到原來我的技術這麼好用。」
「這是我的失誤，我沒想到當偵探遇到的灰色地帶會這麼多。」
「這個世界處處都是灰色地帶，反而白跟黑更難找。」
說完這句話，蘇唯已經把鎖撬開了，他把門稍微拉開，率先走進去。
店鋪的門窗上都嵌著關板，裡面很黑，蘇唯沒有開燈，而是打開手電筒照亮，穿過排列的衣架，走到裡面。
房子裡沒有人，蘇唯試了試放在牆角上的爐子，爐子是涼的，看來這裡整晚都沒人待過。
他抬頭看向牆壁。
那幅雕畫掛在相同的位置上，光線的關係，虎面帶著一種肅穆陰森的氣勢，乍看上去，跟紙上那幅虎面圖並不大一樣，但不知為什麼，它們在某些地方又有奇異的相似之處。
「也許它可以告訴我們什麼。」
沈玉書找來一把椅子，踩在椅子上，把雕畫拿了下來。
蘇唯湊過去一起看。
這只是一塊普通的木雕畫，沒有特別出奇的地方，蘇唯精通機關，他接過去反覆檢查了兩遍，向沈玉書搖搖頭——雕畫裡沒有藏暗格。
「有人在我們之前碰過它了。」沈玉書指著雕畫上的灰塵說。

雕畫在牆上掛久了，沾了不少灰塵，但有些地方很乾淨，很明顯是被誰碰過。

「會不會是青花自己？小偷怎麼會好心地把東西再掛回去？」

「不是好心，是不想被主人發現，就像昨晚偷進我們家的那些人一樣。」

「我有些糊塗了，那些人跟青花不是一夥的嗎？」

「也可能不是，在沒找到青花之前，一切還是未知數。」

蘇唯把雕畫掛回原處，又去檢查櫃檯。

櫃檯上放著帳本跟算盤，他打開帳本，裡面記錄了每天的營業總額，但沒有昨天的，只有貨物進出的流水帳。

「看來店家昨天跟前天遇到了什麼事，無心做帳，甚至店鋪關得很匆忙，連帳本都忘了收起來。」

「大概她把心思都花在偷我們家上了。」

蘇唯把櫃檯下面的抽屜撬開，裡面放了一些零錢跟紙幣，沒有什麼特別的東西。

「去後面看看。」

沈玉書把帳本規整好，去了店鋪後面。

店鋪後是樓梯跟幾個房間，還有個不大的後院，院子裡晾了幾件衣服。

樓下除了廚房跟盥洗室外，還有兩個房間，應該是青花父親的，一間是臥室，另一間是書房，裡面擺放著桌椅和很多書籍，沈玉書隨手抽出一本書翻看，又檢查書架。

書架很乾淨，看來是有人勤於擦拭。

「這大概是老爺子神志還清楚時使用的房間。」蘇唯轉了一圈，走回來，說：「他們平時應該是住在這裡的，不知突然之間跑去了哪裡。」

沈玉書上樓查看。

樓上的房間是青花的，一間是臥室，桌椅床鋪擺設簡單，靠床有個小化妝臺，上面隨意放了些時下流行的胭紅、香粉跟香水。

沈玉書拉開化妝臺的抽屜，裡面同樣是各式的化妝品跟髮飾，東西擺放得井井有條，由此可以看出青花的個性。

抽屜一角有個小瓶子歪倒了，沈玉書把它扶正放好，關上抽屜，又去了隔壁的房間。

隔壁房間是工作室。

裡面面積不小，卻被塞得滿滿的，除了縫紉機跟線軸外，還有裁剪成各種形狀的布匹，牆上掛著縫製好的衣服，桌上還有大量的設計圖紙，都是不同款式的男裝跟女裝。

蘇唯不懂設計，不過從繪圖風格來看，青花有這方面的天賦，也很愛她的工作，假如有更大的平臺供她發揮的話，她一定很有前途。

可是她現在卻跟其他人密謀設計他們。

青花是貴族子弟，她瞭解定東陵，也有想奪取財寶的動機，但為什麼她的同黨偏偏沒有去尋找最可能藏機關圖的地方？

還是他們高估敵人的智商了，他們根本沒想到圖紙會藏在裱框後面？

蘇唯正胡思亂想著，胳膊突然被沈玉書抓住，沈玉書做了噤聲的手勢，帶他快步下樓。

他們剛下去，就聽門口傳來響聲，店鋪的門被推開，有人從外面走進來。

兩人迅速躲到衣架後面。

店裡的衣服很多，光線又暗，那個人完全沒有注意到他們的存在，在門口稍微停留了一下，走進店鋪當中，他們聽到腳步聲在附近徘徊，那人像是在找什麼，既不走近，也不離開。

蘇唯給沈玉書打手勢，做了個掐脖子的動作，讓他先下手為強。

沈玉書衝他擺手，又指指不速之客，再指指他，意思是讓他打前鋒。

蘇唯有些不爽。

聽腳步聲，那個人明顯是離沈玉書比較近嘛，所以他馬上擺手。

誰知兩人在相互打手勢的過程中發出了聲響，那人感覺到了，腳步突然頓住。

蘇唯聽到了衣服摩擦的聲音，通常這個聲音只代表了一個可能性——拔槍。

所以他沒時間再跟沈玉書拉鋸，抽出伸縮棒，抓住衣架突然向那人推過去，趁著對方躲避，他翻身躍出，抓住了那人的手臂。

那個人的反應跟身手都很快，藉著蘇唯的力量轉了個身，輕鬆化解了他的攻擊，所以等他的伸縮棒刺向對方的同時，對方的手槍也指在了他面前。

好在沈玉書跟蘇唯配合默契，幾乎在同一時間，也拔槍指向敵人，形成三足鼎立的局勢。

「是你們……」

那人率先認出了他們，放下槍，也放緩了語氣，說：「是我，端木。」

不錯，這位不速之客不是別人，正是端木衡。

他放下了戒備，沈玉書跟蘇唯卻沒放下，蘇唯依然保持用伸縮棒攻擊的姿勢，沈玉書則直接上前握住端木衡的手腕擰向背後，再往前一推，端木衡就被推到牆上，動彈不得了。

他沒有反抗，說：「玉書，我是端木衡……」

「我們眼沒花，知道你是端木。」

蘇唯用伸縮棒敲敲端木衡的肩膀。

「不過你大清早的沒事做，跑人家店裡鬼鬼祟祟的做什麼？」

「我怎麼是沒事做？我是有事……」

「偷東西嗎？怎麼你堂堂神偷淪落到偷人家小商販的地步了？」

「我是來取貨的，玉書你可以先把手鬆開嗎？有話慢慢說。」

沈玉書看向蘇唯，蘇唯說：「鬆開了你反擊怎麼辦？」

「你們兩個人，手裡還有槍，還怕對付不了我一個嗎？如果還不放心的話，可以先繳了我的槍。」

下一秒，蘇唯就把他的手槍抽了過去，然後示意沈玉書鬆手。

沈玉書鬆了手，向後退開，端木衡揉著被擰痛的手腕，對他們苦笑道：「你們真夠謹慎的，我是你們的朋友，又不是敵人。」

「小心駛得萬年船，更何況是敵是友，還是未知數呢。」

蘇唯說完，目光落到端木衡的右手上。

端木衡的右手包了紗布，讓他聯想到那個被小松鼠攻擊的潛入者。

他不動聲色地問：「你的手怎麼了？」

「昨晚在街上遇到了幾個小流氓，不小心被他們劃傷的。」

「呵，什麼流氓這麼大膽，敢惹我們的端木大公子？」

「是真的，你們不信，可以去問小表弟。」

被嘲諷，端木衡面露無奈，解釋道。

沈玉書跟蘇唯對望一眼，他接著問：「你來這裡做什麼？」

「我剛才已經說了，我來取貨，我幫小表弟買了一件毛呢外套，約了今天來取。」

「大清早就來，你是取貨還是逼債啊？」

聽了蘇唯的吐槽，端木衡從口袋裡掏出收據遞給他。

「我還要去上班，就說順路來拿好了，青花老闆一向很早就會開店，不妨礙取貨。」

蘇唯看了一眼收據，上面的價格讓他忍不住咋舌，對沈玉書說：「希望這件外套不是逍遙出錢。」

「錢是我出的，我欠他一個人情一直沒還，所以就說趁耶誕節送件禮物給他。」

端木衡跟洛逍遙的關係有點微妙，明明兩個人平時橫豎看不順眼，但偶爾又好得不得了，這部分蘇唯不方便多問，說：「拿衣服就拿衣服，你需要弄得這麼鬼鬼祟祟的嗎？店鋪上貼了停業的告示，你為什麼還闖進來？」

「我看店門虛掩著，擔心遭賊，就進來看看，我們家跟葉老爺子是舊交，平時都會照顧他們的生意，所以我想萬一他們遇到了什麼麻煩，我也可以幫忙。」

「聽說他們是葉赫那拉氏的，難道真跟慈禧太后是一家？」

「對的，說起來葉老爺還是王爺呢，青花老闆也是格格出身，假如前清不滅亡的話。」

聽到這裡，蘇唯突然發現定東陵的機關圖、青花老闆、昨晚的潛入者，甚至偵探事務所曾經鬧鬼的祕密全部都連接上了。

因為他們全都跟前清有關。

不知沈玉書想到了什麼，看向他，兩人對望一眼，都沒有馬上表態。

最後還是端木衡先開了口：「你們不要總這樣眉目傳情，會讓別人以為你們的關係複雜。」

「是你想得太複雜了，我們這叫神交。」

「就是默契。」

端木衡舉起手做投降狀。

「我沒那麼笨，這種詞就不需要特意解釋了，倒是你們，你們來這裡做什麼？」

「我們來當然有我們的事情，業務機密，恕難奉告。」

「你們來時，房門就是打開的嗎？青花老闆他們一家人呢？」

端木衡邊問邊探頭打量周圍，蘇唯面不改色地說：「我們來時就這樣。」

「這句話聽著不是很真實。」

「就跟你那個來取貨的藉口一樣不真實。」

「這有什麼好騙人的？」

端木衡苦笑道：「我本來是打算昨天來的，但昨天出了很多事，我又答應了長生晚上陪他去聽鋼琴演奏會，說到彈鋼琴，你們不知道長生的鋼琴……」

「等等，你給我們攬了差事，讓我們累死累活地四處查案，你卻跑去享受了，還答應幫我們查李慧蘭男朋友的事，結果現在她男朋友的事我們都已經掌握了，你卻在想什麼聖誕禮物。」

「你們掌握情報了？」

端木衡驚訝地看他們，表情不像是裝出來的。

沈玉書說：「我們也是碰巧知道的，你昨晚一直在跟長生聽鋼琴？」

「聽你們的口氣，還是不相信我的話啊，好吧，沒及時幫到你們是我的問題，不過如果你們想確認我的行動的話，那我可以告訴你們，昨晚我聽完鋼琴演奏會後，就一直在陪小表弟，他喝多了，有點糟糕……」

說到洛逍遙，沈玉書很緊張。

「逍遙的酒量不好，他怎麼會喝多？」

「他出了點事，我回家的路上剛好遇到他，就順手幫幫忙。」

「出了什麼事？」

蘇唯跟沈玉書明顯露出不信的表情，端木衡無奈地聳聳肩。

「有關他的個人隱私，我不方便多說，你們可以自己去問他，我想他身為巡捕，不會包庇我的。」

詢問結束了，端木衡的解釋是真是假暫且不說，但至少邏輯通順，為了儘快瞭解真相，沈玉書決定跟他攤牌。

「我懷疑青花有問題，既然你跟他們家很熟，那知不知道他們會去哪裡？」

「你的意思不會是……」端木衡的目光在蘇唯跟沈玉書之間游離，「青花跟胡君梅被殺有關？」

「還不確定，但她可能知道一些祕密。」

沈玉書將端木衡帶到店鋪正中，指著牆上的虎面雕畫給他看。

「你以前常進出宮中，對這個虎圖有印象嗎？」

「這幅圖……」

端木衡被搞得莫名其妙，看看沈玉書，又看向雕畫，沉吟說：「這看起來只是普通的畫，很多有錢人家裡都會見到，沒什麼稀奇的，你為什麼特意問宮裡？」

沈玉書拿出蘇唯盜來的紙。

在打火機的烘熱下，老虎圖逐漸浮現了出來，沈玉書說：「昨晚有人去我們事務所偷東西，遺失了這個，我看他的身手，懷疑他是宮裡的侍衛……」

「大內侍衛……」蘇唯搶在端木衡前面叫起來，問：「你是指那種三品帶刀侍衛？會用血滴子、會輕功的那種侍衛？」

兩人看向蘇唯，沈玉書問：「你好像很激動？」

「是啊是啊，這麼有噱頭的八卦你怎麼不早說？我對這些傳說超級崇拜的，現在好不容易遇到一位，當然要當國寶一樣仔細觀賞了……」

忘了眼下的狀況，蘇唯搓著手興奮地說。

身為神偷，蘇唯比普通人更對這些野史逸聞感興趣，對他來說，看到大內侍衛，就像普通人看到國際明星，激動得幾乎想求簽名留念了。

但他的興奮情緒沒有感染到其他兩個人。

端木衡問沈玉書：「什麼國寶？他在說什麼？」

「他經常會突發性自律神經失調，過會兒會自動復原，不用理他。」

「那跟我來，如果你們想找青花，也許可以去一個地方。」

端木衡說完，快步走出了店鋪。

沈玉書跟上去，走了兩步，發覺蘇唯還在原地興奮地手舞足蹈。

他只好又轉回去，直接拉著蘇唯的手離開。

三人坐上沈玉書的車，被冷風吹了一陣，蘇唯終於從亢奮狀態中脫離出來，問端木衡：「你知道青花在哪裡？」

「她在白賽仲路附近還有棟房子，可以先去那裡看看。」

「呵，又是白賽仲路啊！」

「不能因為她家離案發地點近就懷疑她，你們知道，那條路上住的人非富即貴，大家離得近也不奇怪。」

「那小偷身上帶的這個老虎圖跟青花店裡的雕畫相似又怎麼說？一位是大內侍衛，一位是皇親格格，聽起來很有趣啊。」

「你們怎麼知道青花店裡有相似的虎圖？」

「不知道，」沈玉書回答了端木衡的疑問：「我們是在查胡君梅被殺案時，發現凶手留在現場的披肩是雪絨花的牌子，就去她的店詢問。」

「然後當晚我們的偵探事務所就被盜了。」

看著他們兩人一唱一和，端木衡笑了。

「他們一定沒討到便宜，反而給你們提供了線索，聽你們這樣說，我倒是想到了一種可能性，你們知道虎符令嗎？」

說到軼聞，蘇唯上來興趣了，說：「就是傳說中皇帝用來調兵遣將的兵符嗎？」

「不錯，虎符一分為二，一半在將帥手中，一半由皇帝親自保管，虎符合二為一才能行使調兵的大權，歷史上著名的竊符救趙說的就是偷虎符。」

作為偷門的一員，蘇唯從小就不知聽過多少遍有關竊符救趙的典故，他說：「這個我知道，不過現在都民國了，難道那些清朝遺老還不死心，想用兵符調兵重建大清嗎？」

「就算弄到兵符，也得有兵調動，現在軍閥割據，兵倒是不少，但相信沒人調得動他們。」

不知端木衡想到了什麼，話聲有些縹緲，忽然回過神來，發現車裡很靜，他合上那張紙，還給沈玉書，笑道：「也許是我想多了，你剛才提到大內侍衛，剛好青花家又是皇親，所以我才會突發奇想，清政府倒了十幾年了，虎符什麼的怎麼可能存在？」

「不，也許它真的存在……」

蘇唯心裡隱約浮起了一個可怕的想法。

數百年基業倒塌了，有人想著逃跑保命，有人想著渾渾噩噩地度日，但也有人想光復社稷，而要光復社稷，最需要的是什麼？

是錢。

定東陵就埋葬著全天下最大的財富，而開啟財富之門的鑰匙就在他們手中。

如果潛入者的身分真像沈玉書所說的那樣，那一切就說得通了——盜寶也要師出有名，有了兵符，那些人就可以用光復清國的藉口肆無忌憚地掘墓了，問題是，他們事務所沒有兵符啊！

而且，這件事跟雅克殺人案又有什麼關聯？

想到這裡，蘇唯忍不住看向沈玉書，以沈玉書的推理能力，他一定可以找出兩件事之間的聯繫性，前提是自己要將所有線索告訴他。

可是，什麼時候攤牌，還有，要怎麼攤牌都是個問題。

蘇唯心裡又開始天人交戰了，眨眼間他想到了ABC三個方案，但又覺得不好，統統刪掉了。

端木衡留意到了，問：「你是不是有什麼話要對玉書說？」

「是，我在想怎麼跟他告白，你知道有句話說愛在心裡口難開嘛，哈哈。」

「愛在心裡？你的意思是你喜歡他？你們真的是……」

端木衡做出了不符合他的貴公子身分的反應，震驚地在蘇唯跟沈玉書之間看來看去，像是無法消化這個大爆料。

沈玉書開著車，表情無波，平靜地說：「為什麼你要相信他的信口開河？」

「因為……他看起來不像是在信口開河。」

「是的，我是真的要告白……」蘇唯扶額歎息。

只不過他要告白的是另一件事而已。

端木衡真信了他的話，他恢復了平靜，聳聳肩，「那至少請選擇我不在場的時候。」

「會的。」

沈玉書也信了，照端木衡說的把車開到青花的家，下車時，他轉頭對蘇唯說：「那等我們先把這個案子解決了，這樣我才能安心聽你告白。」

等一下，不是你們想的那種……

等蘇唯想到該怎麼解釋時，那兩個人已經下車，走進了青花家的院子裡，他只好放棄解釋，跟著跑過去。

說來也巧，青花在白賽仲路的家跟雅克的別墅就隔了一條街，步行的話，只用幾分鐘就到了。

不過她的房子沒有那麼大，在這片高級別墅群裡顯得不大起眼，不過跟普通住家相比，這裡就豪華多了。

進入院子後，裡面是一棟灰色兩層洋樓，蘇唯注意到二樓有人隔著窗簾看他們，但馬上就閃開了，無法確定是不是青花。

端木衡敲了門，又等了好久，才聽到腳步聲傳來，門打開了，服裝店的那位老僕人把頭探出來，皺著眉打量三位不速之客。

端木衡急忙打招呼。

「葵叔，我是端木衡，請問青花小姐在嗎？」

「有事嗎？」

「我剛才去店裡取衣服，看到關店的告示，不過店門卻是開著的，我擔心是不是遭賊了，就先上了鎖，過來問問是怎麼回事。」

葵叔不說話，轉頭看向房裡。

沒多久，青花走了出來，她穿著旗袍，頸上圍了圍巾，上身還披了件很厚的毛呢披風，頭髮垂在肩膀一側，看上去不像昨天那麼精神。

「是端木先生啊。」

她打著招呼，又看看端木衡身後的兩個人，說：「我不大舒服，就臨時關店休息了，謝謝你的告知，過會兒我讓葵叔去看看。」

她聲音有些嘶啞，看來是生病了。

端木衡說：「我這位朋友是醫生，妳不舒服的話，讓他幫妳看看吧。」

「不用了，只是小風寒。」

沈玉書走過去，打量著她說：「這個季節得了風寒，會拖很久，我帶了診病的器具，檢查一下不會花太多時間的。」

「沒事的，休息一下就好了，幾位請回吧。」

青花說完，就退回房裡，葵叔接著把門帶上，根本不給他們詢問的機會。

門帶上了，三人相互看看，蘇唯說：「我聞到了陰謀的味道。」

感覺到有人隔著窗簾偷窺他們，沈玉書擺了下頭。

「先離開再說。」

那個人拿著槍站在窗前，看著他們走出院子，這才轉回去，這時青花已被他的同夥押回客廳，披風在推搡中落到地上，露出了她被綁住的雙手。

葵叔在旁邊氣得大叫：「你們這些強盜，你們連尊卑都忘了嗎？敢對格格不敬，要換了以前，早被砍頭了。」

「可惜這已經不是以前了。」

拿槍的男人漫不經心地說：「更何況就算是以前，像你們這種靠著封號混日子的王爺也沒什麼大不了的。」

「你……」

葵叔氣得要上前跟他們理論，被青花攔住了，低聲說：「葵叔，麻煩你照顧我父親。」

葉老爺子歲數大了，腦子也不靈光，所以客廳裡緊張的氣氛完全沒有影響到他，一個人靠在籐椅上搖頭晃腦地哼京戲，持槍男人的同夥把刀架在他的脖子上，他一點反應都沒有。

葵叔跑過去照顧他，青花對持槍男說：「不管你們想要什麼，我們都沒有，你也說了，我父親只是個掛名王爺，怎麼可能有那麼貴重的東西。」

「別想渾水摸魚，我們如果什麼都不知道，就不會來找妳了，別忘了當年老佛爺可是很中意妳的，她老人家駕崩的前幾天都有見妳，那件重要的東西也一定在妳這裡。」

「沒有……」

「我們只想重建大清國，回復當年先祖的雄風，所以不想為難妳，但如果妳執意不說，那就不能怪我們不客氣了。」

「我不是不想說，是根本不知道，我們現在只是普通老百姓，每天能安穩過日子就很知足了，你們想怎麼做是你們的事，請不要牽連到我們。」

「當普通老百姓？老百姓住得起這樣的洋樓？可以跟富商及洋人廝混？大清國就是有太多你們這種不知廉恥的蛀蟲，才會亡國的。」

拿槍的男人越說越氣，衝到青花面前大聲叫嚷，又伸手去抓她頸上的圍巾。

葵叔跑過來想阻止，被其他兩個同夥抓住，拿槍的男人攥住青花的圍巾，將她拉到面前，強迫她去看老爺子。

他的另一個同夥將槍口頂在老人的頭上。

青花急了，抓住拿槍男人的手用力撕扯，但對方力氣太大，她沒有辦法掙脫，氣得眼圈都紅了，哭道：「你們想要什麼，自己搜吧，房子就這麼大，你們就是把房子拆了都行，求你別傷到我父親。」

「我們沒那個時間拆房子，我們只要虎符，就是你家店裡掛的那個。」

「那你們拿走就好了。」

「店裡那個是仿製的，我們要的是真品，真品妳藏到哪兒了？」

「我不知道。」

「那個仿製品是從哪兒來的？」

「是以前父親的朋友贈的，那只是個普通的雕畫啊！」

「是宮裡的朋友贈的吧？」

「你們不要逼他，他什麼都不記得了！」

「我不知道……」

青花說著話，目光瞟向父親，拿槍的男人立刻給同夥使眼色，青花急得大叫：「你們不要逼他，他什麼都不記得了！」

這些人不理會她的解釋，一左一右架起老人就往外走，老爺子被弄痛了，開始叫嚷，葵叔想去阻止，也被打倒在地。

青花急紅了眼，突然低頭咬中拿槍的男人，趁著他吃痛鬆手，她跑過去扶葵叔，卻被踢倒，拿槍的男人走過去，揚手就要打。

一道暗器突然從對面射了過來。

那東西飛來的速度太快，不等男人躲避，半邊臉已被打中了，他痛得捂著臉往後退，手槍被他隨手揣進馬褂的口袋裡。

暗器其實是一顆蘋果，打中他後，落到地上摔成了兩半，一半滾到老人面前，他開心得大叫起來，探身去拿，其他人卻被這突如其來的東西弄愣了，一齊轉頭看向門口。

下一秒，站在門口的同伴就倒楣地中標了，他被踢中，飛進客廳，然後啪嗒一聲，重重跌到地上。

緊接著進來的是蘇唯。

離他最近的那個人一看不妙，抬手要開槍，被沈玉書一拳頭打在臉上，又揮起手刀砍中他的手腕，瞬間就把他制伏了。

抬頭看向客廳裡目瞪口呆的一群人，蘇唯表情難得地繃緊了，冷冷說：「你們要倒楣了，因為我最討厭仗著力氣欺負老人跟女人的傢伙。」

他話音剛落，那幫人已經反應過來，開始衝上來攻擊。

蘇唯這邊是三個人，又有槍，勝算本來很大，但糟糕的是對手抓了老人跟葵叔當盾牌，把他們逼到角落裡，然後趁機逃跑。

為了不傷到無辜的人，端木衡跟沈玉書不敢開槍，只能眼睜睜地看著敵人逃走。

不過其中一個人跑到院子時絆倒了，他的同伴本來想回來扶他，但半路看到沈玉書等人追出來，只好放棄同夥，選擇逃命。

蘇唯上前將俘虜揪起來，正是那個被他的蘋果砸到的男人，他的左眼直流眼淚，看不清東西，更別說反抗了，被蘇唯攥住衣領，重新拉回屋裡。

「窮寇莫追，反正我們抓到了一個，順藤摸瓜就好了。」

蘇唯的話有道理，沈玉書跟端木衡放棄追趕，大家回到房裡。

青花已經把父親跟葵叔扶了起來，她驚魂未定，扶父親坐下，整理著被扯亂的圍巾，擔憂地看他們。

俘虜被蘇唯壓住，反抗不了，只好瞇著受傷的眼睛，叫道：「你們死了這條心吧，我什麼都不會說的！」

「我們還不急呢，你急什麼？」

蘇唯說完，問青花家裡有沒有繩子，葵叔說有，跑出去找繩子。

旁邊傳來咀嚼聲，大家轉頭一看，就見老爺子緩了過來，拿起掉在地上的一半蘋果啃起來。

青花急忙奪下來，老人不高興了，咧起嘴一副要哭的樣子，青花只好從桌上拿了顆橘子給他，他這才轉怒為喜，哼著小調低頭剝橘子。

發覺眾人的注視，青花苦笑說：「我父親這幾年越來越糊塗了，有時候做事還不如小孩子，不過對他來說，也許什麼都不記得是最好的。」

「可惜啊，我的蘋果摔爛了。」

盯著地上另外一半蘋果，蘇唯說。

青花的表情有些驚訝，像是不明白為什麼有人會對一顆蘋果這麼執著，說：「你喜歡的話，我請你吃，我家裡有。」

她說著，要出去拿，蘇唯叫住了她。

「不用了，我就是感歎一下今天的面膜做不了了，不過還好不是蘋果 6 plus，否則我就真的要哭了。」

「面……蘋果綠……」

「他喜歡自言自語，妳可以無視。」

沈玉書讓端木衡看守俘虜，他把蘇唯拉去一邊，從口袋裡掏出一顆海棠果遞給他。

看看手裡這顆比普通蘋果小了好幾圈的海棠果，蘇唯嘟囔道：「不是蘋果。」

沈玉書瞪了他一眼，眼神在說——有得吃就不錯了，你還挑三揀四。

蘇唯不說話了，轉過身開始咔嚓咔嚓地咬海棠果。

葵叔把繩子拿來了，端木衡道謝接過繩子，把那個倒楣的傢伙從後面綁起來。

青花在旁邊看著，好奇地問：「你們怎麼知道有賊進了我家？」

沈玉書說：「因為妳出門時，嘴角兩邊發紅，那是被人強迫捂住留下的痕跡，妳身上的披風是外出才會穿的正裝，在家裡這樣穿，既不禦寒，又妨礙做事，而且披風上有褶皺，一個有品位的女人是不會穿著滿是褶皺的衣服見人的。」

「謝謝你的讚賞。」

「另外還有妳的圍巾，圍巾歪了，是妳在跟那些人拉扯時造成的吧？」

說到圍巾，青花下意識地伸手調整了一下，說：「你觀察得可真細緻。」

「不過觀察再細緻，我也無法猜出他們的身分，青花小姐，妳突然關店是不是被他們逼迫的？」

「那倒不是，是我父親突然不舒服，這裡比較安靜，所以我就帶他過來休養，沒想到這些強盜會突然闖進來。」

「他們來搶什麼？」

「我也不知道，他一直說虎符什麼的，但又說我店裡掛的那個是贗品。」

「那到底是不是贗品？」
「那只是一幅雕畫而已，什麼贗品不贗品的。」
「看來只能讓這位仁兄親口說了。」
蘇唯吃完了海棠果，上前檢查俘虜。
俘虜的槍被繳了，口袋裡連張廢紙都沒有，他瞇著眼睛，一副嘲笑大家拿他沒辦法的表情。
蘇唯走到他身後，突然抬起他反綁的雙手，他沒防備，大叫起來。
無視他的叫聲，蘇唯平靜地問：「趕場趕得很忙吧？」
俘虜一愣，蘇唯轉轉他的手臂，讓大家留意他的手背。
他的手背上有幾道很淺的抓痕，是新傷，傷得不重。
看到抓傷，蘇唯知道他錯怪端木衡了，雖然端木衡未必是好人，但至少夜闖偵探社的人不是他。
俘虜還在掙扎，蘇唯制止住他，說：「裝什麼糊塗，昨晚去我們家偷東西的不就是你嘛，不用想著抵賴，你手背上的傷是我家寵物抓出來的，這就是最好的證明。」
俘虜臉色變了，突然大叫道：「我什麼都不知道！」
蘇唯繼續抓住他的手查看。
「手上全是老繭，也許比起拿槍，你更擅長掌法，不過照你的功夫，做大內侍衛有點勉強，所以你應該是哪位前清高官的護院，為主子來尋找遺失的虎符。」

俘虜的臉色更難看了，額頭上青筋暴起，咬著牙，不再說話。

蘇唯鬆開他的手，對沈玉書說：「這傢伙只是個跑腿的，他知道的應該不多。」

沈玉書看向青花，青花連連搖頭。

「我也什麼都不知道，雖然當年老佛爺很喜愛我，但我父親只是個掛名的王爺，虎符那麼重要的東西怎麼可能給我們？」

聽到這裡，葵叔也插話道：「當年朝廷腐敗，列強環伺，要真有虎符那種東西，八國聯軍那會兒，老佛爺還至於逃難嗎？」

俘虜看似不服，想開口爭辯，不過最後還是忍住了。

端木衡看到了，上前抓住他，把他拖到外面去，回來後，對青花說：「我把他綁在後院柱子上，妳有什麼話儘管說，我們三個不會洩露的。」

「你以為我是避諱他才不說的嗎？」

青花苦笑道：「葵叔的話你們也聽到了，你們真相信那種無稽之談嗎？就算真有虎符好了，如果它在我家裡，我一定拱手相讓，我一個弱女子，難道還會跟誰爭兵權嗎？」

「虎符未必一定是調兵，也許還有其他的用處。」

沈玉書的話讓青花一愣，問：「什麼用處？」

「不知道，所以我們才問妳，有關妳店裡的那塊雕畫，妳真的沒印象是誰送的嗎？」

青花想了想，搖搖頭，又看向葵叔。

葵叔說：「那個在很多年前就有了，好像是某年王爺大壽，朝中同僚送的壽禮，至於是誰送的，恐怕就算王爺還沒糊塗，也不會記得的。」

「是的，後來我們搬到上海，開了那間鋪子，我見雕畫有氣勢，為了鎮宅子，就掛了起來，你們如果感興趣，就拿走吧，我現在生意很好，不想每天提心吊膽地過日子。」

沈玉書看向青花的父親，老人已經睡著了，手裡還拿著吃了一半的橘子，衣服上沾了不少橘子汁，看來他糊塗得很厲害，問不出什麼。

端木衡說：「那就只能把那傢伙交給巡捕房了，相信巡捕房的人有辦法讓他開口。」

「我突然很想知道幕後主使者是誰，」蘇唯興致勃勃地說：「可以瞭解這麼多宮廷祕聞，那個人的身分一定很尊貴。」

「那我要在他嘴裡塞個東西，免得他咬舌自盡。」

葵叔說完，匆匆跑出去。

沈玉書見青花站在旁邊，一副六神無主的樣子，便說：「為了安全起見，妳這幾天就不要開店了，在我們查清案子之前，會有巡捕貼身保護你們。」

他說完，看向端木衡，端木衡點頭道：「沒問題，我跟裴探員打個招呼，讓他多調些人過來。」

「我們沒丟東西，就……算了吧，這麼小的案子，巡捕房那邊也不會理的。」

「我懷疑這些人跟這條街發生的洋人殺人案有關聯，所以他們一定會理。」

沈玉書讓端木衡去打電話，青花皺起眉連聲嘆氣，聽著端木衡跟對方講電話，她又看看父親，忍不住說：「這到底是怎麼了，臨到年關，一下子出這麼多事……」

「別擔心，我們已經有線索了，會很快查明案情的。」

「那就麻煩你們了，不過能不能不要調太多人來？我父親身體不好，需要靜養。」

端木衡打完電話回來，聽了青花的請求，他說：「我讓他們在外面守著，不會吵到老爺子的，如果妳有什麼發現，可以隨時聯絡我們。」

配合他的話，蘇唯將萬能事務所的名片遞給青花，青花接了，堆起笑向他們道謝，不過她有心事，笑得心不在焉。

沒多久，巡捕就接到裴劍鋒的命令，趕過來保護青花一家，端木衡跟他們簡單說明了情況，交代完畢後，告辭離開。

蘇唯把俘虜推到車後座上，俘虜嘴裡塞了條毛巾，說不出話，只能狠狠地瞪他。

蘇唯沒放在心上，坐到他身旁，說：「你現在招還來得及，否則到了巡捕房，吃了苦頭再招，那就不合算了。」

俘虜把頭轉向一邊，無視他的提醒。

沈玉書把車開了起來，端木衡問他：「你剛才說有線索了，是真的嗎？」

「我隨口說說的，希望她安心。」

「那就是沒線索了？」

「誰說沒有，」蘇唯用下巴指指旁邊的俘虜，「這不就是嗎？」

俘虜用鼻子哼了一聲，表情充滿譏笑。

沈玉書問端木衡：「看你跟青花老闆很熟，他們家以前很風光嗎？」

「是啊，葉老爺子在戶部掛了個閒差，不過他的王爺頭銜卻是貨真價實的，當年仗著慈禧太后的恩惠，府前也是門庭若市，不過這世上沒有永恆不變的榮光，連大清朝都亡國了，更何況一個王爺。」

端木衡的話激怒了俘虜，眼睛瞪圓了，探身衝他嗚嗚直叫，一副要辯解的樣子。

蘇唯伸手把他按回座椅上。

「我知道你不服氣，不過再不服氣，這也是事實，清朝滅亡了，你就算找回幾十個、幾百個虎符，也改變不了歷史。」

俘虜氣得怒瞪他，如果不是嘴被堵住了，他一定會罵出很多髒話。

【第八章】

再次被狙擊

「逍遙，你這麼怕端木衡，是不是有什麼把柄在他手裡？」

「我不是怕，我是拿那隻大尾巴狼沒辦法，你們知道他的權力有多大，他一句話，我的飯碗就沒了。」

「他若敢讓你丟飯碗，我就把他是勾魂玉的身分抖出去。」

洛逍遙聽得整個人都呆滯了，好半天才回過神，轉頭質問蘇唯：「我哥以前沒這麼壞的，是不是你把他帶壞了？」

——那是你以前沒機會瞭解你哥有多黑。

沈玉書他們沒有順利到達巡捕房。

在快到霞飛路巡捕房的時候，前面突然橫截過來一輛別克，剛好把路擋住了。

沈玉書急忙踩剎車，還好蘇唯反應快，及時抱住前座的椅背，不過鄰座的俘虜就倒楣多了，一頭撞在椅背上，發出悶哼。

「我應該向這個時代的汽車公司建議一下，車座一定要配置安全帶……」

蘇唯的話被槍聲蓋過去了。

那輛別克截住他們的車後，幾個蒙面人從車上跳下來，舉著槍衝他們一陣亂射。

襲擊來得太突然，端木衡跟沈玉書只好趴下躲避，端木衡匆忙拔出手槍，準備反擊，沈玉書則將車檔轉到倒退檔上，踩油門向後快速地倒車。

但是沒退多久，他就不得不停下，因為又有一輛車從後面開過來，擋住他們的路，車上的人向他們開槍射擊，其中一人還將一顆手榴彈丟了過來。

危險關頭，沈玉書只好轉動方向盤，將車拐進了旁邊的小巷裡。

小巷很窄，車輛只能勉強擠進巷口，暫時躲開敵人的攻擊而已。

「怎麼辦？」蘇唯趴在座位底下，聽到外面傳來的轟隆響聲，他焦急地問。

沈玉書拔槍，朝後面開了兩槍，說：「你的炸彈呢？扔一顆過去。」

炸彈？炸彈……炸彈！

蘇唯想了好幾秒，才想到沈玉書說的是閃光彈。

雖說閃光彈很珍貴，不過這節骨眼上，他也不能捨不得了，拿過背包，低頭找閃光彈，誰知就在這時，俘虜突然撞開門跳下車，向大街上奔去。

蘇唯沒抓得住他，也想跟著跳車，卻發現自己這邊的車門被巷口擋住了，下不去，他只好叫道：「快退出去！退出去！」

沈玉書把車退了出去，就看到俘虜迎著後面那輛別克衝了過去。

槍聲再次響起，這次除了掃中他們的車窗外，幾槍都打在了俘虜身上，等蘇唯重新抬起頭，透過打碎的玻璃看過去，剛好看到俘虜晃了晃，向前撲倒。

意外發生得太突然，他一時間沒反應過來。

「怎麼回事？他們是打算全部殲滅？」

沈玉書也不知道，看到那輛車向他們開過來，大有繼續掃射的意圖，他舉起槍，做出反擊的準備。

還好就在這時，後面傳來車輛的引擎聲，一輛黑色福特車飛快地衝過來，先是撞到別克車上，把它撞開後，又去撞另一輛車。

在福特車的橫衝直撞下，那些人無法再瞄準開槍，又聽到遠處傳來拉警笛的響聲，他們只好放棄偷襲，丟下一顆炸彈，然後踩動油門，開車一溜煙地跑掉了。

炸彈落在街道當中，沒有傷到車裡的人，不過騰起的煙霧瀰漫了整條街，等沈玉書他們衝出迷霧後，那些狙擊手們早已不知去向。

現場除了身中數槍、早已氣絕身亡的俘虜外，只有他們這輛車，跟剛才突圍進來的福特車。

蘇唯緊跟著跳下車，一邊揮手拂開眼前的煙霧，一邊咳嗽著說：「這幫人也太囂張了，竟然敢在警察局眼皮底下搞暗殺。」

端木衡陰沉著臉不說話，他手裡握著槍，突然看向對面那輛福特。

一陣橫衝直撞下，福特車的車頭撞凹了，擋風玻璃也碎掉了，裡面的人跳下來，摘下帽子，甩掉帽子上的玻璃碴，正是雲飛揚。

洛逍遙從車的另一邊跳下，他看似驚魂未定，下了車，跑到沈玉書跟蘇唯面前，緊張地問：「哥，蘇唯，你們怎麼樣？有沒有受傷？」

他好像感冒了，臉色蒼白，嗓音也很嘶啞，蘇唯打量著他，「有受驚，沒受傷，倒是你，你沒事吧？」

「我、我沒事。」洛逍遙的眼神飄忽，撒謊的特徵很明顯，不過周圍人太多，蘇唯便沒有追問，話題一轉地問道：「你怎麼會過來？」

「說來話長，我是跟雲飛揚一起來的。」

這話不用他說，大家都看到了。

看著雲飛揚拍掉身上的碎玻璃，笑嘻嘻地跑過來，蘇唯挑挑眉。

「呵，又是雲飛揚。」

端木衡也很不爽，把手槍收起來，問洛逍遙：「你怎麼不問問我有沒有受傷？」

「禍害遺萬年，你怎麼可能……」洛逍遙說到一半，不知想到了什麼，軟下語氣，問：「那你有受傷嗎？」

「沒有。」

「我就知道。」

「那你有沒有事？」端木衡反問。

「我當然沒有，我可是巡捕。」

他們說話的時候，警笛聲已經近在眼前了，幾輛警車駛過來，停在現場周圍。為首的是閻東山，他率先跳下車，陳雅雲跟在後面，看到眼前的光景，她嚇得捂住臉，把頭撇到一邊。閻東山倒是很鎮定，看了一圈現場，跑過來跟大家詢問情況。

端木衡把剛才的經過簡單說了一遍，至於俘虜的身分，他也不清楚，只說他是入室搶劫的強盜，他們本來要押他去巡捕房，誰知中途遇到襲擊。

閻東山聽完，馬上說：「不用說了，肯定是他的同夥幹的，這些都是喪心病狂的歹徒，怕他供出窩點，就直接殺人滅口。」

他揮手讓底下的人去處理現場，還好天氣寒冷，過往行人很少，剛才的槍戰沒有造成人身傷亡。

沈玉書看著不遠處匍匐的人體，眉頭皺起，正要過去查看，胳膊被拉住了，陳雅雲跑過來，躲在他身後，眼淚汪汪地說：「怎麼又有人死了？是不是慧蘭也被害了？」

「我也希望她沒事，但妳妨礙我查案，一定會延長救她的時間。」

聽了這話，陳雅雲嚇得立刻鬆開了手。

沈玉書過去查看死者，蘇唯看看陳雅雲的臉色，問：「妳還好吧？」

「不、不大好。」陳雅雲說完，注意到雲飛揚就在身邊，便把怒氣撒在雲飛揚身上，指著他叫道：「都怪他，要不是他開車帶我們亂跑，我們也不會遇到這麼可怕的事。」

「小姐，妳要憑良心說話，難道不是妳硬要我們陪著妳調查線索嗎？我還為了妳的安全，讓妳負責報警。」

「報警的點子是逍遙提出來的，又不是你。」

蘇唯被吵得頭大，舉手制止了他們的爭吵，打量著雲飛揚，「你來得挺及時的啊！」

「剛好湊巧了，我剛才去事務所，你們都不在，後來我在去金神父路的路上遇到了逍遙跟陳小姐。」

洛逍遙去幫忙處理現場了，他好像在躲什麼，跑得遠遠的。

陳雅雲只好解釋道：「我早上跟你們通話後，還是很擔心，就去巡捕房詢問逍遙，他答應陪我去金神父路那邊做調查，不過我們什麼都沒問到，還倒楣地遇到了這傢伙。」

「最後這句話應該我來說才對。」

為了不讓爭吵再度升級，蘇唯搶先問：「為什麼你們都去金神父路？」

「因為慧蘭跟她男朋友住的別墅就在金神父路啊。」

這次是陳雅雲跟雲飛揚同時說的，兩人相互看看，然後各翻了個白眼，不說話了。

蘇唯仔細詢問了才知道，原來李慧蘭的確有跟情人同居，只是不是在白賽仲路，而是位於金神父路的別墅，雲飛揚打聽到這個消息後，想過去看看有什麼線索，剛好就遇到了洛逍遙和陳雅雲。

他們沒有問到情報，便準備去霞飛路巡捕房，誰知半路跟一輛別克車相遇，陳雅雲無意中看到裡面的人拿了手槍，於是洛逍遙就提出跟蹤他們，而陳雅雲負責報案。

當時誰也沒想到那幫人是來狙殺沈玉書他們的，還好最後有驚無險，這也多虧了關鍵時刻雲飛揚開車衝進來，阻止了那些人的暗殺行動。

陳雅雲總結說：「雖然聽起來他這樣做很蠢，不過總算有幫到忙，大家沒事就好。」

這算是表揚了，雲飛揚挺挺胸膛，一副受之無愧的表情，陳雅雲忍不住又說：「但這樣做還是很蠢啊，你不要命是你的事，連累到逍遙怎麼辦？還有那輛車，你不是說是跟同事借的嗎？你怎麼賠人家？」

「剛才我看神探他們很危險，就沒想那麼多，車不是問題，我會想辦法解決的。」

趁著他們聊天，蘇唯退出來，去沈玉書那邊查看情況。

「有什麼發現？」

沈玉書在協助法醫檢查屍體，聽到蘇唯的詢問，他站起來，搖搖頭。

「他前胸中了三槍，另外有兩槍從他的後背跟肩頭射入，而我們的車當時被打中兩槍，一槍在車尾，一槍擊中車後座的窗戶。」

「看來閻東山沒說錯，那些人明顯是要幹掉俘虜，為了殺人滅口，真夠狠的。」

「問題是他的同夥怎麼會知道我們的路線。」

「很簡單啊，我們肯定要把俘虜送去巡捕房，而這條路是去巡捕房最近的路。」

「可是……」看著不遠處地上的彈殼，沈玉書不說話了。

直覺告訴他，如果俘虜真是滿清遺老的手下，神不知鬼不覺地滅口才是他們喜歡的暗殺方式，光天化日下的狙殺太張揚了，也太急切了，似乎生怕俘虜馬上吐露機密似的。

但事實上，這些都是經過長期訓練的手下，酷刑也很難讓他們說實話，作為訓練他們的人，不該這麼迫切。

沉思了一會兒，沈玉書快步走回車裡。

他們車上有好幾個彈孔，後車座的門開著，座上留了一團麻繩，正是綁過俘虜的繩子。沈玉書拿起麻繩，繩子斷開的地方很平滑，是被某個鋒利的東西切斷的，他在附近找了找，很快就找到了罪魁禍首——一枚很薄的小刀片。

「不可能！」看到刀片，蘇唯立即叫起來。

「我搜過他的身，我確定他身上沒有藏傢伙。」

「這不奇怪，這些人都有一套自我保護方式。」

「絕、對、不、會！你要相信我的專業，假如有人可以在我眼皮底下藏東西，除非是我眼瞎了。」

「如果選擇信你，那就只能懷疑其他人了。」

沈玉書收了刀片，轉過身，看向現場的其他人，低聲說：「有人不想我們知道他的身分，偷偷給他塞了刀片，讓他找機會逃跑。」

現場勘查結束後，死者的屍體被送走了，洛逍遙想跟著閻東山回巡捕房，卻被端木衡叫住，說這邊有案子要查，讓他留下。

端木衡的面子很廣，巡捕房的人個個都認識他，閻東山當然不會說什麼，拍了拍洛逍遙的肩膀，示意他加油。

洛逍遙一肚子火沒處發，衝端木衡叫道：「我很忙的，你不要老妨礙我做事好不好？現在還有什麼案子比洋人殺人案更緊迫？」

「我留你下來就是為了這個，玉書跟蘇唯被暗殺，可能跟這案子有關，你留下來保護他們。」

「說不定人家想暗殺的人是你，我哥跟蘇唯只是倒楣的跟你同乘一輛車。」

面對洛逍遙的譏諷，端木衡也不生氣，湊過去低聲說了幾句。

洛逍遙的臉頓時紅了，攥起拳頭，蘇唯在旁邊看著，很為端木衡的處境擔心。

但洛逍遙最終還是沒有動用暴力，拳頭揮了揮，不說話了。

小表弟一定是有什麼把柄握在端木這隻狐狸手裡，所以才會敢怒不敢言啊！

商議的結果是大家暫時先回事務所。陳雅雲也想跟去，被沈玉書拒絕了，說太危險，讓她回家，她央求了半天也沒得到許可，氣呼呼地離開了。

「你一點都不瞭解女孩子的心思。」回去的路上，蘇唯小聲對沈玉書說。

「至少我保證了她的安全，難道你希望她跟李慧蘭一樣失蹤嗎？」

「但你可以用個委婉的藉口，你這樣子，很可能一輩子擼管的，雖然就我個人來說，很希望你一輩子擼管。」

「你想多了，迄今為止，我擼得最多的是試管。」

不知道沈玉書是不是沒聽懂他的話，所以給了他這個浮想聯翩的回答。

蘇唯的腦海中浮現出了某個少兒不宜的畫面，他急忙晃晃頭，把那個糟糕的圖像晃出了腦子。

沈玉書說得對，他想多了，呵呵，他真的是想多了。

大家回到事務所。

會客室被砸碎的那面玻璃窗重新裝好了，謝文芳已經回去，留了字條給沈玉書，說長生最近放假，她就先把小松鼠帶回去了，讓他們專心處理案子。

大家坐下來，蘇唯先去點著火爐，又倒了茶，分別擺到每個人的面前，輪到雲飛揚的時候，蘇唯嘴唇勾起，衝他微微一笑。

雲飛揚打了個哆嗦，問：「為什麼你笑得這麼……陰險？」

「那一定是你做賊心虛了。」

雲飛揚的眼睛裡冒出兩個大大的問號，捧起茶杯喝了一口，猛地大聲咳起來。

很好，放苦茶的那個茶罐位置他沒忘記，現在剛好用上了。

蘇唯心滿意足地去對面坐下，沈玉書斜眼瞥他，他聳聳肩。

「我想大家現在都很上火，所以沏了苦茶。」

「可是這也太苦了，比黃蓮還苦。」

無視雲飛揚的抱怨，沈玉書問：「你特意跑來找我們，是有什麼新發現嗎？」

「有，兩件事，一個是斯爾納，也就是李慧蘭的情人，他跟我說了他們同居的地方，我本來想叫你們一起過去查探，不過你們不在，我只好一個人過去了，半路上就遇到了逍遙跟那個脾氣很糟糕的大小姐。」

大家的目光一起落到洛逍遙身上，他急忙澄清：「我是被『那個脾氣很糟糕的大小姐』強迫過去調查的，她從李慧蘭的父親那裡打聽到別墅地址，跑來吵著讓我幫忙，我只好幫了。」

蘇唯覺得陳雅雲現在一定在打噴嚏，希望這個「脾氣糟糕」的標籤不要傳去她的耳朵裡。

沈玉書問雲飛揚：「那第二件事是什麼？」

「第二件更重要！」說到關鍵地方，雲飛揚的表情變得很鄭重。

「我在調查李慧蘭的時候，有個包打聽告訴我，李慧蘭昨天中午在金神父路附近出現過，後來她搭某輛車離開了，她跟車裡的人好像認識，是主動上去的。」

「他有記車牌號嗎？」

「沒有，但記得是輛高級車，當時李慧蘭在路口徘徊了很久，所以他們才會留意到。」

「會不會是指使李慧蘭騙我們的那幫人？」

蘇唯看向沈玉書，沈玉書沉吟不語，突然又問雲飛揚：「你昨天在雅克的別墅裡拍的照片洗出來了嗎？」

「洗出來了。」

雲飛揚翻了下他的包，從裡面拿出一個大牛皮紙袋。

沈玉書道謝接過去，把紙袋拿去辦公桌前，往外一抖，一大堆照片滑了出來，堆滿桌面。沈玉書趴在桌子上胡亂翻動，一副神經質的樣子。

雲飛揚很好奇，站起來想過去查看，被蘇唯攔住，按住他的肩膀，將他重新按回沙發上，笑咪咪地說：「不要打擾他，我們先聊聊我們的事吧。」

「我們的事？」雲飛揚一臉的莫名其妙。

「是，剛才有件事忘了說，今早我打電話去報館，他們說報館裡沒有雲飛揚這個人。」觀察著雲飛揚逐漸變白的臉色，蘇唯微笑說：「你應該不是忘了把真名告訴他們吧？或是你忘了把真名告訴我們？」

「不是這樣的！啊不，其實是這樣的！其實我是好人，很窮的好人……」

「窮得只剩錢了對吧？」

蘇唯揪揪他的衣服前襟。

「穿毛呢外套，戴進口手錶，還有你這帽子跟鞋，都價值不菲啊，還把福特車當玩具車來開，看來比起怎麼賠償福特車的錢，你更在意案情，另外，你跟那些包打聽問線索，也都要付錢的對吧，這些怎麼證明你是窮人？」

「不是……這些都不是我自己買的……」

「撒謊之前，別忘了這裡有兩個偵探、一個探員，還有一位智商看起來很高的先生。」

蘇唯的目光掠過端木衡，端木衡向他微笑點頭。

雲飛揚的額頭冒汗了，結結巴巴地說：「好吧，我是說謊了，我不是實習記者，我其實是掛名的商行職員，不過我的夢想是做記者，尤其是做事件專欄的記者。」

「這跟我們有什麼關係？」

「那次的觀音事件，我從一名包打聽那裡聽說了你們，我覺得你們很厲害，只要跟著你們就能發掘到事件，可是如果你們知道我不是記者的話，肯定不會搭理我的，所以我就……」

「你錯了，只要你能提供到線索給我們就行了，你是什麼身分，根本不重要……」

沈玉書突然插進話來，惹得大家的目光都移向他，他仍然保持檢查照片的姿勢，頭都沒抬一下。

蘇唯拍拍雲飛揚。

「聽到了？」

雲飛揚呆滯地點頭。

洛逍遙在旁邊叫起來。

「難怪我們都沒看到你寫的新聞上報了，原來你根本就是個冒牌貨啊！」

「不，雖然我的身分是冒牌的，但我寫的東西絕對沒問題，不登報是因為沒有報館敢收我的稿子。」

「你得罪黑社會了？」

「當然沒有，是報館都接到我父親的聯絡，不給我過稿，他希望我安心工作，積累經驗，將來好幫他做事，當小記者寫稿子賺不了多少錢的。」

聽到這裡，端木衡頗感興趣地說：「聽起來你父親是個有身分的人。」

洛逍遙也附和道：「是啊、是啊，你的名字也是假的吧，沒聽說上海有哪位名流姓雲的。」

「名字是真的，因為我父親是入贅，我隨母親姓，他也不是什麼名流，就是在中南銀行當個小經理，他希望我將來接他的班，所以就把我弄去他朋友的商社做事，其實我每天都找藉口曠職也挺不容易的。」

雲飛揚無限感歎地說。

中南銀行的小經理？

蘇唯想雲飛揚在說這話的時候，他的價值觀一定跟普通人不一樣。

沈玉書又插進話來。

「之前陳雅雲的父親說要跟中南銀行的經理聯姻，聯姻對象就是你吧？」

「啊！」再次被戳穿了，雲飛揚縮縮脖子，一副很不好意思的表情。

洛逍遙一巴掌巴到了他頭上，「原來你早知道陳小姐是你的未婚妻啊，敢瞞我們這麼久，是不是不想在這片混了？」

「你們不要誤會啊，她不是我的未婚妻，是我父親一廂情願想幫我辦婚事，我壓根沒答應，我這麼年輕，壯志未酬，焉能成家？」

「行了，別在這文謅謅了。」

蘇唯把他扯去一邊，讓他哪兒涼快哪兒待著。

雲飛揚不敢反抗，看著眾人，小心翼翼地說：「我真的是除了身分外，什麼都沒騙你們的，你們不會不跟我做朋友吧？」

「不會，畢竟你還是挺有用的。」

蘇唯的話像是給雲飛揚吃了顆定心丸，他拍拍胸口，鬆了口氣。

洛逍遙好奇地問：「那你整天曠職，給包打聽的錢又是從哪兒來的？」

「我沒錢啊，我的衣服都是我母親置辦的，錢跟車也是我母親硬塞給我的，所以我是窮人。」

不知為什麼，蘇唯很想揍他。

沈玉書說：「故事說完，你可以走了。」

「神探你不要拋棄我，為了完成理想，我現在是釜底抽薪了，你們一定不能見死不救的。」

雲飛揚想衝過去表白，被蘇唯攔住。

「沒人要拋棄你，我們要做事，不想被打擾。」

「我不會打擾的，你們想要什麼情報，我可以盡最大的力量去尋找！」

「有需要會找你的，現在你可以回去了。」

雲飛揚的表情有些不情願，不過不敢說什麼，拿起他的包，蔫蔫地往外走。

他走到門口，沈玉書叫住他，說：「想讓大家看到你的文字，不一定非要通過報紙，你可以把經歷的故事寫成書，只要文筆不是太糟糕，相信會有很多人喜歡。」

「我懂了，謝謝神探！」

也不知道雲飛揚是不是真懂了，他向沈玉書道了謝，開開心心地離開了。

剩下的幾個人眼對眼，半晌洛逍遙揉揉鼻子，說：「真沒想到，我居然被騙了。」

「我覺得假如你沒有被騙，那才是很難想像的事。」

聽了端木衡的譏諷，洛逍遙立刻把拳頭攥起來了。

為了避免事務所裡上演全武行，蘇唯對端木衡說：「戲看完，你是不是也該走了？」

端木衡不說話，轉頭看洛逍遙，洛逍遙跳起來，跑去沈玉書身後。

他這求保護的行為太直接了，端木衡被逗得哈哈大笑。

沈玉書說：「不是你把他叫來保護我們的嗎？」

「是。」

「所以他留下，你可以走了。」

端木衡看向洛逍遙，洛逍遙吹著口哨，把目光瞥開當作看不到。

端木衡沒再堅持，站起來，說：「那我先回公董局了，看看裴探員那邊有什麼新情況，你們有事，隨時聯絡我。」

「慢走不送。」

蘇唯等端木衡走後，他關上門，把洛逍遙揪到一邊。

「你這麼怕他，是不是有什麼把柄在他手裡？」

「我不是怕，我是拿那隻大尾巴狼沒辦法，你們知道他的權力有多大，他一句話，我的飯碗就沒了。」

「他不會那麼做的，他若敢讓你丟飯碗，我就把他是勾魂玉的身分抖出去。」

蘇唯跟洛逍遙的目光一起落到沈玉書身上，洛逍遙說：「我們好像發過誓不說出他的身分的。」

「誓言這種東西，原本就是為了打破才存在的。」

沈玉書看著桌上一堆照片，漫不經心地說。

洛逍遙聽得整個人都呆滯了，好半天才回過神，轉頭質問蘇唯：「我哥以前沒這麼壞的，是不是你把他帶壞了？」

——那是你以前沒機會瞭解你哥有多黑。

蘇唯懶得解釋，直接問：「你昨晚是不是跟端木衡在一起？」

「啊？」洛逍遙眼神閃爍，明顯不想回答。

蘇唯說：「他可能跟凶殺案有關，你一定要說實話，他手上的傷是怎麼回事？你們是不是整晚都在一起？」

牽扯到案子，洛逍遙不敢打馬虎眼，認真想了想，說：「是的，昨晚我喝醉了，被幾個小流氓圍毆，剛好他經過，救了我，他就是在那時候負傷的，後來他帶我去他的公館，我們喝酒聊天，他整晚都沒出門。」

「你喝醉了，也許他半路離開你不知道。」

「不會的，我還沒醉到那個程度……難道昨晚又出凶殺案了？」

那倒沒有，只是他們懷疑那些潛入事務所的人與端木衡有關，因為他出現在雪絨花服裝店的時間太巧合了。

沈玉書問：「那有沒有人去找過他？」

「沒有，他陪我喝酒，我陪他下棋，我還因為不舒服，在客廳吐了一地，他一直在忙著收拾，還罵我，後來我把他當枕頭靠著睡著了，他如果有出去或是離開，我一定會覺察到的。」

蘇唯嗅到了曖昧的味道。

端木衡是個很講究又很愛乾淨的人，想像著洛逍遙把他的公館地板吐得一塌糊塗，蘇唯有點同情他了。

大概是蘇唯的表情實在太古怪，連一向感覺遲鈍的洛逍遙也覺察出來了，連連搖手。

「你別亂想，我不好男色的，雖然那傢伙長得挺標緻，但我真的沒有，我不喜歡小白臉……我們就是普通的男人之間的聊天喝酒，我就是喝醉了，要不然也不會去他家，平時我躲他還來不及呢，你們不知道，那傢伙喜怒無常，我見過的……」

「你想多了，我就是問問，你們的關係什麼時候變得這麼好了，他居然陪你一晚上。」

「這種事你不要問我，問大尾巴狼去，都說他喜怒無常了，說不定昨天剛好碰到他心情好。」

「說不定他只是要找個時間證人。」

沈玉書從一堆照片裡抬起頭，打斷了他們的對話。

洛逍遙的眼睛瞪圓了。

「哥，你是說他有問題？可是我確信他沒離開房子，也沒見外人的。」

蘇唯對洛逍遙的保證不大期待。因為以端木衡的智商，要騙一個洛逍遙簡直是輕鬆加愉快，就連他們，不也是常常被那根木頭騙到嗎？

為了不打擊洛逍遙的自尊心，蘇唯沒有把吐槽說出來。

沈玉書問：「大家都忙著查案子，你為什麼去喝酒？」

在他們兩個人四隻眼睛的注視下，洛逍遙的臉紅了，發現自己躲不過，他才囁嚅著說：「因為……因為沒告白成功……」

蘇唯豎著耳朵才聽到了，叫道：「告白？你對端木告白沒成功？」

洛逍遙一聽就急了，脹紅了臉衝他吼：「當然不是，你怎麼會想到他？我是、是跟隔壁賣豆腐的那個女孩子……」

「原來是豆腐西施啊。」

蘇唯看看沈玉書，兩個人都明白了為什麼端木衡會說這是逍遙的隱私了。

「你們發誓，這件事不可以對別人說，尤其是對我娘，我會被她囉嗦死的。」

「知道、知道。」

沒人對小表弟的這種事在意的，至少他們現在沒那個心思。

沈玉書收拾著照片，說：「我們還有事要做，你先回去吧。」

「我不能走啊，大尾巴狼讓我留下來保護你們的。」

「他是你的上司嗎？你為什麼要聽他的？」

「也是啊，我為什麼要聽他的？」洛逍遙摸摸頭，馬上又說：「我不是要聽他的，我是真的擔心你們出事。」

「我們待在房子裡不出門，會有什麼事？倒是你，如果你不想看到大尾巴狼，可以去青花家保護她。」

沈玉書把青花家的地址報給了洛逍遙。

洛逍遙領命離開了，蘇唯站在窗前，看著他跑走的背影，說：「小表弟一定還有話沒說出來。」

「關係到殺人案，他不敢知情不報，他隱瞞的應該是他的私事。」

「那你相信雲飛揚嗎？他接近我們真的是為了弄素材寫稿子，而不是另有居心？」

「他的話沒有破綻，邏輯上推論沒問題。」

沈玉書把照片歸攏好，抱在懷裡匆匆去了隔壁的實驗室。

蘇唯跟過去，實驗室的房門已經關上了，沈玉書的聲音從裡面傳出來。

「我要查線索，你去做你的事吧，不要理我。」

但他也沒什麼事要做啊，啊對，折騰了這麼久，他餓了，要去吃東西。

沈玉書好像有心事，晚飯蘇唯精心做了三菜一湯，他沒像平時那樣稱讚，吃了幾口就說飽了，又把自己關進實驗室裡面，不露頭了。

看著桌上剩下的一大半菜餚，蘇唯很無語。

「我有點理解那些全職太太的心情了。」

那種做好了一桌佳餚老公卻不捧場的心情。

儘管把這種心情安在自己身上的行為有點微妙。

蘇唯把飯菜收拾了，正打算去洗澡，實驗室的門突然打開，沈玉書站在門口，臉頰有些泛紅，帶著某種發現了什麼的興奮之情。

蘇唯立即問：「有線索了？」

「嗯，蘇唯，你幫我個忙好不好？」

「美人，你讓我做什麼都行，說吧，這次是要偷誰家的？」

蘇唯伸手勾起沈玉書的下巴調戲他，總算兩個人的身高相差不大，這個動作他做得得心應手。

沈玉書把他的手打開了，正色說：「你去霞飛路巡捕房問問情況，看閻東山有沒有找到線索，再順路去雪絨花店鋪看看，我想找個東西，這樣大的……這樣大的……或是這樣大的……」

沈玉書伸手比劃了半天，除了確定尺寸在十公分之內外，蘇唯什麼都沒看懂。

「我說……就算你想確認我的智商，也不需要把標準設定得這麼高好吧，我又不是你肚子裡的蛔蟲，猜不出你想我偷什麼。」

沈玉書把手放下了。

「其實我也不知道那東西是什麼，但我確定要，所以我希望你幫我偷來，我想當你看到它，就會知道了。」

如果他的表情不是那麼嚴肅的話，蘇唯一定以為他在跟自己開玩笑。

想了三秒，他點了頭。

「行，我去幫忙找這麼大、這麼大、這麼大的東西。」

蘇唯用手比劃著，去會客室拿外套。

沈玉書在後面追加道：「你不用著急，慢慢做、慢慢找，明天早上給我就行了，另外，為了不被發現，你不要開車。」

「是，美人。」

蘇唯穿上外套，又把圍巾在脖子上繞了好幾圈，最後戴上帽子出門，沈玉書在走廊上叫住他，他回過頭，迎面一顆小海棠果丟過來。

蘇唯伸手接住，沈玉書問：「我很好奇，你穿這麼多，不會影響到你的技術嗎？」

「業務機密，恕難奉告。」

蘇唯咬著海棠果出去了，沈玉書又跑到窗前，看著他把雙手抄在袖筒裡，悶頭向前走去。

夜幕降臨，溫度降了下來，天空又開始飄雪花，昏黃的路燈下，寒風捲著飛雪飄個不停。

還好蘇唯很幸運，他走出沒多久，就有一輛黃包車經過，沈玉書注視著他坐上車，黃包車跑遠了，他這才放下窗簾，開始進行自己的計劃。

他跑進實驗室，戴上手套，把照片全部攤開，將幾張特意放在最上面，接著又把自己找到的證據按次序放好。

最後他拿起蘇唯盜來的鋼筆，放進玻璃試管裡，將管口封上。

玻璃試管比鋼筆大一圈，放它剛剛好。

沈玉書拿著筆走進茶水間，打開櫥櫃，看向擺滿櫥櫃的茶葉罐。

罐子有十幾個，上面沒有標籤，沈玉書看了一圈，選中了其中一個，打開蓋子，將試管塞進去，又撥弄茶葉，蓋住了裡面藏的東西。

一切都收拾完畢，沈玉書換上衣服，最後他從抽屜裡取出手槍，在手裡掂了掂，放進口袋。

希望他可以在蘇唯留意到之前完成計劃，假如一切順利的話。

照沈玉書的要求，蘇唯趕去了霞飛路巡捕房。

閻東山跟他手下還在忙著調查爆炸案，但是毫無頭緒，沒有人看到那些歹徒曾在哪裡出現過，他們逃走後，也沒人發現他們的蹤跡。

那些歹徒就像是憑空消失掉了，沒留下一點可疑的痕跡。

至於被亂槍射死的俘虜，法醫也沒有在他身上找到線索，蘇唯去的時候，閻東山正在讓人給死者繪製肖像圖，以便按圖去追查。

所以蘇唯去詢問，不僅沒有問到情報，還被迫聽了半個小時的抱怨。

閻東山拉著他說個不停，從巡捕房經費不夠說到案件雜多，又說他們人手不足還要忍受那些洋人的脾氣，蘇唯好不容易才找了個藉口，跑出了巡捕房。

假如手機有電就好了，就算用不了wifi，至少可以使用拍照功能，比如說把死者的相貌拍下來，這比繪圖快多了。

心裡琢磨著這個可能性，蘇唯又一路趕到雪絨花服裝店。

店鋪大門上依舊上著鎖，上面貼著告示，看來沒人來過。

蘇唯卸下了幾塊關板，又熟練地開了鎖，推門走進去。

店鋪裡一片漆黑，想到他現在是在幫青花查案，蘇唯光明正大地打開了燈，四下尋找起來。

服裝店顧名思義，裡面擺設最多的當然是各式的服裝，蘇唯在樓下找了幾圈，都沒找到沈玉書形容的那個東西。

他仰頭看看虎符雕畫，又比量了一下大小。

這麼大……這麼大……這麼大，嗯，不可能是指雕畫。

蘇唯檢查了櫃檯的抽屜，還特意看了擺放的服裝小飾件，感覺都不是沈玉書形容的東西，雖然他到現在也不知道沈玉書形容的到底是什麼。

樓下檢查完，蘇唯又去了樓上幾個房間尋找，他來到青花的臥室，隨便看了一眼，正要離開，目光掠過化妝臺，腳步停住了。

昨天沈玉書好像在化妝臺前站了好久，他不可能是對女人的飾物感興趣，所以他當時會不會是發現了什麼？想到這裡，蘇唯立刻轉身回去，在化妝臺前翻找起來。

化妝品擺放得井井有條，桌上跟抽屜裡都沒有讓人感覺奇怪的東西，蘇唯把抽屜裡一個歪倒的迷你香水瓶扶正，關上後，抱著疑惑去了隔壁的工作室。

總感覺不對勁，但要說是哪裡有不對，他又說不出來。

心裡一旦有了疑團，就像是滾雪球，隨著時間的推移，疑團會越滾越大。

蘇唯在工作室裡翻找著，心思卻飄遠了，眼前的事物跟沈玉書的表情交替著閃過，他突然停下動作，啊了一聲，想到了不妥的地方在哪裡。

是沈玉書給他安排任務時的語氣很奇怪。

沈玉書跟他說話從來不會用請求式的口吻，他的交代總是平板又毫無風趣的，甚至是命令式的。

所以難怪沈玉書交代的任務那麼奇怪，他還會愉快地接受，那是因為沈玉書在請求他！也就是說，那不是平時的沈玉書，他說的話是言不由衷的，他的目的不是想讓自己幫他找東西，而是……

他在調虎離山！

想到了這個可能性，蘇唯在心裡罵了句髒話，不是因為沈玉書騙他，而是他沒想到自己一世聰明，居然被人用美男計騙到了！

「沈萬能你最好祈禱現在已經回家了，否則我不會放過你的！」

蘇唯氣憤地罵著，跑出了服裝店，鎖上門，朝萬能偵探事務所趕去。

沈玉書當然不可能在事務所，因為此時此刻，他正在白賽仲路，那間剛出了人命案的洋樓別墅裡。

雅克作為嫌疑人被收監後，這棟別墅也被封了，直到今天早上，這裡還有巡捕看守，但現在巡捕都撤走了，只留下鐵將軍把門。

沈玉書從圍牆外翻了進去。

他本來就會武功，自從認識了蘇唯，跟著他學了不少翻牆撬鎖的技巧，所以他輕易就進了院子，用蘇唯特製的鑰匙開了別墅的鎖，走進去。

別墅的窗簾拉著，裡面很陰暗，四下裡一片寂靜，是一種令人心寒的靜。

沈玉書打開了蘇唯常用的小手電筒，觀察著洋樓裡的狀況。

手電筒的光很亮，讓他可以輕鬆看清周圍的事物，窗簾都拉著，不必擔心會被人發現。

沈玉書先去了後門，眼眸瞇起，推測著凶手的心理，逐一檢查了後門門把、電閘、走廊、發生血案的客廳，最後又轉回後面的走廊，仰頭看向天花板。

天花板的顏色偏灰暗，盡頭靠牆擺放了一排花架，最上面的花盆連著枝蔓，幾乎高達天花板。

沈玉書找了把椅子，放到花架前，踩上去，用手電筒照向天花板。

天花板跟牆壁連接的地方被花草遮住了，沈玉書小心翼翼地把枝葉撥開，正如他所料到的，牆壁的上方露出了一個圓形彈孔。

那個消失的第七個彈孔。

果然是這樣。

推理被證實了，沈玉書心裡更有底了，他跳下椅子，把椅子放回去，又來到客廳。案發後，客廳被搜查過多次，所以沈玉書沒把時間浪費在現場勘查上，他直接走到浮雕前觀察起來。

手電筒的光芒照在浮雕起伏的波紋上，投出不同形狀的陰影，他看著浮雕，又對照照片裡的浮雕模樣，更加確定了自己的懷疑。

他把手電筒叼在嘴裡，繞著浮雕轉了一圈，又繞去另一面掛著掛鐘的地方，正如他先前所猜想的，掛鐘已經停止，指針停在上午十一點的地方。

沈玉書踮腳打開掛鐘的鐘蓋，拿出鑰匙開始逆向旋轉時針。

看來他最早的懷疑沒錯，這不是真正的掛鐘，而是用來掩飾機關的幌子，不過當時他還沒有摸到竅門，掛鐘本身無法啟動機關，但它可以開鎖。

開鎖的要訣一定設在某個時間點上，但那具體是幾點，他無法推測。

所以沈玉書開始從零點轉動時針，每轉一個鐘點，他就去浮雕牆壁的一側用力推動，如此反覆了七八次，在時針轉到四點整的時候，浮雕牆壁在他的推動下往旁邊移開了數寸。

客廳面積很大，一整面浮雕平行移動幾寸，根本不會引起注意，但是它的移動牽制了下面的機關，浮雕背面的某塊地板傳來響聲。

沈玉書順著響聲跑過去，掀開上面的厚地毯，就看到了一個洞口，洞口下有個簡易的樓梯，方便進出。

沈玉書順著樓梯走下去。

下面的空間比想像中的要小，像是地下室，附近可能設有通風口，所以空氣沒有很悶。靠牆擺放著幾個箱子，箱子都上了鎖，邊角包了銅片，看保管得如此嚴密，裡面放的應該是值錢的東西。

另一邊牆角有一對桌椅，沈玉書走過去，抹了下桌面。

桌面很乾淨，看來這裡常有人來，桌上放著算盤跟一本類似帳簿的厚厚冊子，旁邊還有一個煤油燈跟火柴。

沈玉書把手電筒放到桌上，拿起帳簿翻看，裡面沒有漢字，只是密密麻麻記錄著英文跟阿拉伯數字。

冊子太厚了，用手電筒照明很不方便，沈玉書拿了根火柴，把煤油燈點著，坐下來仔細翻閱，但裡面沒有什麼有價值的線索。

沈玉書連續看了幾頁，內容都是一樣的，像是用密碼記錄出來的，沒有密碼代號的話，很難看懂。

好奇心促使他繼續往後翻，希望通過重疊的數字推出其中的規律，但沒多久他就感覺到頭暈，胸口有些悶，像是缺氧的感覺。

直覺給沈玉書敲響警鐘，他匆忙合上帳簿，起身準備離開，但剛站起來就發現頭暈得更厲害了，呼吸不暢，無法站穩。

如果之前沈玉書還以為身體不適是空氣不流通導致的，那麼現在他已經很清楚自己被暗算了——有人在煤油裡放了有毒的物質，經由燃燒揮發出來，神不知鬼不覺地讓他中毒。

沈玉書雙手撐住桌子，轉過頭，果然就聽到腳步聲，有人從暗門入口走進來，站在樓梯當中。

他沒有下來，所以半邊身子都處於黑暗當中。

憑藉著尚有的意識，沈玉書隱約看到對方臉上戴著口罩，看來他不靠近，是擔心自己也中毒。

那個人開了口：「這是妓院裡常用的招數，專門對付一些剛買回來的貞烈女子，老鴇說這藥很有效，現在我信了。」

終於站不住了，沈玉書重重跌回到椅子上，他撐著力氣，勉強問：「你是知道我會來，所以特意做好了陷阱讓我跳嗎？」

「我從來不低估自己的對手，我知道這裡的祕密你或早或晚一定會知道的。」

聲音在沈玉書聽來有些縹緲，感覺到自己馬上就要陷入昏迷了，他苦笑道：「早知道我就該叫搭檔一起來的。」

「不，自負的人不會有搭檔，而且就算你的搭檔來了，結果也會跟你一樣。」

「如果你想殺我滅口的話，那就失策了，你的犯罪證據還在我手裡，我的搭檔早晚會找過來的。」

「我已經說過了，像你這種人是沒有搭檔的，我也不怕別人發現，因為這個案子明天就會結案了。」

「不能結案，兇手不是雅克，是……你……」

說這話的時候，沈玉書的意識已經開始遠去，恍惚中，他聽到腳步聲向自己靠近，那個人走過來，熄滅了煤油燈。

「擔心案子之前，你還是先擔心一下自己的命運吧。」

他將沈玉書揪到地上，掏出手銬，把他的雙手從後面銬住，又用繩子捆緊。

沈玉書已經暈過去了，任由他擺佈。

他把一切都做好後，拿起帳簿走了出去。

「要在上海灘當偵探，不是光靠幾分小聰明就行的，只可惜你沒時間後悔了。」

【第九章】

凶手近在眼前

端木衡問蘇唯：「有沒有人跟你說你是個很聰明的人？」

「沒有，因為大多數人都不想承認我比他們聰明，尤其是沈萬能，所以不管怎樣，我都一定要救他出來，證明我比他聰明。」

「這就是你迫切想救他的原因？」

「是的。」

「可是在我看來，你們根本就是一對。這裡也有不少斷袖之好的人，不過逢場作戲的居多，你也看到了，就算是夫妻也是貌合神離，像你這樣拚命去救對方的，我還是第一次見。」

蘇唯心急火燎地趕回偵探社。

回來之前他還抱了一絲希望，希望自己猜錯了。

但冷寂的空間打碎了他的希望——房子裡一片黑暗，沈玉書不在，暖爐冰涼，可見他離開很久了。

蘇唯把整個房子翻了一遍，沒有找到沈玉書，並且發現他的撬鎖道具跟LED小手電筒都不見了，這讓他更確信了自己的猜測。

好想揍人。

但前提是得有人揍。

好想有支手機。

但前提是這個世界得有通信網路。

所以最後蘇唯拋開了這些沒意義的期待，讓自己冷靜下來思索沈玉書的行為——他會去哪裡？為什麼要隱瞞自己？

想了半天沒想通，蘇唯忽然回過神來，發現他根本不需要特意去想，等沈玉書回來，直接問他不就行了？

希望沈玉書可以找到一個好的藉口，讓自己免去一頓揍。

蘇唯搓著拳頭去了自己的臥室，入睡之前他一直在考慮一件事，怎麼就沈玉書的欺瞞行為對他進行懲罰。

懲罰方法很快就想到了，但蘇唯卻沒有機會付諸實踐，因為那晚之後沈玉書就消失了，哪裡都找不到他。

真正意識到事態的嚴重性是在第二天早上，當蘇唯發現沈玉書還沒有回來時，他就知道事情不妙了。

沈玉書不是個做事沒分寸的人，尤其是在解決重要事件的時候，所以他的消失只意味著一件事——他遇到麻煩了。

蘇唯想到了失蹤的李慧蘭，還有那些神祕的偷襲者。

他的推理能力沒有沈玉書那麼強大，整個事件發展到現在，他其實仍然在雲裡霧裡，但直覺告訴他沈玉書出事了，而且隨時都會有生命危險。

如果說沈玉書做事是靠推理分析，那麼蘇唯則一切都遵循本能，一向是本能暗示他該怎麼做的時候，他就會去做了。

因為通常一個人最先感覺到的反應就是最準確的反應。

蘇唯沒心情吃早飯，他帶上自己的裝備，先跑去端木衡家詢問，順便試探他的底細。

端木衡還在用早餐，他看起來對沈玉書的失蹤毫不知情，聽了蘇唯的講述，表情變得很鄭重，匆匆穿上外衣，說去巡捕房打聽情況。

蘇唯跟他一起去了，但麥蘭巡捕房跟霞飛路巡捕房他們都問過，大家都說沒有看到沈玉書，昨晚也沒有發生任何事件。

端木衡拜託閻東山幫忙尋找沈玉書，兩人從巡捕房匆匆出來，趕去白賽仲路。

他們先去了青花的家。

青花的家附近有幾個便衣在轉悠，他們告訴端木衡從昨晚到今天除了巡捕房的人外，沒有其他人出現過。

洛逍遙跟另外一名便衣負責在青花家裡進行保護，為了不讓洛逍遙擔心，蘇唯沒跟他提沈玉書失蹤的事，找了個調查線索的藉口向他們詢問情況，但得到的答案跟外面巡捕的回答一樣。

青花跟葵叔在房間裡照顧父親，他們的精神狀態看起來都還不錯，蘇唯便跟青花寒暄了幾句，告辭離開。

走到門口時，洛逍遙追了上來，眼神在他們之間轉了轉，疑惑地問：「你們大清早的跑過來，是不是出什麼事了？」

小表弟平時都很遲鈍，沒想到會在關鍵時刻展現出他敏銳的直覺。

蘇唯有些頭痛，敷衍道：「你想多了，我們是在忙著查線索。」

「可是你通常都是跟我哥搭檔的，為什麼今天是跟大尾……端木先生一起來？」

「因為你哥正在雅克的別墅那邊做調查，我們就先過來了。」

「調查？」洛逍遙驚訝地看看他們，說：「不是要結案了嗎？」

這次換蘇唯驚訝。

「什麼結案？」

「我聽裴探員說弗蘭克請律師跟警務處做了交涉，因為沒有確鑿的證據指證是雅克殺人，所以只要交一筆保釋金，就可以保釋他出來了，這種處理方式我見多了，統統都是大事化小小事化了，最後不了了之。」

「已經確定了？」

「八九不離十吧，弗蘭克是董事，公董局的人不看僧面還看佛面呢，他都交錢了，還能拿他怎樣？」

端木衡皺起了眉。

「孫涵也同意了？」

被問到，洛逍遙的表情變得微妙起來，壓低聲音說：「聽說他那邊也疏通過了，一定給了他不少好處，所以他什麼都沒說，現在就等著放人了……」

「不能放！」蘇唯本能地叫道。

其他兩人都奇怪地看過來。

蘇唯揉揉額頭，他現在腦子有點亂，無法解釋原因，但直覺告訴他雅克不可以放出來，否則將會很糟糕。

他會這樣想並不是已經確定凶手就是雅克了，而是……

而是什麼，偏偏後面的部分他就是想不明白。

習慣了蘇唯時常狀態外的行為，洛逍遙沒當回事，低聲叮囑道：「你告訴我哥，讓他一定要小心，裴探員說那些都是喪心病狂的歹徒，他們身上不僅有槍械武器，還有炸彈，非常危險。」

不用提醒沈玉書了，他想沈玉書現在比任何人都知道那幫人的危險性。

蘇唯自嘲地說：「就是一群反社會分子。」

其他兩人又沒聽懂，一起看向蘇唯。

有那麼幾秒鐘，蘇唯感到了寂寞，因為平時遇到這種情況，沈玉書都會幫他做出解釋的。

「就是說歹徒影響了社會的安定團結，所以務必要將他們捉拿歸案。」

蘇唯信口胡謅完後，探頭看看屋裡，小聲問洛逍遙：「他們一直沒出去過？」

「除了葵叔昨晚去取藥外，他們都沒離開。」

看到蘇唯皺起眉，洛逍遙急忙解釋道：「葉老爺子的藥剛好吃完了，葵叔只好去取，藥鋪離這裡很近，我們又有巡捕跟著，所以沒事，相信那些暴徒也不至於為難一個下人。」

「取什麼藥？」

「好像是治療心臟方面的，具體的我就不清楚了，是一家叫康健的西藥店，步行十分鐘就到了。」

從青花家出來，端木衡問蘇唯：「你怎麼不實話實說？」

蘇唯解釋道：「逍遙心裡藏不住話，他知道就等於小姨跟洛叔都會知道，回頭沈萬能一定罵死我。」

「聽你的口氣，好像篤定可以找回他。」

蘇唯停下腳步看過去。

接收到他的不悅，端木衡說：「我只是好奇，你說得這麼肯定，是不是已經心裡有底了？」

「沒有，只不過我要讓自己認為有。」

因為如果少了這份自信心，他怕他無法冷靜地做出判斷。

兩人來到雅克的別墅。

巡捕都已經撤掉了，大門緊閉，蘇唯敲了門，但沒人回應。

昨晚沈玉書是不是來過這裡？

蘇唯不敢肯定，但他相信沈玉書一定是發現了什麼祕密，才會臨時設定計劃，他只是不明白為什麼他要特意隱瞞自己？

也許想到了他隱瞞的原因，就可以知道沈玉書遭遇了什麼事件。

「如果你想私自進去查，我不建議是現在。」

覺察到蘇唯的意圖，端木衡提醒道：「既然弗蘭克已經上下打通了關係，他肯定不希望節外生枝，你要小心他反咬一口，利用你的行為給公董局施壓。」

「可我是他雇傭的偵探，我的行為不該由他來負責嗎？」

「你別忘了雇傭你的是秦律師，你有證據證明你的雇主是他嗎？」

蘇唯語塞了，半晌，恨恨地說：「我現在明白他為什麼沒有親自出面了。」

「公董局的那些董事個個都是老狐狸，要小心提防才行啊！」

端木衡說得有道理，蘇唯只好暫時放棄搜查，在往回走的路上，他看到了洛逍遙說的那家西藥店。

西藥店建在路口拐彎的地方，透過玻璃窗戶，蘇唯發現裡面很冷清，只有一名中年人在看店。

西藥見效快，但相對來說，價格也很昂貴，所以這裡的生意不如洛家藥店是很正常的。

下一站他們去的是孫涵的家。

孫涵沒上班，他請了幾個親戚來幫忙處理妻子的後事。

蘇唯跟端木衡進去的時候，就見一些僕人正在忙著搬運葬禮上需要的物品，裡裡外外的氣氛很低沉，誰都不敢大聲說話。

至於孫涵，他的臉色應該說是裡面最難看的一個。

妻子被殺，做丈夫的應該很悲憤，但由於事件的起因很不光彩，所以比起悲憤來，孫涵表現更多的是沉鬱。

胡君梅的家人也不在，蘇唯問了才知道，她的父母正忙著跟巡捕房交涉索要屍首，又懷疑凶手是孫涵，所以在跑來罵了他一頓後，就再沒出現。

孫涵說完，恨恨地道：「我真後悔當初沒幫她買份保險。」

「原來這個時代已經有人壽保險了。」

蘇唯脫口而出，看到其他兩人奇怪的目光，他才發現失言，呵呵笑著掩飾，趕緊轉移話題：「我的意思是幸好孫先生你沒投保，否則大家就更會懷疑是你為了保險金雇凶殺人了。」

孫涵臉上露出不屑的表情，呵呵笑了兩聲。

蘇唯說：「你好像不信我說的話。」

「那倒沒有，只不過誰是凶手，明眼人都看得出來。」

「是誰？」

「除了雅克還有誰？他如果真沒問題，他叔叔會這麼急著花大筆的保釋金保釋他？你特意來找我，不也是擔心我不接受他們提的條件嗎？」

「看來那個條件你很滿意，如果今後都因此仕途順暢，那比賺保險金強多了。」

「是的，所以我同意了，你們與其在這裡跟我浪費口水，不如先去擺平我的岳父母吧，他們現在大概又去鬧了。」

聽到這裡，端木衡插嘴道：「他們再鬧也沒什麼用，那些人有辦法讓他們妥協，別忘了公董局底下養的除了巡捕外，還有不少黑幫。」

蘇唯點頭，「所以那邊我就不指望了，我希望你能幫忙。」

「幫忙？」孫涵瞪大眼睛，奇怪地說：「我不是已經說我接受條件了嗎？」

「不，我希望你不接受，你是被害者的丈夫，你最有發言權，而且以你的身分，只要你堅持，公董局也不敢光明正大地維護弗蘭克。」

孫涵滿臉的不可思議，問：「你到底是哪邊的人？」

「我哪邊的都不是，我只想找出真相——我的搭檔失蹤了，我懷疑跟這個案子有關，所以在我找到他之前，不能結案。」

「你的搭檔？就是那天跟你一起來的高個子？」

——我也是高個子好吧，我的個頭就算是放在當代的模特界，也是高個子！

蘇唯在心裡憤憤不平地吐槽，又起了揍沈玉書的心思——真是很糾結的感情，急著揍對方，又擔心他會出事。

他咬牙切齒地說：「不錯，就是那個『高個子』失蹤了，隨時都會有生命危險，所以雅克絕對不能放出來，你妻子的死因你可以不管，但你不能不管我搭檔的死活，也就是說——你不可以接受弗蘭克提出的交換條件。」

「我不懂你的意思，你搭檔的失蹤跟雅克會不會被放出來有什麼關係嗎？」

「我也不知道，但直覺告訴我不可以，我的直覺一向很靈，我寧可相信，也不能賭。」

「我為什麼要幫你？」

「你幫我，我欠你這個情，將來一定會還，但如果你不幫，我敢保證，我絕對讓你在上海灘混不下去。」

聽到這裡，孫涵笑了。

「就憑你？」

蘇唯不說話，目光看向端木衡，端木衡向前站出一步。

「那麼憑我呢？」

孫涵的表情有點微妙，他沒有馬上否定，但也沒有點頭的意思。

端木衡說：「孫先生你是個聰明人，應該明白你現在的立場，妻子死了，你這麼簡單就妥協了，將來這件案子破了還好，如果破不了，那麼大家都會認為你才是凶手，你今後想在警察廳好好混下去，就最好別給政敵攻擊你的口實，就算裝裝樣子，也不該這麼快就答應結案。」

他這番話說得很誠懇，孫涵被說動了心，想了想，說：「既然端木先生開口了，那這個面子我怎麼都得給，不過我只是警察廳的一個小職員，上面施壓了，我也不能公然違抗，我只能找藉口拖延，而且最多拖延一天，這是我能做的最大協助。」

端木衡看向蘇唯，蘇唯點頭。

「哪怕一天也好，謝謝孫先生幫忙，放心吧，我一定會找出殺害尊夫人的真兇。」

他說完，轉身跑了出去，端木衡也跟孫涵告辭，看著他們的背影，孫涵苦笑道：「其實真兇到底是誰，我並不在意。」

蘇唯走得很快，端木衡出去時，發現他已經走得很遠了。

端木衡加快腳步跟上，他還沒開口，蘇唯先作出指示。

「可以麻煩你去跟裴探員談談看嗎？看用你的關係能不能拖延雅克被保釋的時間，雙管齊下，讓弗蘭克沒那麼容易把他的侄子接出去。」

端木衡沒說話，蘇唯停下腳步，看他。

「有問題？」

「沒有，只是頭一次被人下指令，有點不習慣。」

「沒關係，今後你會很習慣的。」

這話說得很欠揍，不過端木衡好脾氣地沒嗆他，改問道：「不知道綁架玉書的人會不會就是綁架李慧蘭的那夥人？」

蘇唯摸著下巴陷入沉思，端木衡劍眉微挑。

「我說對了？」

「不，你錯了。」

「為什麼你敢這麼確定？」

「沒有為什麼，是直覺這樣告訴我的。」

「哈哈，現在我明白為什麼你特意讓我隨行了。」

端木衡說完，抬步往前走去，蘇唯追上。

「啊，我只是想借借東風，被看出來了？」

「有沒有人跟你說你是個很聰明的人？」

「沒有，因為大多數人都不想承認我比他們聰明，尤其是沈萬能，所以不管怎樣，我都一定要救他出來，證明我比他聰明。」

「這就是你迫切想救他的原因？」

「是的。」

「可是在我看來，你們根本就是一對。」

「啊？」

「別這麼驚訝，這裡也有不少斷袖之好的人，不過逢場作戲的居多，你也看到了，就算是夫妻諸如孫涵跟胡君梅，也是貌合神離，像你這樣拚命去救對方的，我還是第一次見。」

「等等，我想你搞錯了，你會這樣說，是因為你沒有朋友，所謂朋友呢……」

「所以看在你們堅貞感情的份上，我一定會幫忙的。」

「我說你這個人……」

話到嘴邊，蘇唯頓住了，因為他留意到端木衡最後說的那句話——他跟沈玉書到底是朋友是搭檔還是斷袖，這都不重要，重要的是端木衡可以因此用心幫忙。

「那就……」他堆起笑臉，向端木衡說：「拜託你了。」

兩人在路口分了手，端木衡趕去巡捕房聯絡裴劍鋒，蘇唯回事務所，因為他想到沈玉書或許留了線索在事務所裡，只是他急著找人而忽略了。

跟他離開時一樣，事務所裡冷清清的，蘇唯進去做的第一件事就是先把火爐點起來，然後往手心裡哈著氣去實驗室。

「這種天氣，我也想跟花生醬那樣冬眠，但悲劇的是我卻要做事。」

蘇唯一邊抱怨著，一邊檢查實驗臺上的那一大堆照片。

乍看上去，照片像是胡亂擺放的，但仔細留意就會發現有幾張背景相同的放在最上面。

蘇唯把照片拿出來，放去另一邊的桌上對照查看。

有幾張的背景是走廊，光線不好，背景顯得很昏暗，有一張還是雲飛揚拍廢的，焦點模糊了，天花板上的花紋都無法看清。

看到它，蘇唯啊了一聲，一瞬間，他什麼都明白了。

昨晚潛入者開槍向他們警告時，子彈也是往上射的，正是因為如此，沈玉書才聯想到了消失的第七個彈孔，所以他才會急著跟雲飛揚要照片來確認。

看來沈玉書順利找到凶手留下的漏洞，可為什麼彈孔是在走廊上？如果凶手是想開槍警告的話，不需要特意跑去走廊啊。

而且沈玉書也沒必要隱瞞他這個祕密。

所以一定還有其他的原因。

彈孔找到了，剩下的是彈殼，可是現場沒有第七個彈殼。

那些巡捕平時雖然很混，但他們個個都是老油條，事件的輕重他們還是明白的，在這件事上他們不敢懈怠，他們沒有找到，就證明當時現場真的沒有。

也就是說有人拿走了那個彈殼。

從案發到他們出現，時間間隔很短，能拿走的只能是凶手，會不會是雲飛揚看到的那個無臉鬼？

如果是，那前提是雲飛揚沒有說謊。

這一點蘇唯不敢保證——如果有人騙過他，他可以原諒對方，但絕對不會再選擇相信，這是他做人的原則。

就是不知道如果是由沈玉書來推理的話，他會怎樣想？

短短的幾分鐘裡，無數個可能性跟疑惑在蘇唯腦海裡交替旋過，他翻看著其他照片，突然，目光停在一張照片上。

照片裡拍的是洋樓客廳的那面浮雕。

雲飛揚是上午拍的，當時窗簾都拉開了，陽光穿過玻璃射進來，照在浮雕上。

上面依舊是蘇唯看不懂的圖形，但有個奇怪的地方他留意到了。

浮雕紋路本身沒有問題，有問題的是它的位置。

蘇唯拿著照片跑出實驗室，站在走廊窗前，迎著外面的陽光舉起照片觀察，放下，接著又舉起來，又放下，如此反覆了數次。

「我懂了，原來如此！」

終於找到了解開密碼的鑰匙。

蘇唯想通了沈玉書會獨自探險的原因，他跑回實驗室，在一堆照片裡翻找，果然成功地找到想要的照片。

他把照片收好，又去找其他的線索。

沈玉書做的取樣跟化驗結果都放在顯微鏡旁邊，但結果報告上的字很潦草，寫滿了各種蘇唯看不懂的符號，於是他決定放棄，專心找自己需要的東西。

但是實驗室裡沒有，會客室跟休息的房間也沒有。

蘇唯在房子裡轉了一圈，走進茶水間，櫥櫃裡的茶葉罐並排放了好幾排，看到茶葉罐，蘇唯眼睛亮了。

罐子都是一樣的，上面也都沒有寫茶葉種類，但直覺告訴蘇唯這些罐子被動過了，會做這種事的人只有沈玉書。

他打開櫃門，循照著沈玉書的思維找起來，沒多久就找到了，拿起一個罐子晃了晃，茶葉的晃動聲跟其他罐子的明顯不同。

裡面的茶葉裝得很滿，蘇唯打開罐子，在茶葉裡摸了摸，果然摸到了一個硬硬的東西，他抽出來，卻是個很小的玻璃試管。

看到裝在玻璃試管裡的鋼筆，蘇唯笑了起來，他需要的東西找到了。

「我就知道你會留線索給我的，等著我去救你吧，沈萬能。」

入夜，白賽仲路的高級住宅區籠罩在黑暗之中。

今晚月色不好，連路燈的燈光也像是失去生氣，在夜中散發出淒慘慘的光芒。

已是深夜，居民都已沉入夢鄉，周圍一片寂靜，就在這時，一道黑色身影穿過夜色，步伐矯健，很快就來到了雅克的別墅門前。

他仰頭看了一眼圍牆裡的洋樓，往後退了幾步，藉助跑攀上圍牆，雙手在牆上一撐，輕鬆翻了進去。

習慣了這樣的夜間活動，他落地時悄無聲息，跑到洋樓的正門前，掏出道具，將門鎖打開。

進去後，黑影把門關上。

洋樓裡面拉著窗簾，門關上後，一點光線都進不來，他環視四周，拿出夜視鏡戴了上去。

「盜懷錶時拿了夜視鏡，一定是我這輩子做出的最聰明的決定。」

蘇唯感歎著，邁步走向後面的走廊。

照著照片上顯示的位置，蘇唯很快就找到那個彈孔。

它被花草遮住了，蘇唯撥開草蔓，發現有一節蔓條斷掉了，看來沈玉書曾跟他一樣檢查過這裡，也做出了跟他一樣的結論。

接著蘇唯又來到客廳，先觀察了一遍浮雕，然後走到浮雕的右邊，雙手按住浮雕牆壁向前推，但推了半天，浮雕都紋絲不動。

不可能啊。

沈玉書一定是發現了浮雕有問題，才會連夜來調查，難道是他判斷錯了？

蘇唯皺起眉，又轉去浮雕的另一邊，準備反方向推動，誰知就在這時，室內突然亮起燈光，他的眼睛被光芒閃到，情不自禁地伸手遮擋。

耳旁傳來雜遝的腳步聲，等蘇唯的視力緩過來，把夜視鏡移到頭頂時，他看到自己周圍站滿了持槍的巡捕。

閻東山帶隊，他身旁是裴劍鋒跟一個洋人，正是雅克的叔叔——弗蘭克・德波利尼亞克。

「凶手果然是他，快抓住他！」弗蘭克指著蘇唯，大叫起來。

看到整齊劃一指向自己的槍口，蘇唯只好從善如流，舉起了手。

「可以告訴我，為什麼三更半夜的，你們都跑到凶案現場來？」他問裴劍鋒。

裴劍鋒走到他面前，一臉嚴肅地說：「這句話應該我來問你，作為一個外人，為什麼你要深夜潛入？」

蘇唯還沒回答，弗蘭克搶先說：「這還用問嗎？當然是因為他就是凶手，他想找回遺留在現場的證物。」

「哈哈，弗蘭克先生，你好像忘了，請我來調查雅克一案的是你，怎麼一轉眼我竟然變成凶手了？」

「你一定想不到，我就是懷疑你是凶手，才會接受建議，讓秦律師去委託你查案，這樣你才會露出馬腳，你看，現在你不是露出馬腳了嗎？」

端木衡沒說錯，這傢伙果然是翻臉不認人。

還好弗蘭克的反應在蘇唯的預料之中，所以他沒驚慌，對裴劍鋒說：「我是來找線索的，我被委託調查雅克的案子，既然有線索了，那我臨時進入凶案現場，也是情理之中的吧？」

這番話說得非常合理，裴劍鋒點點頭，表示理解他的立場。

蘇唯馬上又說：「所以是不是可以先把槍放下，我們有話慢慢說。」

裴劍鋒舉起手，正要示意巡捕們放下槍，弗蘭克不樂意了，「不行，密報說今晚凶手會來，現在他來了，所以他一定是凶手，你們馬上帶他去巡捕房。」

蘇唯無視了他的叫囂，問裴劍鋒：「什麼密報？」

「今天傍晚有個男人打電話來巡捕房，是閻頭接的電話。」

裴劍鋒看起來還是偏向蘇唯的，他用下巴指指閻東山。

閻東山說：「那人說今晚凶手會潛入現場作案，讓我們多加防範，我們就來了，沒想到還真……」

他看了一眼蘇唯，沒有說下去。

弗蘭克接著說：「我也接到了相同的警告電話，所以我請裴探員帶人來埋伏，準備甕中捉……」

蘇唯不想當烏龜，所以他及時打斷弗蘭克的話。

「密告者的目的暫且不說，他說凶手今晚會來，不等於說來的人就一定是凶手啊！」

「別忘了發生凶案的那晚，你是第一個到達現場的，其實你根本不是最早到達，而是你從一開始就在，你入室偷竊，被死者發現，就殺了她，嫁禍給雅克，否則你的住所不在這邊，怎麼會這麼巧地在凶案發生之後出現？」

「因為那晚我們接受了委託，來附近查案。」

「是什麼案子，委託人是誰？」

「業務機密，恕難奉告。」

「不是不能奉告，是你說不出來吧？」

弗蘭克衝他發出冷笑。

「我已經聽說了，你所謂的那個委託人失蹤了，其實她不是失蹤，她根本就是你們杜撰出來的。」

聽著弗蘭克陰陽怪氣的腔調，蘇唯突然很想衝他的大鼻子上揍一拳。

「說了這麼多，你有證據嗎？」他反問弗蘭克。

弗蘭克語塞，不給他反駁的機會，蘇唯馬上又說：「可是我有證據證明你有問題。」

弗蘭克臉色一變，馬上衝裴劍鋒揮手，喝道：「不要聽他胡說八道，快把他帶去巡捕房，好好審問。」

弗蘭克是公董局的董事，裴劍鋒不方便當眾違抗他，只好對手下人示意，讓他們抓住蘇唯。

巡捕都帶了槍，蘇唯好漢不吃眼前虧，他沒有反抗，而是叫道：「給我十分鐘……不，給我五分鐘的時間，我把證據找出來。」

「誰要聽你在這裡信口雌黃？」

蘇唯第一次這麼討厭說成語說得這麼順口的外國人，胳膊被架住，他急忙叫道：「是不是信口雌黃，聽我說完就知道了。」

可惜那些巡捕不聽他辯解，抓住他往外拖，蘇唯掙扎個不停，但奈何他掙扎得越厲害，就被抓得越緊，閻東山湊到他耳邊，小聲說：「你就別跟洋人爭了，先去了巡捕房再說。」

「我不能去的！」

蘇唯被幾個人拖著向外走，眼看掙脫不掉，他情急大叫道：「凶手就是弗蘭克，他把我的搭檔，就是沈玉書關在密室裡，如果我被帶走了，回頭他就會幹掉沈玉書的，你們千萬別上他的當！」

蘇唯的叫聲太響亮，屋子裡的人都聽得清清楚楚，大家本能地看向弗蘭克，那幾個拖他的巡捕也停了下來，等待裴劍鋒的指令。

被眾人注視，弗蘭克的臉色變了，叫道：「別聽他胡說八道，我怎麼可能是凶手？快把他拖走！拖走！」

他向裴劍鋒強硬地下令，裴劍鋒卻沒有馬上執行，蘇唯趁機說：「相信我，給我五分鐘，我一定找出沈玉書，等我找到了，就能證明這傢伙是凶手了！」

「我命令你，馬上拖走他！」

弗蘭克比蘇唯更大聲，指著裴劍鋒的鼻子叫道：「還不馬上執行任務，你是不是不想在租界裡混了？」

被當眾斥責，裴劍鋒的面子掛不住，但他又無法違抗弗蘭克的命令，揮揮手，示意手下將蘇唯帶走。

蘇唯雙拳難敵四手，他被幾個大漢架住往外拖，眼看著反抗不了，他心想事到如今，只能用一招了，那就是……

小巧的電擊器從蘇唯的袖子裡落下，他抄手拿住，打開電源，往其中一個巡捕身上輕輕一戳。

嗷的叫聲傳來，那個中招的巡捕頓時撒開了手，顫抖著蜷起來倒在地上。

其他人不知道怎麼回事，都情不自禁地放鬆手勁，蘇唯趁機身子一竄，跑到了閻東山身邊。

沒等閻東山反應過來，手槍已被蘇唯奪了過去，又順手扣住弗蘭克的脖子，將槍口指在他的太陽穴上。

情勢頓時逆轉了。

弗蘭克頓時成了人質，氣得哇哇大叫起來：「你們看！你們看！我就說他是凶手吧，他果然是！」

「你閉嘴！」

蘇唯用槍重重頂了他的腦殼一下，其他巡捕看到這個情況，都舉槍對準他，蘇唯沒在意，拖著弗蘭克回到客廳。

裴劍鋒倒是很冷靜，對蘇唯說：「不要衝動，有話慢慢說，先把人放了。」

「想讓我放人很簡單，先讓我搜房子，如果我沒搜到，甘受處置。」

裴劍鋒還沒回應，弗蘭克搶先道：「不行，這裡的東西都價值連城，他根本是想趁亂搶東西，他不敢開槍的，快抓住他！」

弗蘭克說對了，蘇唯還真不敢開槍，但他又不能放了弗蘭克，否則他連唯一的機會也沒有了。

看著眼前劍拔弩張的局勢，他不由得皺起眉，暗自懊惱自己的大意，左手攥緊電擊器，正準備給弗蘭克也來一下，忽然間外面燈光大亮，一夥人衝了進來。

那些人身穿軍裝，個個手裡都帶著槍，氣勢威嚴，從行動步調上明顯可以看出是久經訓練的軍人，跟他們相比，裴劍鋒這邊的人在氣勢上立刻就輸了一大截。

帶隊的也是一位身穿軍裝的軍官，他反背雙手，大踏步走進來，站到蘇唯身邊。

見慣了端木衡平時長袍馬褂跟西裝的儒雅打扮，乍然看到他一身軍裝，凜凜生威，蘇唯愣了一下才確定他是端木衡。

端木衡環視了一下屋子裡的眾人，示意蘇唯放人。

端木衡帶的兵沒有很多，但遠遠勝過那些巡捕，蘇唯放了心，放下槍，將弗蘭克推開了。

他湊近端木衡，小聲說：「沒想到你穿起軍裝來這麼帥。」

「難道你不該驚訝為什麼我會這麼及時趕到嗎？」

「我以為像你這麼聰明的人，就算我想瞞，也瞞不過去的。」

所以蘇唯從一開始就沒打算隱瞞，但他也沒有特意跟端木衡透露自己的計劃，在這個局勢混亂的租界裡，除了沈玉書，他不敢相信任何人。

端木衡的目光掠過蘇唯的電擊器，說：「你身上好像總有各種奇奇怪怪的東西。」

「不要問我為什麼，我自己也不知道。」

弗蘭克被推了個踉蹌，幸好被裴劍鋒扶住，才沒有跌倒，他氣得指著端木衡，叫道：

「你居然敢幫殺人凶手，你到底想幹什麼？」

憤怒沒有傳達給端木衡，他背手在客廳裡踱步，微笑說：「現在有證據證明蘇唯是凶手嗎？就憑一通匿名電話？」

「至少可以證明他有問題。」

「要證明他是不是凶手很簡單，既然他堅持說沈玉書被關在這裡，那就讓他找，他如果找不出來，就可以證明他在說謊了，如果弗蘭克先生你堅持不讓他找，反而讓大家認為你做賊心虛是不是？」

弗蘭克語塞了，但馬上就說：「不是，是這裡的古董都價值連城，如果被搞壞了，他賠得起嗎？」

端木衡臉色沉了下來，突然大聲喝道：「他弄壞一個，我就賠你一個，你想要原模原樣的，我就賠你原模原樣的，幾件古董，我還賠得起！」

蘇唯有點明白為什麼洛逍遙會說端木衡喜怒無常了。

他第一次看到端木衡發怒，短短的幾句話就輕易鎮住了全場，別說裴劍鋒跟那些巡捕了，就連弗蘭克的囂張氣勢也消散一空，不敢再說什麼。

看著這一幕，蘇唯忍不住想——這個人絕非池中物，將來不管他想做什麼，大概都可以唾手可得吧。

關鍵時刻，裴劍鋒出面開口。

他站到雙方當中，說：「大家都冷靜一下，既然都是想早點查清案情，那不如就各讓一步，讓蘇唯搜一下，到時我們用證據來說話，如何？」

端木衡傲然道：「我沒問題。」

他都這樣說了，弗蘭克也只好點頭，卻對他道：「假如搜不出來，你可不要怪我去公董局投訴你濫用職權。」

「假如搜出來了，那弗蘭克先生也不要怪我翻臉不認人。」

雙方舌劍唇槍，誰都不讓誰，裴劍鋒一看不好，急忙給蘇唯使眼色，讓他趕緊開始，速戰速決。

蘇唯不敢怠慢，將手槍還給閻東山，向他道了歉，又急匆匆地跑去浮雕牆壁的一邊。

端木衡趕緊過去，其他人出於好奇心，也跟在後面。

蘇唯雙手按住浮雕牆壁，將它向前平行推動，對端木衡說：「看來你一早就來了。」

「沒有很早，只是剛剛好。」

「那你能不能剛剛好地幫我一下忙。」

端木衡沒有自己動手，但他讓手下幫忙了，幾個人協助蘇唯一起推牆，可是忙活了半天，浮雕紋絲不動。

弗蘭克在旁邊看著，譏笑道：「不要再裝模作樣了，這堵浮雕是死的，根本推不動。」

蘇唯不理他，轉去浮雕的另一邊，讓大家跟他一起推，但依然沒有結果。

看到眾人的目光全部盯著自己，蘇唯有點急躁，他順著浮雕牆壁繞了一圈，最後轉到掛著油畫跟古鐘的牆壁前。

弗蘭克跟著他走過來，冷冷道：「我勸你還是不要再在這裡拖延時間了，承認自己是凶手，趕緊結案吧。」

「這麼急著結案，是擔心我發現機關嗎？」

「哪、哪有？」

「沒有的話，你跟得這麼緊幹什麼？」

蘇唯衝他冷笑一聲，踮腳打開了鐘蓋，看看還在跑動的掛鐘，他說：「時間走得不對，鐘都舊了，還不換掉，也不修理，這很不合常理啊。」

「你不要土包子了，這是古董鐘，當然不可以隨便修整。」

「你當我沒見過古董是不是？我告訴你，一件物品是不是古董，我閉著眼都能摸出來，這個掛鐘是障眼法，它才是打開機關的鑰匙，那堵牆不過是大門。」

蘇唯說完，戴上手套，從口袋裡掏出玻璃試管，取出裡面的鋼筆，將鋼筆細的那頭刺入上弦的孔中。

鋼筆頂端跟上弦孔的直徑接近，沈玉書又對這管筆很重視，所以蘇唯篤定它就是機關鑰匙，誰知預測失準，鋼筆沒有順利插進去，而是在半路被卡住，從孔裡落下來，掉到了地上。

啪嗒……

空間傳來輕微的響聲，但聽在蘇唯耳中，卻如同驚雷，他沒想到自己竟然出錯了，轉頭看看周圍，眾人的表情也很呆滯，顯然沒有順利消化眼下的狀況。

趁著大家還沒反應過來，蘇唯趕緊撿起鋼筆，準備放回玻璃試管裡，手臂卻被拉住了，弗蘭克衝上來搶奪鋼筆，叫道：「你果然是凶手，這是我的筆，為什麼會在你這裡？」

「你不要血口噴人，這是我在案發現場找到的，是可以證明誰是凶手的證據。」

「你怎麼證明？」

緊急關頭，蘇唯解釋不出來了，直覺告訴他鋼筆一定跟本案有著密切關係，他還以為它是鑰匙，但現在看來，他犯了個大錯誤。

他雙手抱頭，閉上眼，用力琢磨是哪裡出錯了。

弗蘭克見他不說話，更加得意，指著他叫道：「你根本就不知道，你只是在拖延時間，還弄壞了我的鋼筆！」

他還想奪筆，被蘇唯一把推開。

「不要吵，給我五分鐘，馬上給你滿意的回答。」

「五分鐘改變不了你是凶手的事實！」

蘇唯不理會他的叫囂，收好鋼筆，垂眸深思。

弗蘭克還試圖上前糾纏，被端木衡示意手下抓住了，其中一個掏出手絹，很不客氣地塞進了他的嘴裡。

弗蘭克氣得想罵人，但嘴裡被塞了東西，什麼都說不出來。

其他巡捕看到他狼狽的樣子，都忍不住憋笑，弗蘭克更是憤怒，瞪大眼睛衝端木衡發出嗚嗚的聲音，端木衡置之不理，目光一直放在蘇唯身上。

這滑稽的一幕完全沒有影響到蘇唯，他站在原地沉思，忽然想到了什麼，抬起頭，伸手去轉掛鐘裡的時針。

時針轉去了十二點那裡，蘇唯轉完後又去浮雕牆壁的兩邊推動，其他人不知道他在做什麼，都靜靜地觀望。

浮雕沒有移動，蘇唯回到掛鐘前，把錶針按順時針轉了一圈，又去推牆，這樣來往反覆了幾次，但牆壁仍舊沒有可以移開的跡象。

蘇唯額頭上開始冒汗了，他停止了這種機械性運動，仰頭看著掛鐘，揣摩假如現在是沈玉書的話，他會怎麼做。

沒有端木衡的命令，其他人也不敢做聲，裴劍鋒跟閻東山的表情很緊張，盯著蘇唯，想知道下一步他要做什麼。

弗蘭克終於忍不住了，他掙脫了士兵的壓制，把手絹扯出來，正要開口大罵。

蘇唯突然轉頭看向他，目光炯炯有神，跟剛才的形象判若兩人。

弗蘭克一愣，蘇唯用手指比在嘴唇上，說：「噓！有聲音！」

弗蘭克左右看去，虛張聲勢地說：「哪有聲音，是，是老鼠……」

「不是，是信號，是沈玉書給我發的信號。」

「你魔障了嗎……」

弗蘭克還要再說，蘇唯給端木衡打了個手勢，端木衡立刻讓手下抓住他，又將手絹塞進了他嘴裡。

叫囂被制止了，客廳裡頓時靜下來，大家隨著蘇唯側耳傾聽，果然就聽到有聲音傳來，聲音很微弱，斷斷續續的，無法判斷是哪裡發出的。

「會不會真是老鼠？」

閻東山小聲說，馬上就被端木衡用眼神制止了，他聽了一會兒，發現聲音有連貫性跟節奏性。

咚……咚咚……

像是有人在持續敲打牆壁發出的聲響。

端木衡不知道這些聲音代表了什麼，但他看到蘇唯緊繃的表情漸漸緩和下來，眼中露出喜色，忍不住問：「那是什麼？」

「你聽過摩斯密碼嗎？」

蘇唯笑著向他問道，沒等端木衡回答，他便衝到掛鐘前，大聲說：「那是沈玉書發出的摩斯密碼，他在說需要逆時針轉動時針，轉到四點整的位置上，牆壁就能推開了。」

一屋子的人，除了端木衡以外，誰都沒聽過摩斯密碼，閻東山小聲嘀咕：「什麼東西這麼神奇啊，聽咚咚咚就能聽出這麼多玩意兒？」

「摩斯密碼是一種傳達情報的通訊方式。」

端木衡解釋道，但他也只是聽說，沒有親眼見過，不由得對蘇唯的行動充滿好奇。

蘇唯用手指迅速反方向撥動時針，在時針轉到四點時，他跑去浮雕牆的一邊用力推。看到他的動作，弗蘭克臉色白了，想要過去阻止，卻被那些士兵按住了，動彈不得。

這一次浮雕被順利移開，靠近牆角的地方發出輕微響聲，地毯下的某一處突然凹陷，站在附近的兩名巡捕腳下一滑，差點掉下去。

蘇唯立刻跑過去，把巡捕推開，掀開厚重的地毯，就見下面露出一個正四方的入口，入口下面連著很窄的樓梯。

「手電筒！」

他大聲叫道，旁邊一名巡捕急忙把隨身帶的手電筒遞過去，他接了，拿著手電筒衝下去。

端木衡緊跟在後面，接著是裴劍鋒跟閻東山等巡捕。

下面是個空間不大的地下室，藉著手電筒的光芒，蘇唯看到靠在牆上的人。

他全身都被麻繩綑住，雙手反銬在後面，像是暈過去了，頭垂得很低，但是從衣著跟髮型可以確定是沈玉書。

似乎覺察到他們的到來，沈玉書緩慢抬起頭。

蘇唯上前扶住他，就見他目光渙散，神志恍惚，一副糟糕透頂的樣子。

他伸手在沈玉書的臉頰上用力拍打了幾下，問：「他給你吃了什麼？」

「沒什麼……是吸了很多……麻醉……神經的藥……」

沈玉書的聲音聽起來有氣無力，但至少他還保持清醒，蘇唯忍不住吐槽。

「我很想知道，你神經都被麻醉了，還怎麼發得出摩斯密碼？」

「看後邊。」

蘇唯扶起沈玉書，看向他身後，就見他的手腕被銬住了，袖口附近全都是血。

蘇唯嚇了一跳，急忙從口袋裡掏出小鐵絲，把手銬撬開了。

他的動作太粗魯，沈玉書被弄痛了，嘟囔道：「輕點……」

看到他這個樣子，蘇唯很生氣，偏偏眼下這個狀況，他沒辦法發脾氣。

他把手銬取下來丟到一邊，抬起沈玉書的手腕。

沈玉書的雙手手腕被利物割到了，腕子上跟袖口上鮮血淋漓，還好傷口不深，雖然看起來很恐怖，但只是皮肉傷。

蘇唯檢查著他手腕上的傷，問：「有沒有搞錯，你在人家凶案現場搞自殺？」

「不……是綿裡針……而已。」

聽了沈玉書有氣無力的回答，蘇唯把他的袖口翻過來，頂住衣袖的外側，就見棉質布料裡探出很多尖細的倒刺，簡單來講，就像是刺蝟的刺。

弗蘭克不會用這麼麻煩又不切實際的刑罰，所以會這樣做的只有一個人。

蘇唯氣極反笑，問：「這種自虐的方式你是怎麼想到的？」

「現在不要問我……我好睏，想睡覺……」沈玉書靠在他身上，虛弱地笑笑：「接下來不會有事了吧？」

「你可以高枕無憂，有我在，不會有人傷害到你。」

【第十章】

真相後的祕密

「別以為我不知道，你發現了浮雕紋絡跟虎符令的關係。」

「啊，不愧是神探，這麼複雜的劇情都被你說中了。」

「別打馬虎眼，告訴我機關圖後面的祕密。」

兩個人一個逃一個追，跑回了一樓會客室裡。

沈玉書故技重施，衝過去把蘇唯推到牆上壁咚，這次蘇唯有了防備，馬上來了個反壁咚，就這樣，兩人互不相讓，從嬉鬧演變成爭鋒，在房間裡大打出手。

夕陽餘光從窗外斜射進來，照在對面的浮雕牆壁上，也在眾人臉上投下一道道陰影。

應沈玉書的要求，胡君梅被殺案的相關人士都被裴劍鋒請到別墅裡，其中也包括別墅的主人弗蘭克跟雅克，再加上辦案的巡捕們，足有二十多人。

好在別墅的客廳非常大，輕易容納了這麼多人而不顯得擁擠。

弗蘭克作為嫌疑犯被控制起來，裴劍鋒對他還算禮貌，沒有給他戴手銬，不過他身邊站著巡捕，想動也動不了。

經過一天一夜的折騰，弗蘭克精心梳理的頭髮亂了，失去平時高高在上的氣勢，再加上眼圈跟嘴角上的烏青，看起來既狼狽又可笑。

此刻他就站在浮雕的正前方，怒視蘇唯，一副恨不得上前跟他拚命的樣子。

面對他的怒火，蘇唯一點都不在意，斜靠著太師椅，一隻腳還支在椅子上，咔嚓咔嚓地啃蘋果。客廳裡的眾人各懷心事，出奇地安靜，導致整個空間都是他咬蘋果的聲音，最後沈玉書終於忍不住了，過去推了他一下。

蘇唯的腿從椅子上滑下，他向前一晃，仰頭，斜瞥沈玉書。

「這是你對救命恩人應有的態度嗎？」

沈玉書伸手擋在嘴上，假聲咳嗽，低聲說：「你不該打人的。」

沈玉書中的只是普通的麻藥，經過休息，他很快就緩過來了。

今天他穿了長袍馬褂，抬手時，可以看到手腕上纏的紗布，紗布當中還綁了個蝴蝶結。

那是蘇唯包紮的，他對自己的傑作很滿意，吃著蘋果，懶洋洋地說：「沒辦法，我本來想打你，誰讓你暈過去了，我只好打他。」

沈玉書嘴角上翹，笑了起來。

昨晚他在得救後就昏了過去，有關蘇唯打人的事，他是甦醒後聽端木衡講述的。

據說當時蘇唯出拳太突然，等周圍的巡捕反應過來，弗蘭克的臉上已經連中了三拳，痛叫不止，要不是裴劍鋒等人攔住他，弗蘭克可能會被揍成豬頭。

「這個法國人在租界囂張慣了，大概還是頭一次吃這種虧，大家平時被他欺壓，也算是出了口惡氣，只是沒想到你的搭檔平時看起來很好說話的樣子，發起怒來會那麼恐怖。」端木衡感嘆道。

「那我下次一定要領教一下。」

「不，你最好這輩子都不要領教。」

也許端木衡說得對，惹怒蘇唯的結果一定很糟，但奇怪的是，他還是很想親眼見識到。

痛罵聲打斷了沈玉書的思緒，卻是弗蘭克忍不住了，指著蘇唯叫道：「為什麼不抓他？他公然侮辱毆打公董局董事，應該重重懲戒他！」

「我打你，誰看到了？」

蘇唯的目光掃向客廳眾人，漫不經心地發問。

洛逍遙跟雲飛揚當時不在現場，不瞭解情況，而裴劍鋒跟閻東山則把目光瞟去一邊，當做聽不到，至於其他人，更是一副幸災樂禍的樣子。

弗蘭克氣得臉色發青，秦淮站在旁邊，很想開口勸解，但是看看端木衡的臉色，他還是選擇了沉默。

青花父女也被請來了，葵叔為了照顧老爺子，也跟著一起來，不過葉老爺子坐在輪椅上，很快就睡著了。

青花拿毛毯給父親蓋上，讓葵叔推他到走廊上曬太陽，她轉過身，看看當事者孫涵，向沈玉書詢問道：「為什麼你要讓我們到這裡來？難道闖進我家的匪徒跟殺害孫太太的是同一個人嗎？」

雅克也追問道：「是啊，誰能告訴我，這到底是怎麼回事？你們不是說抓到凶手了，那凶手在哪裡？」

「大家請稍安勿躁，這兩起案件的犯罪者是不是同一人，接下來我會講到，我先回答雅克先生的提問——不錯，我們找到凶手了，他就在我們當中。」

沈玉書伸手指向弗蘭克。

眾人的目光隨著他的動作一起看過去，不瞭解昨晚事件的人都很吃驚，連孫涵的臉上也露出無法相信的表情。

雅克的嘴巴張大了，頓了十幾秒後，他大叫起來：「你有沒有搞錯？你們是我叔叔請來的偵探，現在你們卻說他是凶手，他怎麼可能是凶手？他跟梅根本不認識！」

「你說錯了一點，委託我們的是秦律師，不是弗蘭克，他當時只是因為端木先生的推薦，隨口答應讓我們幫忙而已，因為在他看來，像萬能事務所這種籍籍無名的小偵探社不可能查到真相。」

弗蘭克重重地哼了一聲，臉色悻悻。

蘇唯吃完了蘋果，站起來，把話接過去：「可惜他沒想到接下這個案子的是全上海最聰明的兩個人，所以查明真相對我們來說，那還不是分分鐘的事嘛。」

「他的意思是——解決這樣的案子，對我們來說，那是手到擒來。」

沈玉書作了解釋，又順便瞥他，蘇唯笑嘻嘻地做了個手勢，請他繼續。

端木衡問：「如果真如你們所說的，弗蘭克是殺害胡君梅的凶手，他這樣做的目的又是什麼？」

「這棟別墅是德波利尼亞克的祖上建造的，雅克來到上海後，跟弗蘭克要了這裡的鑰匙，弗蘭克無法拒絕，還好別墅不實用，雅克幾乎沒有用過，所以反而是弗蘭克用得比較多——在跟女人幽會上。」

客廳裡只有一位女人，所以聽到這裡，大家的目光都情不自禁地瞟向青花，但又同時搖了搖頭。不可能的，青花出身世家，雖然年齡上過了一個女人最美麗的階段，但依然有她獨特的風采。

她今天穿著旗袍，上身是淺灰色披風配貂皮圍巾，更顯出了高貴的氣質，再看弗蘭克，他只是個其貌不揚，步入老年的外國人，很難相信他們之間有私情。

青花的腰板挺得筆直，表情平靜，目視前方，坦然面對了眾人探尋的目光。

雅克還是不明白，看看弗蘭克跟青花，說：「對我們法國人來說，幽會這種事是很平常的，不會有人為此殺人。」

「是的，幽會本身沒什麼，但如果當時幽會的雙方說了一些不想被外人知道的祕密，那結果就完全不一樣了。」

這次不僅是雅克不懂，其他人也糊塗了。

裴劍鋒問：「你的意思是，弗蘭克跟女人在這裡幽會，被胡君梅無意中看到了，甚至聽到了一些不該聽到的話，所以被殺人滅口？」

「是的。那晚弗蘭克約了人在這裡會面，因為那個人就住在附近，他們在這裡見面很方便，但他沒想到那晚是平安夜，雅克突發興致，跟胡君梅約了去教堂，而他們的約會地點也定在了這裡。」

「胡君梅比約定的時間先到，為了不引人注目，她沒有開燈，當發現來的人是弗蘭克跟一個女人時，出於尷尬的心態，她選擇了躲避。」

「至於弗蘭克，他壓根沒想到別墅裡會有外人，他跟女人一見面，就把事情都說了，那一定是很隱祕的事，所以當他無意中發現別墅裡還有外人時，他立刻就把胡君梅當成是竊聽者，剛好這時候雅克也到了，弗蘭克便索性開槍殺了她。」

「等等！」洛逍遙舉起手，問出大家都想問的問題：「胡君梅被發現後，肯定會跟他們解釋的，就算她聽到了什麼事情，但她是雅克的情人，弗蘭克不至於冒險殺人吧？」

「不，那件事一定事關重大，所以弗蘭克必須殺人滅口。」

「你的意思是，梅不是我開槍殺死的？可是當時客廳那麼黑暗，我叔叔怎麼可能越過我向她開槍？」

「你問到重點了，事實上在你剛進別墅，聽到女人的尖叫聲跟槍聲時，她就已經死了。」沈玉書稍微一頓，環視客廳裡的眾人，說：「瞭解當時的狀況後，弗蘭克馬上想到一個一箭雙鵰的計策，他關掉別墅的電閘，又將胡君梅拉到客廳的椅子那裡，開槍射殺了她，所以當雅克走進客廳時，胡君梅已經死了，並且屍體就在離他很近的地方。」

「可是我明明有看到梅在掙扎。」

「那是弗蘭克跟他的同夥做的戲，讓你有了先入為主的想法，當時狀況緊急，打火機的亮光一閃而過，你聽到尖叫，又看到衣著類似的女人，就以為她是胡君梅，卻沒想到她根本是另外一個人。」

「我記得梅用的香水，那是她常用的香水。」

「這就是女同夥的聰明之處，但也是她的致命失誤。」

沈玉書掃了青花一眼，說：「總之，他們給你造成了強盜入室的錯覺，當你向強盜開槍的時候，弗蘭克跟女同夥已經分別從客廳的正門以及偏門退了出去，你後來聽到的槍聲是弗蘭克在走廊上射出的，他並沒有想殺你，而是誘惑你把子彈全部用光。」

「不過他漏算了一點，他以為你的勃朗寧裡有六發子彈，但實際上裡面只有三至四發，並且案發當時，我跟蘇唯剛好在附近，我可以確定自己聽到了七次槍響，所以假如你的槍裡有四發子彈的話，那凶手至少開了三發，兩槍射殺了胡君梅，還有一槍，他射在了後廊上不引人注意的地方。」

洛逍遙問：「他這樣做是為了嫁禍自己的親侄子？」

「不錯，所以我才說他們在此密談的事至關重要，可以讓弗蘭克連自己的侄子都不放過。」

「雅克被槍聲和瓷器碎裂聲搞得心神不定，完全陷入了混亂狀態，弗蘭克趁機打開機關，藏進地下室裡，再從裡面將地下室的入口門關掉，而女同夥則從後門偷溜，用面紗蓋住臉，抄小路回到自己的家。」

裴劍鋒問：「既然時間充裕，那為什麼弗蘭克不跟女同夥一起離開？」

「他不能走，第一，他要第一時間取回落在走廊上的彈殼，第二，出於做賊心虛的心理，他希望知道後續狀況。」

「難道我那晚看到的無臉鬼就是女同夥？」

「不錯，女同夥的家在附近，對這一帶很瞭解，自信不會被看到，但仍不巧被看到了。而且她為了假扮胡君梅，穿了她的外衣，所以原本屬於女同夥的披風被留在現場，因為這麼冷的天，胡君梅不可能只穿單衣出門，為了不讓人懷疑，同夥必須這麼做。」

客廳裡傳來長長的嘆息，青花看向沈玉書，微笑問：「聽你的意思，那個所謂的女同夥就是指我了？就因為我家離這裡很近，就說我是凶手，簡直是荒唐，我跟這位先生根本不認識，更別說幽會了，我不介意你為了出名，對我栽贓嫁禍，但我不能容忍你誣衊我們家族的聲譽。」

她篤定的態度讓大家都忍不住懷疑是沈玉書說錯了，弗蘭克也連連點頭，表示跟她不認識。

沈玉書不以為意，「青花小姐，我不會妄加指責，我這樣說，當然有我的證據。」

他給洛逍遙打了個手勢，洛逍遙急忙將預先準備好的物證拿過來，卻是留在現場的那件披風。

「我有調查過妳設計的雪絨花系列的服裝，服裝標籤上都會繡一朵小花。」

沈玉書指指披風後領上的標籤。

青花冷笑起來。

「之前你們去我的店鋪詢問時，我就說過了，這種披風我們店每天賣出去的數量很多，根本無法憑一件披風找到凶手。」

「正常情況下是不可能的，但這件不同於普通商品，它是妳最先設計出來的樣品，為了跟商品做區別，這個標籤上的雪絨花的顏色是金色，而普通商品則是銀色的。」

「還有這個。」

蘇唯掏出一個小袋子，裡面放了個迷你香水瓶，也就是沈玉書曾經提到過的「這麼大、這麼大、這麼大」的東西。

「妳在胡君梅的包裡發現了香水瓶，為了加深雅克的錯覺，將香水噴到自己身上，並事後帶走了它，孫涵說他妻子習慣隨身攜帶化妝品跟香水這類東西，但她留在現場的包裡各式化妝品都有，唯獨少了香水。」

沈玉書看了一眼眾人，繼續說：「不錯，那晚你們行動倉促，妳沒有機會把它丟在現場，事後又覺得一瓶香水，不會有人在意，就隨手放在店鋪的抽屜裡，我在查找時，發現妳用的香水都是清雅型的，並且是大瓶的，惟獨這瓶是濃郁的玫瑰香，它放在妳的化妝品抽屜裡，顯得格格不入。」

「沒想到沈先生對香水這麼瞭解，但我不可以換換心情，選完全不同類型的香水嗎？就憑這一點，你根本無法指認我就是幫兇。」

「這些都是我的推測，真正的證據其實還在妳自己身上，如果不介意，請把圍巾摘下來，這樣我們大家都可以看到妳的脖頸上留下的抓痕。」

青花一直都表現得很鎮定，直到聽了這句話，她才變得慌張起來，下意識地抓住圍巾。洛逍遙走過去，說了聲失禮，伸手去摘她的圍巾，葵叔看到，衝過來想阻止，被青花攔住了，她主動摘下了圍巾。

因為事到如今，堅持只會讓大家更懷疑她，既然沈玉書說中了其他的地方，她想有關自己一直佩戴圍巾的細節，他一定也注意到了。

隨著圍巾拿下，大家都看到了她左側頸部上的抓痕，頓時一片譁然，閻東山先叫了起來：「不是吧？青花小姐怎麼可能……怎麼可能是凶手？」

「死者指甲裡留下了凶手的血液，只要做一下化驗，就會知道了。」

弗蘭克沉不住氣了，叫道：「如果她是凶手，那一定是她跟別人合謀的，我完全不知情。」

「不可能，因為知道別墅的電閘位置的，並且可以在黑暗中熟練打開機關的，就只有德波利尼亞克家族的人做得到，所以凶手不是雅克就是你，而事件發生後，我發現你衣服上有幾處灰塵，那應該是你偷偷從地下室出來時蹭到的，後來我被關進地下室，那時雅克還在巡捕房裡，他不可能跟你串謀，那麼你的同夥就只有青花。」

蘇唯接過去，說：「葵叔負責給你們通風報信，那個西藥鋪的夥計就是葵叔報信的聯絡人，我去問過他了，他已經承認有幫你們傳遞消息，這個故事告訴我們，要發展下線也是個技術活，隨便找人的話，被出賣的風險很高。」

客廳有短暫的寂靜，因為很多人都沒習慣他的措辭，最後還是端木衡問：「如果這一切都是青花跟弗蘭克搞的鬼，那她被強盜入室劫持也是自導自演的了？」

「不是，那是意外，是另一幫人做的，不過我們帶俘虜去巡捕房的途中被狙擊，是青花報的信，她家跟這棟別墅隔街相對，她在樓上窗外做暗號的話，弗蘭克可以用望遠鏡看到，俘虜用來割斷繩子的刀片是葵叔提供的，當然，這也是被青花指使的，因為她希望俘虜逃走，免得將他們的底細供出來。」

「既然不是一夥的，那些人又怎麼知道她的底細？」

「這就是做賊心虛，所以他們寧殺一千也不放一個，那個俘虜不是被他的同夥幹掉的，而是被弗蘭克找人暗殺的，以免事態擴大。」

沈玉書看向弗蘭克，弗蘭克臉上肌肉抽動，他強自鎮定，但那份不安感還是溢了出來，證明沈玉書沒有說錯。

端木衡問：「所以胡君梅被殺案跟李慧蘭失蹤案之間毫無關聯？」

「嚴格地說，這是兩個案子，但由於許多偶然跟必然的原因，這兩個案子無形中糾纏到了一起。」

「有人想把我們從事務所調開，所以威脅李慧蘭幫忙，李慧蘭為了不讓家人知道她跟洋人談戀愛，只好聽從他們的安排，騙我們來這棟別墅，那些人事先尾隨雅克，知道他們當晚會來別墅幽會，如果我們也來的話，被抓去巡捕房的可能性很大。」

「但可惜李慧蘭緊張之下說錯了門牌號碼，而這棟別墅又發生了凶殺案，那些人也因此注意到了青花跟弗蘭克的存在，繼而去要脅青花，卻又不巧地被我們發現了。」

裴劍鋒問：「那李慧蘭是被那些人扣留了嗎？」

「我最初也是這樣懷疑的，但後來當我聽說李慧蘭是主動上了一輛車後，我就知道不是了，她是被青花帶走的。」

青花面無表情，一聲不發。

「在那些人注意到青花存在的同時，青花也注意到了他們的存在，她以為李慧蘭也是那些人的同夥，所以把她誘騙回家，卻發現李慧蘭什麼都不知道，索性就把她關在地下室裡，剛才我們已經找到她，她除了受驚跟虛脫外，一切還好。」

端木衡恍然大悟。

「在拜訪青花後，你要求巡捕就近保護他們，那時就已經懷疑她了？」

「只是懷疑，還沒有證據，直到聽了雲飛揚的情報，我才確信。李慧蘭買過青花店鋪的衣服，她去委託我們的時候，穿的外套跟裙子都是，我剛好有注意到標籤，所以我想她跟青花很可能是認識的，青花說要順路載她，她也不會懷疑。」

聽到這裡，洛逍遙鬆了口氣。

「幸好我一直在青花家，讓她沒機會下手殺李慧蘭，她應該是想殺她的吧？」

「是的，事情已經暴露了，所以一定要幹掉她，但你們要知道，殺人並不難，難的是處理屍體，青花家裡沒有可以搬運屍體的人，同理，這也是弗蘭克沒有馬上殺我的原因，因為他要找一個替死鬼。」

「替死鬼？」

「就是你啊。」

蘇唯指著雅克說，雅克一臉莫名其妙，無法理解。

蘇唯說：「這件案子驚動了公董局跟警察廳，所有人都知道我們在做調查，如果這時候沈玉書死了，那就更沒法結案了，所以最好的辦法就是把你保釋出來，再找個適當的機會讓你跟沈玉書見面，照弗蘭克的計劃，沈玉書會死在你面前，那麼大家都會認為是你為了滅口殺掉偵探的，沒人會知道那晚他跟青花的密會，還有他們密會的原因。」

「不可能！他是我叔叔，他怎麼會害我？」

「他已經害你一次了，有一必有二，到時知道祕密的偵探死了，作為凶手，你會被再次關進大牢，這樣案子就可以結了，順便說一句，屬於你的家產也可以轉去弗蘭克那裡，簡直一箭三鵰，何樂而不為？」

沈玉書說：「這就是他執意要保釋你出來的原因，因為只有你出來了，你才可以成為替罪羊。」

蘇唯打了個響指。

難怪直覺告訴他雅克不可以被放出來，原來原因在這裡啊。

雅克被說得啞口無言，轉頭看弗蘭克，怒氣沖沖地質問：「是這樣嗎？」

「當然不是，我是你的親叔叔，難道你不相信我，卻相信這些傢伙嗎？」

「如果不是，那你為什麼要把沈玉書關在地下室呢？」

「那是因為……因為我以為是你殺的人，如果他知道了真相，會對你不利，所以才會關住他，好，我承認我這樣做是違法的，但我這都是為了你啊，而並不是像他們說的那樣，是我殺的人。」

弗蘭克說完，堂堂正正地看向沈玉書，大概他覺得自己找到了最好的解釋理由，所以重新恢復了自信，一副你能奈我何的模樣。

蘇唯嗤的笑了起來。

弗蘭克被他笑得心虛，怒瞪，「很好笑嗎？我說的哪裡有問題？」

「這位先生，在你努力為自己的行為作出辯解的時候，你可能不知道你犯了個致命的錯誤。」

「錯誤？」

「也許你認為只要是相同型號的手槍，警方就分辨不出子彈是哪把槍射出的，在這裡我要遺憾地告訴你，這個世上有種鑑定技術叫彈道實驗，每一把槍的撞針跟膛線的痕跡都是不一樣的，就像我們的指紋，只要通過彈道實驗，就可以確定哪些彈殼是從哪把手槍裡射出來的，這個實驗相信我的搭檔會做得很好，啊對了，順便說一句，你的手槍我已經拿到了。」

「從哪裡？不可能！」

「這世上沒有我拿不到的東西，除非它不存在，你的失誤就在於你太過於自信，而沒有毀掉那柄槍。」

這番話說下來，弗蘭克終於偃旗息鼓，不做聲了。

沈玉書說：「你們可以在短時間內想到借刀殺人的計策，確實很聰明，但可惜的是，這棟別墅的電閘剛好連著附近幾家的電線，導致我們第一時間發現了凶案。」

「簡而概之，遇到我們，是你的宿命。」

弗蘭克恨恨地瞪他們，卻不說話。

他的反應證明了一切，雅克氣得衝過去揮拳就打，被閻東山跟洛逍遙攔住。

裴劍鋒讓手下把兩名嫌疑人帶走，葵叔突然上前攔住，叫道：「不關小姐的事，一切都是我做的，是我讓小姐做的，要抓就來抓我吧！」

「葵叔，不要這樣。」青花表現得很冷靜，對他說：「就算你想幫我頂罪，我也要被帶去巡捕房，我們都去了，我父親怎麼辦？」

「可是小姐……」

「放心吧，沒事的，我很快就會出來的，好好照顧我父親。」

她說完，昂首走出去，沈玉書上前攔住，問：「妳跟弗蘭克之間的祕密跟幕後那些人的祕密是不是一樣的？」

「你認為我會說嗎？」

「妳有權保持沉默，但妳所說的每句話都將成為呈堂證供。」

沈玉書說得義正詞嚴，讓蘇唯都懶得吐槽，豎起大拇指，讚道：「說得真好。」

「我也這樣認為。」

「不過記得下次把機會讓給我。」

「不要。」

「為什麼？」

「因為我覺得我說起來比較帥。」

「再帥最後還不是要我救你？」

「你最後也沒有發現線索，還是我求救的，真要靠你，帥哥說不定早掛了。」

「神經病。」

「我的神經很正常，至少我藏起鋼筆，是因為它上面有李慧蘭的指紋，你卻把它當成鑰匙來用，身為神偷，你怎麼會犯這麼低級的錯誤？」

「沈萬能你是不是要跟你的救命恩人吵架？」

「我只是實話實說。」

兩個人鬥嘴的時候，青花已經被帶了出去，弗蘭克卻還在做垂死掙扎，痛斥那些想要抓他的巡捕。

巡捕們顧忌他的身分，也不敢動武，導致兩邊僵持不下。

沈玉書看到，走過去，弗蘭克立刻指著他叫道：「我是有外交豁免權的，你們這些小巡捕根本沒權力逮捕我，我要請律師！」

「你涉嫌殺害兩個人，可以在牢房裡慢慢考慮找律師，我只是想跟你說一句話——那天你說錯了，我這麼自負的人也有搭檔的，只能說，遇到我們，是你的宿命。」

某人又在剽竊他的話，蘇唯氣得瞪過去。

弗蘭克也氣急敗壞地說：「你好好記著，我不會放過你的！」

「我會記得的，還有你的帳本。」

弗蘭克一愣，看到他的反應，沈玉書心裡有底了，說：「看來那帳本是真的，謝謝。」

弗蘭克還想再罵，被裴劍鋒下令帶走。有上司的命令，那些巡捕也不含糊了，一左一右抓住弗蘭克的胳膊，很粗魯地往外拖他。

弗蘭克氣壞了，扭頭衝裴劍鋒叫道：「我警告你，你最好對我禮貌點，我很快就會被放出來了，到時候，我一句話就可以讓你在上海灘混不下去！」

「您還是把力氣留著上法庭吧。」

裴劍鋒沒被他的話嚇到，走到他面前，衝他微微一笑。

「有句話我早就想跟你說了，現在你給我豎著耳朵聽清楚了——在這片土地上，還輪不到你這個外人來指手畫腳！」

大概從來沒被人這樣頂撞過，弗蘭克怔住了，因為氣憤，他的臉部肌肉嚴重抽搐起來，卻說不出話，被巡捕們粗暴地拖了出去。

案情終於真相大白，有人聽得醍醐灌頂，有人卻依舊雲裡霧裡，雲飛揚就是其中一個。

他站在浮雕前方，舉起手，小心翼翼地說：「神探，我有個地方不明白，你們是怎麼發現浮雕會移動的？」

「這還要謝謝你拍的那些照片。為了啟動地下室的門，弗蘭克把浮雕推到了另一邊，所以它跟左右兩邊牆壁之間的距離發生了變化，本來房間這麼大，不容易發現，但投影揭穿了祕密。」

沈玉書將照片放在桌上，讓大家看。

「晚上我們在浮雕上看到的陰影跟上午的有微妙的不同，原本我以為是光線移動的關係，後來我做了實驗，發現有一些紋絡，不管怎樣都不可能有投影，除非整面浮雕有移動，所以我想應該是弗蘭克在從地下室出來後，將它回歸原位造成的。」

「原來如此，不愧是神探，果然觀察得細緻入微。」

聽了雲飛揚的大肆讚美，蘇唯拍拍他的肩膀，「謝謝你這次的幫忙，不過這改變不了你欺瞞的事實。」

聽了這話，雲飛揚挫敗地低下頭，不說話了。

孫涵過來向他們道了謝，雅克也連連道謝不止，輪到秦淮時，蘇唯制止了，笑道：「謝字說一次就行了，大恩不言謝，就談錢吧，請記得把委託的餘款轉給我們。」
「沒問題，我馬上去處理。」
最後是端木衡，走到他們面前，向沈玉書伸出手來，說：「恭喜你們，又聯手破獲了一樁奇案。」
「是我要謝謝你才對，沒有你的幫忙，事情不會這麼順利地解決。」
「哪裡哪裡，我們是什麼關係，說這話真是太見外了。」
「嗯哼！」
旁邊傳來蘇唯故意的咳嗽聲，端木衡看了他一眼，笑道：「有人吃醋了，相信我，我跟玉書只是青梅竹馬的關係。」
誰吃醋啊神經病，他是看不慣這種虛情假意的對話，聽著都倒牙好吧。
端木衡開完玩笑，招呼洛逍遙一起走，洛逍遙一副心不甘情不願的樣子，端木衡湊過去，不知對他說了什麼，他才跟了上去。
蘇唯耳朵尖，聽到「軍裝」、「手槍」的字眼，心想端木衡又在拿誘餌引洛逍遙上鉤了，偏偏這招百發百中，洛逍遙每次都乖乖吞魚餌。
大家都離開了，最後只剩下蘇唯跟沈玉書兩人。
夕陽落山了，客廳逐漸暗了下來，沈玉書站在浮雕前方，半晌回過神，忽然發現蘇唯在注視他，嘴角翹起，笑咪咪的。

他的笑容很有魅力，也很不懷好意。

「你一開始就確定了不是雅克殺人？」

沈玉書點頭。

「他殺人不用亂開槍，而且死者穿著高跟鞋，正常情況下，受害人在逃跑掙扎中，高跟鞋會掉落的，所以我想那是偽裝的現場。」

「可這些你都沒有跟我說。」

「因為我沒有證據，我需要知道動機，還有讓凶手無法翻盤的證據。」

「所以你就自己當誘餌了對不對？」

蘇唯忽然伸出手揪住沈玉書的衣領，將他拉到了浮雕牆壁前方，喝令他站著不許動。

大概是發現他的心情很糟糕，沈玉書難得地接受了他的指令，站在那裡一動不動。

蘇唯瞇起眼睛打量他。

「你以為我不知道，弗蘭克身分特殊，如果沒有確鑿的證據指證他，就算把他抓起來，沒多久他就會被判無罪釋放了，所以你就索性用自己來引他上鉤，還故意留了線索讓我發現，到時眾目睽睽之下，弗蘭克想脫罪就難了，對不對？」

「蘇唯，你的智商提高了，果然跟智商高的人在一起，是可以被傳染的。」

「這時候還不忘誇讚自己，你是有多自戀啊。」

「我說實話的。」

「唉，那就更糟糕了。」

不過不管怎麼說，這次的探案有驚無險，總算是順利解決了。

蘇唯聳聳肩，決定大人不記小人過，暫時放沈玉書一馬。

看看沈玉書身後的浮雕，他突然有了計較，伸手一推，沈玉書便被他推到了牆上，他再接著往前靠去，將手撐在沈玉書的身旁，形成壁咚的姿勢。

沈玉書被他搞得莫名其妙，想走開，蘇唯大喝一聲。

「站住！」

「可以告訴我你在幹麼嗎？」

「沒有，我就是覺得這樣跟你說話挺不錯的。」

蘇唯一手撐牆，一手扠在腰上，想到現在正對沈玉書做著時下最流行的動作，他有點自得——長得高了不起啊，還不是一樣被壁咚。

沈玉書聽從了他的擺布，卻說：「從你的笑容中，我品到了陰謀的味道。」

「那一定是你的錯覺。」

「我的直覺很靈的。」

「那你的直覺有沒有告訴你指使李慧蘭的那幫人是什麼來頭？還有他們跟青花又有什麼關係？」

「知道這個不需要直覺，直接問青花就行了。」

「可是直覺告訴我，她一定不會說的。」

蘇唯嘆了口氣，收回右手，準備再換左手玩壁咚，目光掠過沈玉書身後的浮雕，突然一個大膽的假設浮上了腦海。

難怪他一直覺得浮雕的紋路哪裡不對勁，原來它早就證明了弗蘭克跟青花之間的關係——把這整面浮雕縮小的話，不就是虎面的圖案嘛！

「嚕……嚕嚕嚕，嚕……嚕嚕嚕……」

萬能偵探社事務所的地下室傳來慵懶的哼歌聲。

耶誕節過了，蘇唯把裝飾聖誕樹收了起來，長生在旁邊幫忙，順便好奇地打量周圍。

「這裡好多好多東西啊，像是遊樂園裡的藏寶船。」他說。

「比不上雅克家的豪華，這裡東西雖多，可惜都不值錢。」

蘇唯把聖誕樹放好，拍拍手，站起身。

案子已經過去了三天，正如他所料的，事後沈玉書去找過青花，但連她的面都沒有見到。

那幫暗中設計他們的人也人間蒸發了，再沒人半夜潛入他們家來偷東西，事務所又回歸了以往的平靜狀態。

李慧蘭被救出後，經過休養，很快就恢復精神，她向父親攤牌了跟法國情人的事，還好經過被綁架事件，李老爺沒再像以前那麼固執，默許了他們的交往。

弗蘭克跟青花被拘捕後，德波利尼亞克家族在這邊的生意都轉到雅克手上，可惜這個花花公子根本不是經商的料，所以他全部轉交給秦淮去處理。

情人被殺，一直信任的親人又暗算他，這讓雅克傷感了幾天，但沒多久他就振作起來，恢復了糜爛的生活，甚至把地下室的藏品拿出來揮霍。

蘇唯有點理解弗蘭克想趁機除掉侄子的心態了。

大概就像是現在——他在忙，而股東之一的某人卻不知跑去哪裡遊手好閒，讓他很想爆粗口的感覺。

樓梯口傳來腳步聲，像是感應到了他的不爽，沈玉書從外面走進來，手上還提了個大紙袋。

「我在忙，沒事別煩我。」蘇唯沒好氣地說。

「忙著偷我家的錢嗎？」

蘇唯不悅地看過去，沈玉書一臉無辜。

「我在跟你開玩笑，不覺得好笑嗎？」

「哈哈哈。」

看氣氛不對，長生捧場地拍著肚子笑起來，但他馬上在其他兩人的注視下閉上了嘴巴，指指上面。

「我去陪花生醬，拜拜。」

長生走了，沈玉書走到蘇唯面前，認真地說：「下次我會講更好笑的笑話。」

「有那種時間，你還是去研究屍體吧。」

蘇唯隨口吐槽，沒想到沈玉書還真聽進去了，回答道：「最近沒有有趣的屍體可研究，所以我去找青花了，精誠所至，她今天終於見我了。」

「喔？」蘇唯擺弄著聖誕樹，隨口問：「那她有給你滿意的回答嗎？」

「她說那些人都是衝著虎符來的，只要我放她出去，她就告訴我虎符的祕密，老實說，我有一點動心。」

「她是兇手。」

「所以我只是動心，最後還是拒絕了她，不過這次見面也不是一無所獲的，在跟她的交談中，我想到了一個可能性。」

「什麼？」

「青花的父親雖然是貴族，卻沒有兵權，他不可能有虎符，所以我猜虎符是老王爺偷偷盜出來的，他們父女知道一些祕密，起了貪念，便找機會盜來虎符，可是他們對東西的用途一知半解，虎符在他們手裡毫無用處，青花便索性將它掛在人來人往的地方，故意吸引別人的注意，如果有人來盜，對他們來說，就是個機會，等了十幾年，現在他們終於等到機會了。」

「你的意思是他們父女其實是故意引那幫人上鉤的？」

「除此之外，我想不到其他的可能性，可惜老王爺歲數大了，變得糊塗了，否則說不定可以問到更多的情報。」

「你確定那位老王爺不是在裝病？」

「確定，我幫他診過病，他的病症是典型的阿茲海默症，也就是俗稱的……」

蘇唯伸手攔住了——作為現代人，他相信自己比沈玉書更瞭解什麼叫老年癡呆。

「那你打算怎麼辦？」

「跟青花一樣，等，既然那些人認為這裡有他們需要的東西，那早晚會再來的。」

「希望如此。」蘇唯小聲嘟囔。

實際上他希望那幫人永遠都不再出現。

因為想也知道那些人跟滿清遺老有關係。

端木衡知道了有人潛入事務所行竊後，曾派人四下查問，但沒有查到任何線索。

那些人就像是憑空消失似的，沈玉書去問過李慧蘭，不過李慧蘭也沒提供到有力的情報，她說都是那些人主動找她，她躲避還來不及，哪會多問對方的情況，所以她這邊的線索也斷了。

蘇唯懷疑那些人並沒有隱藏，而只是換了個身分生活而已，大隱於市，上海說大不大，說小也不算小，三教九流的，很難找到。

但是，只要這棟房子裡有他們感興趣的東西，或早或遲，他們都會再出現的。

下巴被挑起，把蘇唯的思緒拉回來，他回過神，發現沈玉書居然現學現賣，一隻手撐在牆上，給他來了個很有型的壁咚，還附贈勾下巴。

如果是風流浪子做這種事，那一定風情萬種，而沈玉書做的時候面無表情，讓蘇唯感覺他挑起自己的下巴就跟給屍體做解剖沒什麼區別。

他沒好氣把沈玉書的手拍掉了。

「你的自學精神還真厲害啊。」

「我也這樣認為，所以我想知道你在想什麼。」

「剛賺了一大筆，我在想年底的分成。」

蘇唯沒說實話。

那天到最後他也沒跟沈玉書提到浮雕上的祕密，因為他一直在猶豫要不要說出定東陵。眼下這種狀況，他越來越確信指使李慧蘭的那些人跟慈禧的定東陵有著很大的關係，如果他把機關圖的祕密告訴沈玉書，也許可以讓沈玉書有所防備，但他又怕沈玉書做出的防備會影響到曾經發生過的歷史。

所以……還是讓他再考慮一下吧……

沈玉書對他的回答明顯不信，問：「真的？」

「當然是假的。」

蘇唯伸出手，變戲法似地在空中晃了晃，手裡便多了一個紙袋，他把紙袋送到沈玉書面前。

「雖然有點晚了，不過還是要跟你說一句 Merry Christmas。」

「是什麼？」

蘇唯衝他挑挑眉，示意他打開來看。

沈玉書打開了。

裡面裝了一條方格圍巾，這圍巾他記得的，是他們去雪絨花店鋪打探情報時，蘇唯買的。沒想到這是買給自己的禮物。

「喜歡嗎？」蘇唯靠在牆上問。

沈玉書把圍巾取出來，圍到頸上，一邊圍一邊說：「不討厭，不過好像不值五十個大洋。」

蘇唯很想翻白眼。

雖然他知道沈玉書說的「不討厭」其實就是「很喜歡」的意思。

「投桃報李，我也有禮物送你。」

沈玉書圍好圍巾，拿起袋子，從裡面取出一個繫著蝴蝶結的大方盒子，遞到蘇唯面前。

「Happy New Year！」

「喔，原來有新年禮物，是什麼？」

「打開看看，你一定喜歡。」沈玉書充滿自信地說。

蘇唯把盒子接過去，開始拆上面的蝴蝶結，雖然他不懂為什麼一個大男人送禮物，幹麼繫蝴蝶結，要不是盒子太大，搞不好他會以為盒子裡面裝的是求婚戒指。

盒子打開了，迎面一股濃郁的中藥味傳來，看到裡面的東西，蘇唯傻眼了。

盒子裡面有很多小四方格子，每個格子裡都盛著不同的藥材，乍一看，就像看到了洛正的中藥櫃。

任蘇唯的智商再高，他也想不出藥材的作用。

「這、這是什麼？」

「你不是喜歡美容嗎？這些都是對美容很好的藥材，你可以用它們製作面霜、面膜，還有你常說的那個什麼化妝水。」

蘇唯這次真的忍不住翻白眼了。

「那你直接送我美容霜不就好了嗎？」

「那是你的女朋友該送的東西。」

「我們整天在一起，我有沒有女朋友你不知道嗎？並且，在我沒有女朋友的時候，你就不能將就一下？」

「不能，我不喜歡將就，不要就算了。」

「要，怎麼不要？」

見沈玉書要收回，蘇唯急忙抱進懷裡。好吧，雖然這個禮物有點奇怪，但聊勝於無嘛。

又一個小方盒子遞到他面前。

沈玉書說：「這也是給你的，我第一次送這樣的東西給別人，不知道好不好，希望你喜歡。」

越來越像男人求婚時說的話了，再配合沈玉書鄭重的表情，蘇唯的心裡打起了小鼓。

——拜託，千萬不要是戒指，否則我會很為難要不要收的。

大家知道，找到一個心意相通的搭檔，要比找一個情人還要難啊！

蘇唯內心很糾結，他把藥盒放下，接過小盒子。

盒子沉甸甸的，蘇唯手下一沉，忍不住心想，這要是戒指的話，那該是多大的黃金啊。

真沒想到沈玉書的惡趣味這麼重。

一邊吐著槽，蘇唯一邊打開了盒蓋，在看到禮物的瞬間，他再次怔住了，抬起頭，衝沈玉書大聲道：「不是戒指？」

「戒指？」沈玉書奇怪地看他，「我為什麼要送一個男人戒指？」

說的也是哈，不過如果不是送戒指，你可以不要把臺詞說得那麼曖昧嗎？

蘇唯把東西拿了出來。

那是個塑膠盒子，平面的部分有電源插口，另一邊連著金屬線，裡面還有金屬片跟螺絲。簡單地說，這東西放在現代社會的話，它的學名叫——插座！

「喔買尬，這東西你是怎麼搞到手的？」

蘇唯舉著插座問沈玉書。

「不是搞到手的，是我照你的描述做的。」

「原來這兩天你把自己悶在實驗室裡，都是在搞這個？」

「是的。」

「愛死你了，不過你確定它可以連接普通的電壓沒問題？」

「這個可以調節，我想不會比解剖一具屍體更難。」

「不管怎麼說，沈萬能你真是太有創意了，給你的搭檔送電源插座當新年禮物。」

不過這大概是他收到過最令人感動的新年禮物了。

蘇唯抱著禮物跳了起來。

被他的興奮情緒感染，沈玉書也笑了，同時奇怪地看他，因為這是他第一次看到，在蘇唯面前，有一件東西比美容藥品更有吸引力，雖然他不懂這東西到底是什麼。

「其實這不是我一個人的成果，有些材料是阿衡幫忙提供的。」

「回頭幫我謝謝他。」

「不用我幫忙，今晚大家都回家吃飯，逍遙讓我們也回去。」

「喔好的。」

蘇唯把玩著插座，隨口說道。

看著他愛不釋手的樣子，沈玉書更覺得好奇，「剛才我遇到阿衡跟逍遙，他們看我的眼神很奇怪，說話也很奇怪，好像以為我們是……那種關係。」

「喔，那是因為上次我請端木幫忙找你時，他誤會了，以為我們是一對，為了讓他感動，並且認真幫忙，我就默認了。」

「這絕對是誤會！」

「是的。」

「那你事後沒解釋？」

「忘了，不過至少你因此得救了，所以其他的事，我們就 let it go 吧。」

「你解釋清楚，他也會幫忙的。」

「可是在我們那個年代……我是指我們那個地方，很流行搞基搞曖昧的，這樣才有噱頭，大家才會感興趣，為了促成他的好奇心，所以我決定犧牲小我，完成大我。」

「你還犧牲了我的名譽。」

「也有我的。」

「那是你自己的選擇，但是你在說我搞……什麼基的時候，應該事前要先經過我的許可。」

「呵呵，發生這種事，誰都不想的，不過做人呢，最重要的是開心，來，哥哥給你下麵吃。」

被沈玉書指責，蘇唯也覺得心虛，拿起他的一大一小兩個禮物就往外跑。

沈玉書緊跟在後面。

「想讓我開心，不用煮麵，把祕密告訴我就行了。」

「什麼祕密？」

「別以為我不知道，你發現了浮雕紋絡跟虎符令的關係，這些都跟那幅機關圖有關，青花、弗蘭克，還有那幫神祕人都想知道虎符令的祕密，所以他們來這裡偷的不是機關圖，是虎符令。」

「啊，不愧是神探，這麼複雜的劇情都被你說中了。」

「別打馬虎眼，告訴我機關圖後面的祕密。」

「之前你都說不想知道了。」

「人的想法會隨時改變的，我現在改變了。」

「那可能再變回去嗎？」

「不可能！」

兩個人一個逃一個追，跑回了一樓會客室裡。

沈玉書故技重施，衝過去把蘇唯推到牆上壁咚，這次蘇唯有了防備，馬上來了個反壁咚，就這樣，兩人互不相讓，從嬉鬧演變成爭鋒，在房間裡大打出手。

長生坐在沙發上吹口琴。

他早就習慣了蘇唯跟沈玉書的這種感情交流方式，完全沒被波及到，專心致志地吹他的小口琴。

最後蘇唯終於棋輸一著，被沈玉書按在了牆上，問：「說，還是不說？」

蘇唯沒有馬上回答。

其實現在他比沈玉書更想知道真相，所以分享祕密無疑是最聰明的做法，但他就偏偏無法踏出這第一步。

因為要解釋定東陵被盜，就勢必說出他的出身。

他是誰？他為什麼會來這裡？為什麼可以未卜先知？還有……沈玉書會不會相信他，或是把他當怪物來看，更重要的是，這樣做，會不會改變既定的歷史？

沈玉書沒有再逼他，只是默默地注視，可是這種注視給蘇唯帶來了更大的壓迫感，他的心房鼓動起來，嘴唇動了動，正要開口，忽然，熟悉的樂曲聲傳了過來。

長生換了首曲子，這首樂曲他吹得很熟練，聽著口琴聲，蘇唯的心跳變得更快了，轉頭，不可置信地看向他。

那是 Colbie Caillat 的歌曲《Try》，只要稍微熟悉英文流行歌曲的人都知道，但這個時代的人不該知道，長生不該知道！

以往長生也會吹一些蘇唯熟悉的樂曲，但因為都是一段一段的，又不熟練，所以蘇唯從來沒有多想，現在他才發現許多細節他都忽略了。

至少有一點，長生聽得懂只有他那個時代的人才懂的話，甚至可以比沈玉書更快地吸收。

不，那不是吸收，是瞭解，所以才可以輕易地接納。仔細想想，長生應該是他在溝通中感覺最輕鬆的人，因為他從來不需要在聊天中特意解釋任何辭彙。

蘇唯把沈玉書一把推開，衝到長生面前，小孩子被他的舉動嚇了一跳，停下吹奏，仰頭看向他。

圓圓的童稚臉龐，帶著孩童才有的純真。

蘇唯跟他對望著，心頭翻騰著無數個疑惑，此刻他有很多事情想問，可是又不知該從哪裡問起，過了好久，他才問出了那句話——

「你……是誰？」

（完）

【作者後記】

歡迎進入承先啟後的關鍵劇情，一起冒險探案

親愛的讀者們，你們好。

首先，多謝在百忙中閱讀拙作，希望這個發生在民初的歡樂搞笑偵探故事能給大家帶來快樂。

在這個系列裡，第三集是承上啟下的一集，隨著故事的發展，《王不見王》的主線劇情慢慢浮出水面，而且兩位主角大帥哥的感情也日漸加深，簡直到了焦孟不離的程度。

跟前兩集一樣，這一集的案子很簡單，所以兩位主角的功能依舊是辦辦案、賣賣萌，順便延伸出故事主線，帶出沈家過去的祕密。

案子的內容在這裡就不多加講述了，大家請移駕觀看，享受閱讀的樂趣。

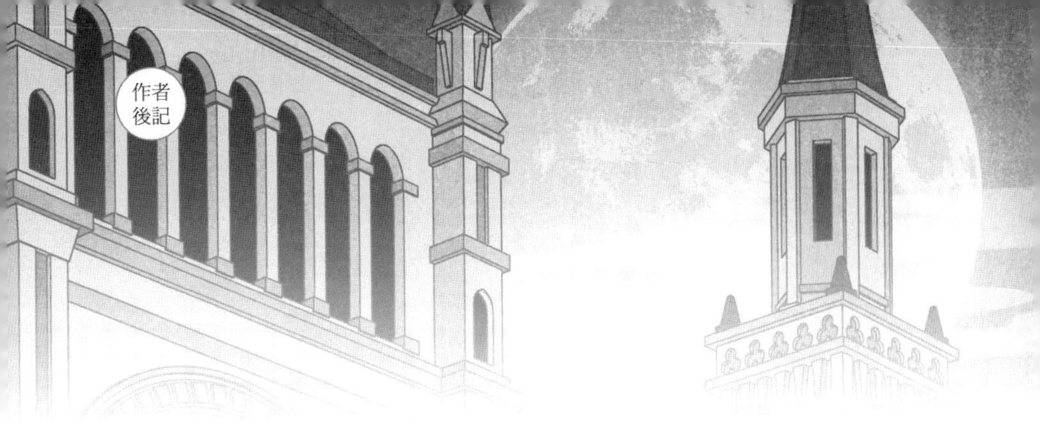

不過既然這一集提到了定東陵，那我就在這裡簡單講一下有關它的逸聞。

定東陵是清代兩位太后慈安與慈禧的的陵寢統稱，兩個陵墓之間相隔很近，陵寢建造豪華，尤其是慈禧的陵寢，裡面埋藏了無數價值連城的珍寶。

所謂樹大招風，這些陪葬品最終沒能埋在地下太久，在孫殿英以及其他軍閥的覬覦下，導致掘墓事件的發生，這就是一九二八年震驚中外的東陵大盜案。

有關事件的詳情，在本系列的最後一集會再詳細講述，所以這裡就不多加重複了，還請大家繼續關注故事的發展。

至於蘇唯是怎麼被帶到這個時代的，當然也跟定東陵有著莫大的關係，這些都會在後續中陸續講到，有關端木衡、青花，還有神祕的幕後者，他們都在本案中扮演了什麼樣的角色，今後也會慢慢提到。

最後，還有一個最大的祕密，就是長生的身世，其實他的故事在第一集裡就有提供伏筆了，有興趣的同學不妨再回顧一下，猜猜看是什麼，期待大家來我的微博或臉書爆料，等你們喔！

最後，再次重複那句老話——本故事中出現的人名地名等內容純屬虛構，如有雷同，純屬巧合。

以下是小落的微博和FB，大多放一些與創作、出版有關的資訊，歡迎大家來我家玩＞＜~

微博 http://www.weibo.com/fanluoluo

臉書 https://www.facebook.com/fanluoluo

那麼，我們就在《王不見王・案卷四》裡再見啦，再次感謝。

樊落

二〇一六年春

晴空與POPO原創網合辦　第二屆主題徵文活動

決戰星勢力

之晴空華文小說徵文比賽【活動預告】

活動名稱：決戰星勢力之晴空華文小說徵文比賽
主辦單位：晴空出版、POPO原創網
活動時間：2016/8/15- 2016/10/15
報名辦法：2016/8/15起，於POPO原創網(http://www.popo.tw)
決戰星勢力徵文活動專區報名，並完成線上創作及作品張貼。活動網址將另行公告。

活動辦法

1. 請參賽者從指定的10位候選角色中，挑選喜歡的角色，為其做人物設定，並創造吸引人的故事。候選角色資料請見晴空blog的活動公告。
2. 主角一定要從指定的10名角色中挑選，可以再加入原創的角色，或是所有出現的角色都是從10位候選角色中挑選。
3. 評選分成「言情組」（正常向的男女戀情）和「耽美組」（BL小說），不論哪個組別皆題材不拘，不論是奇幻、推理、恐怖靈異、修仙、穿越、重生......皆可，但必須是愛情故事。
4. 活動於8/15（週一）開始連載，參賽者可自行決定更新字數及週期。
5. 活動於10/15（週六）凌晨截止連載與投稿，參賽作品要達到以下闖關標準，方可進入編輯評選階段：(1) 點閱2000以上、(2) 收藏40以上、(3) 珍珠50以上、(4) 留言60則以上（字數不限，只計算數量）、(5) 總字數達8萬字以上且故事連載完結。※上述統計方式，以POPO原創網線上數據為基礎。
6. 預計10/20（週四）公布進入編輯評選的作品名單。
7. 預計11/30（週三）公布評選結果。※時間若有異動，請以網路最新公告為準，謝謝！
8. 本次活動報名之作品，必須為2016/8/15後，於POPO全新創建之書籍（如為 2016/8/15 前所建之作品，將無法列入評選作品資格）。

活動獎勵

每組優勝作品，將有可能獲得晴空出版實體書的機會。
（主辦單位保留得獎作品從缺或增額的權利，謝謝！）

提醒事項：

1. 本活動由晴空出版與POPO原創網合辦，所有相關活動辦法與進度會同步公告POPO原創網(http://www.popo.tw)的活動頁面以及晴空blog：http://sky.ryefield.com.tw
2. 本消息為活動預告訊息，詳細辦法請以2016/8/15活動上線之辦法為準。主辦單位保留活動變更之權利，任何變更請見POPO活動網頁或是晴空blog的公告。
3. 由於開放報名時間有限，有興趣的作家朋友，可以開始全力準備嘍~

狂想館013

王不見王3 **虎符令**

國家圖書館出版品預行編目資料

王不見王3虎符令 / 樊落著. -- 臺北市 ：晴空出版
: 家庭傳媒城邦分公司發行,
2016.6
冊； 公分. --（狂想館013）
ISBN 978-986-92868-3-1（全5冊：平裝）

857.7 105006410

作者	樊落
封面繪圖	Leila
文字校對	劉綺文
責任編輯	高章敏
國際版權	吳玲緯
行銷	艾青荷 蘇莞婷 黃家瑜
業務	李再星 陳玫潾 陳美燕 杻幸君
副總編輯	林秀梅
副總經理	陳瀅如
編輯總監	劉麗真
總經理	陳逸瑛
發行人	涂玉雲
出版	晴空 城邦文化事業股份有限公司 104台北市中山區民生東路二段141號5樓 電話：（886）2-2500-7696 傳真：（886）2-2500-1967 E-mail：bwps.service@cite.com.tw
發行	英屬蓋曼群島商家庭傳媒股份有限公司城邦分公司 104台北市中山區民生東路二段141號2樓 書虫客服服務專線：(886)2-2500-7718；2500-7719 24小時傳真服務：(886)2-2500-1990；2500-1991 服務時間：週一至週五09:30-12:00；13:30-17:00 郵撥帳號：19863813 戶名：書虫股份有限公司 讀者服務信箱E-mail：service@readingclub.com.tw
晴空部落格	http://sky.ryefield.com.tw
香港發行所	城邦（香港）出版集團有限公司 香港灣仔駱克道193號東超商業中心1樓 電話：852-2508-6231 傳真：852-2578-9337 E-mail：hkcite@biznetvigator.com
馬新發行所	城邦（馬新）出版集團【Cite(M) Sdn. Bhd. (458372U)】 41, Jalan Radin Anum, Bandar Baru Sri Petaling, 57000 Kuala Lumpur, Malaysia. 電話：+603-9057-8822 傳真：+603-9057-6622 電郵：cite@cite.com.my
美術設計	廖婉禎、陳涵柔
內頁排版	洸譜創意設計股份有限公司
印刷	沐春行銷創意有限公司
初版一刷	2016年6月
定價	250元
ISBN	978-986-92868-3-1